JN158362

KENJI MIYAZAWA
COLLECTION

宮沢賢治コレクション 2

注文の多い料理店

童話Ⅱ・劇ほか

筑摩書房

『注文の多い料理店』初版本表紙

監修　天沢退二郎
入沢康夫
編集委員　栗原　敦
杉浦　静
編集協力　宮沢家
装画・挿画　千海博美
装丁　アルビレオ
口絵写真　「注文の多い料理店」初版本表紙（宮沢賢治記念館蔵）

目次

『注文の多い料理店』初版本序／目次

*

*

劇

宮沢賢治コレクション2

注文の多い料理店

童話Ⅱ・劇ほか

イーハトヴ童話

注文の多い料理店

序

（『注文の多い料理店』初版本序）

わたしたちは、氷砂糖《こおりざとう》をほしいくらいもたないでも、きれいにすきとおった風をたべ、桃《もも》いろのうつくしい朝の日光をのむことができます。

またわたくしは、はたけや森の中で、ひどいぼろぼろのきものが、いちばんすばらしいびろうどや羅《ら》紗《しゃ》や、宝石いりのきものに、かわっているのをたびたび見ました。

わたくしは、そういうきれいなたべものやきものをすきです。

これらのわたくしのおはなしは、みんな林や野はらや鉄道線路やらで、虹《にじ》や月あかりからもらってきたのです。

ほんとうに、かしわばやしの青い夕方を、ひとりで通りかかったり、十一月の山の風のなかに、ふるえながら立ったりしますと、もうどうしてもこんな気がしてしかたないのです。ほんとうにもう、どうしてもこんなことがあるようでしかたないということを、わたくしはそのとおり書いたまでです。

ですから、これらのなかには、あなたのためになるところもあるでしょうし、ただそれっきりのところもあるでしょうが、わたくしには、そのみわけがよくつきません。なんのことだか、わけのわからないところもあるでしょうが、そんなところは、わたくしにもまた、わけがわからないのです。

けれども、わたくしは、これらのちいさなものがたりの幾《いく》きれかが、おしまい、あなたのすきとおったほんとうのたべものになることを、どんなにねがうかわかりません。

大正十二年十二月二十日

宮 沢 賢 治

〔初版本目次〕

目次

どんぐりと山猫……（一九二一・九・一九）……一
狼森と笊森、盗森……（一九二一・一一・……）……二三
注文の多い料理店……（一九二一・一一・一〇）……四三
烏の北斗七星……（一九二一・一二・二一）……六五
水仙月の四日……（一九二二・一・一九）……八三
山男の四月……（一九二二・四・七）……一〇三
かしわばやしの夜……（一九二一・八・二五）……一二三
月夜のでんしんばしら……（一九二一・九・一四）……一五五
鹿踊のはじまり……（一九二一・九・一五）……一七一

どんぐりと山猫

どんぐりとやまねこ

おかしなはがきが、ある土曜日の夕がた、一郎《いちろう》のうちにきました。

かねた一郎さま　九月十九日
あなたは、ごきげんよろしいほで、けっこです。
あした、めんどなさいばんしますから、おいでんなさい。とびどぐもたないでくなさい。
山ねこ　拝《はい》

こんなのです。字はまるでへたで、墨《すみ》もがさがさして指につくくらいでした。けれども一郎はうれしくてうれしくてたまりませんでした。はがきをそっと学校のかばんにしまって、うちじゅうとんだりはねたりしました。

ね床《どこ》にもぐってからも、山猫《やまねこ》のにゃあとした顔や、そのめんどうだという裁判《さいばん》のけしきなどを考えて、おそくまでねむりませんでした。

けれども、一郎が眼《め》をさましたときは、もうすっかり明るくなっていました。おもてにでてみると、まわりの山《やま》は、みんなたったいまできたばかりのようにうるうるもりあがって、まっ青なそらのしたにならんでいました。一郎《いちろう》はいそいでごはんをたべて、ひとり谷川に沿ったこみちを、かみの方へのぼって行きました。

すきとおった風がざあっと吹《ふ》くと、栗《くり》の木はばらばらと実をおとしました。一郎は栗の木をみあげて、

「栗の木、栗の木、やまねこがここを通らなかったかい。」とききました。栗の木はちょっとしずかになって、

「やまねこなら、けさはやく、馬車でひがしの方へ飛んで行《い》きましたよ。」と答えました。

「東ならぼくのいく方だねえ、おかしいな、とにかくもっといってみよう。栗の木ありがとう。」

栗の木はだまってまた実をばらばらとおとしました。

一郎がすこし行きますと、そこはもう笛《ふえ》ふきの滝《たき》でした。笛ふきの滝というのは、まっ白な岩の崖《がけ》のなかほどに、小さな穴があいていて、そこから水が笛のように鳴って飛び出し、すぐ滝になって、ごうごう谷におちているのをいうのでした。

一郎は滝に向いて叫《さけ》びました。

「おいおい、笛ふき、やまねこがここを通らなかったかい。」

滝がぴーぴー答《こた》えました。

「やまねこは、さっき、馬車で西の方へ飛んで行きましたよ。」

「おかしいな、西ならぼくのうちの方だ。けれども、まあも少し行ってみよう。ふえふき、あり

がとう。」

滝はまたもとのように笛を吹《ふ》きつづけました。

一郎がまたすこし行きますと、一本のぶなの木のしたに、たくさんの白いきのこが、どってこどってこどってこと、変な楽隊をやっていました。

一郎はからだをかがめて、

「おい、きのこ、やまねこが、ここを通らなかったかい。」

とききました。するときのこは
「やまねこなら、けさはやく、馬車で南の方へ飛んで行きましたよ。」とこたえました。一郎は首をひねりました。

「みなみならあっちの山のなかだ。おかしいな。まあもすこし行ってみよう。きのこ、ありがとう。」

きのこはみんないそがしそうに、どってこどってこと、あのへんな楽隊をつづけました。

一郎はまたすこし行きました。すると一本のくるみの木の梢《こずえ》を、栗鼠《りす》がぴょんととんでいました。一郎はすぐ手まねぎしてそれをとめて、

「おい、りす、やまねこがここを通らなかったかい。」とたずねました。するとりすは、木の上から、額《ひたい》に手をかざして、一郎を見ながらこたえました。

「やまねこなら、けさまだくらいうちに馬車でみなみの方へ飛んで行きましたよ。」

「みなみへ行ったなんて、二《ふた》とこでそんなことを言うのはおかしいなあ。けれどもまあもすこし

行ってみよう。りす、ありがとう。」りすはもう居《い》ませんでした。ただくるみのいちばん上の枝《えだ》がゆれ、となりのぶなの葉がちらっとひかっただけでした。

一郎《いちろう》がすこし行きましたら、谷川にそったみちは、もう細くなって消えてしまいました。そして谷川の南の、まっ黒な榧《かや》の木の森の方へ、あたらしいちいさなみちがついていました。一郎はそのみちをのぼって行きました。榧の枝はまっくろに重なりあって、青ぞらは一きれも見えず、みちは大へん急な坂になりました。一郎が顔をまっかにして、汗をぽとぽとおとしながら、その坂をのぼりますと、にわかにぱっと明るくなって、眼《め》がちくっとしました。そこはうつくしい黄金《きん》いろの草地で、草は風にざわざわ鳴り、まわりは立派なオリーヴいろのかやの木のもりでかこまれてありました。

その草地のまん中に、せいの低いおかしな形の男が、膝《ひざ》を曲げて手に革鞭《かわむち》をもって、だまってこっちをみていたのです。

一郎はだんだんそばへ行って、びっくりして立ちどまってしまいました。その男は、片眼《かため》で、見えない方の眼は、白くびくびくうごき、上着のような半纏《はんてん》のようなへんなものを着て、だいいち足が、ひどくまがって山羊《やぎ》のよう、ことにそのあしさきときたら、ごはんをもるへらのかたちだったのです。一郎は気味が悪かったのですが、なるべく落ちついてたずねました。

「あなたは山猫《やまねこ》をしりませんか。」

するとその男は、横眼で一郎の顔を見て、口をまげてにやっとわらって言いました。

「山ねこさまはいますぐに、ここに戻《もど》ってお出《で》やるよ。おまえは一郎さんだな。」

一郎はぎょっとして、一あしうしろにさがって、

「え、ぼく一郎です。けれども、どうしてそれを知ってますか。」と言いました。するとその奇《き》体《たい》な男はいよいよにやにやしてしまいました。

「そんだら、はがき見だべ。」

「見ました。それで来たんです。」

「あのぶんしょうは、ずいぶん下手《へた》だべ。」と男は下をむいてかなしそうに言いました。一郎はきのどくになって、

「さあ、なかなか、ぶんしょうがうまいようでしたよ。」

と言いますと、男はよろこんで、息をはあはあして、耳のあたりまでまっ赤になり、きもののえりをひろげて、風をからだに入れながら、

「あの字もなかなかうまいか。」とききました。一郎は、おもわず笑いだしながら、へんじしました。

「うまいですね。五年生だってあのくらいには書けないでしょう。」

すると男は、急にまたいやな顔をしました。

「五年生っていうのは、尋常《じんじょう》五年生だべ。」その声が、あんまり力なくあわれに聞こえましたので、一郎はあわてて言いました。

「いいえ、大学校の五年生ですよ。」

すると、男はまたよろこんで、まるで、顔じゅう口のようにして、にたにたにたにた笑って叫《さけ》

びました。

「あのはがきはわしが書いたのだよ。」

一郎《いちろう》はおかしいのをこらえて、

「ぜんたいあなたはなにですか。」とたずねますと、男は急にまじめになって、

「わしは山ねこさまの馬車別当《べっとう》だよ。」と言いました。

そのとき、風がどうと吹いてきて、草はいちめん波だち、別当は、急にていねいなおじぎをしました。

一郎はおかしいとおもって、ふりかえって見ますと、そこに山猫《やまねこ》が、黄いろな陣羽織《じんばおり》のようなものを着て、緑いろの眼《め》をまん円《まる》にして立っていました。やっぱり山猫の耳は、立って尖《とが》っているなと、一郎がおもいましたら、山ねこはぴょこっとおじぎをしました。一郎もていねいに挨拶《あいさつ》しました。

「いや、こんにちは、きのうははがきをありがとう。」

山猫はひげをぴんとひっぱって、腹をつき出して言いました。

「こんにちは、よくいらっしゃいました。じつはおとといから、めんどうなあらそいがおこって、ちょっと裁判にこまりましたので、あなたのお考えを、うかがいたいとおもいましたのです。まあ、ゆっくり、おやすみください。じき、どんぐりどもがまいりましょう。どうもまい年、この裁判でくるしみます。」山ねこは、ふところから、巻煙草《まきたばこ》の箱《はこ》を出して、じぶんが一本くわえ、

「いかがですか。」と一郎に出しました。一郎はびっくりして、

「いいえ。」と言いましたら、山ねこはおおようにわらって、

「ふふん、まだお若いから、」と言いながら、マッチをしゅっと擦《す》って、わざと顔をしかめて、青いけむりをふうと吐《は》きました。山ねこの馬車別当は、気を付けの姿勢で、しゃんと立っていましたが、いかにも、たばこのほしいのをむりにこらえているらしく、なみだをぼろぼろこぼしました。

そのとき、一郎は、足もとでパチパチ塩のはぜるような、音をききました。びっくりして屈《かが》んで見ますと、草のなかに、あっちにもこっちにも、黄金《きん》いろの円《まる》いものが、ぴかぴかひかっているのでした。よくみると、みんなそれは赤いずぼんをはいたどんぐりで、もうその数ときたら、三百でも利《き》かないようでした。わあわあわあわあ、みんななにか云《い》っているのです。

「あ、来たな。蟻《あり》のようにやってくる。おい、さあ、早くベルを鳴らせ。今日はそこが日当たりがいいから、そこのとこの草を刈《か》れ。」やまねこは巻たばこを投げすてて、大いそぎで馬車別当にいいつけました。馬車別当もたいへんあわてて、腰《こし》から大きな鎌《かま》をとりだして、ざっくざっくと、やまねこの前のとこの草を刈りました。そこへ四方《しほう》の草のなかから、どんぐりどもが、ぎらぎらひかって、飛び出して、わあわあわあわあ言いました。

馬車別当が、こんどは鈴《すず》をがらんがらんがらんがらんと振《ふ》りました。音はかやの森に、がらんがらんがらんとひびき、黄金《きん》のどんぐりどもは、すこししずかになりました。見ると山ねこは、もういつか、黒い長い繻子《しゅす》の服を着て、勿体《もったい》らしく、どんぐりどもの前にすわっていました。まるで奈良《なら》のだいぶつさまにさんけいするみんなの絵のようだと一郎はおもいました。別当

がこんどは、革鞭《かわむち》を二三べん、ひゅうぱちっ、ひゅう、ぱちっと鳴らしました。

　空が青くすみわたり、どんぐりはぴかぴかしてじつにきれいでした。

「裁判ももう今日で三日目だぞ、いい加減になかなおりをしたらどうだ。」山ねこが、すこし心配そうに、それでもむりに威張《いば》って言《い》いますと、どんぐりどもは口々に叫《さけ》びました。

「いえいえ、だめです、なんといったって頭のとがってるのがいちばんえらいんです。そしてわたしがいちばんとがっています。」

「いいえ、ちがいます。まるいのがえらいのです。いちばんまるいのはわたしです。」

「大きなことだよ。大きなのがいちばんえらいんだよ。わたしがいちばん大きいからわたしがえらいんだよ。」

「そうでないよ。わたしのほうがよほど大きいと、きのうも判事さんがおっしゃったじゃないか。」

「だめだい、そんなこと。せいの高いのだよ。せいの高いことなんだよ。」

「押《お》しっこのえらいひとだよ。押しっこをしてきめるんだよ。」もうみんな、がやがやがやがや言って、なにがなんだか、まるで蜂《はち》の巣《す》をつっついたようで、わけがわからなくなりました。そこでやまねこが叫びました。

「やかましい。ここをなんとこころえる。しずまれ、しずまれ。」

　別当がむちをひゅうぱちっとならしましたのでどんぐりどもは、やっとしずまりました。やまねこは、ぴんとひげをひねって言いました。

「裁判ももうきょうで三日目だぞ。いい加減に仲なおりしたらどうだ。」

するとと、もうどんぐりどもが、くちぐちに云《い》いました。

「いえいえ、だめです。なんといったって、頭のとがっているのがいちばんえらいのです。」

「いいえ、ちがいます。まるいのがえらいのです。」

「そうでないよ。大きなことだよ。」がやがやがやがや、もうなにがなんだかわからなくなりました。山猫《やまねこ》が叫びました。

「だまれ、やかましい。ここをなんと心得《こころえ》る。しずまれしずまれ。」

別当が、むちをひゅうぱちっと鳴らしました。山猫がひげをぴんとひねって言いました。

「裁判ももうきょうで三日目だぞ。いい加減になかなおりをしたらどうだ。」

「いえ、いえ、だめです。あたまのとがったものが……。」がやがやがやがや。

山ねこが叫びました。

「やかましい。ここをなんとこころえる。しずまれ、しずまれ。」

別当が、むちをひゅうぱちっと鳴らし、どんぐりはみんなしずまりました。山猫が一郎《いちろう》にそっと申しました。

「このとおりです。どうしたらいいでしょう。」

一郎はわらってこたえました。

「そんなら、こう言いわたしたらいいでしょう。このなかでいちばんばかで、めちゃくちゃで、まるでなっていないようなのが、いちばんえらいとね。ぼくお説教できいたんです。」

山猫《やまねこ》はなるほどというふうにうなずいて、それからいかにも気取って、繻子《しゅす》のきものの胸《えり》を開いて、黄いろの陣羽織《じんばおり》をちょっと出《だ》してどんぐりどもに申しわたしました。

「よろしい。しずかにしろ。申しわたしだ。このなかで、いちばんえらくなくて、ばかで、めちゃくちゃで、てんでなっていなくて、あたまのつぶれたようなやつが、いちばんえらいのだ。」

どんぐりは、しいんとしてしまいました。それはそれはしいんとして、堅《かた》まってしまいました。

そこで山猫は、黒い繻子の服をぬいで、額の汗《あせ》をぬぐいながら、一郎《いちろう》の手をとりました。別当も大よろこびで、五六ぺん、鞭《むち》をひゅうぱちっ、ひゅうぱちっ、ひゅうひゅうぱちっと鳴らしました。やまねこが言いました。

「どうもありがとうございました。これほどのひどい裁判を、まるで一分《ぷん》半でかたづけてくださいました。どうかこれからわたしの裁判所《じょ》の、名誉《めいよ》判事になってください。これからも、葉書が行ったら、どうか来てくださいませんか。そのたびにお礼はいたします。」

「承知しました。お礼なんかいりませんよ。」

「いいえ、お礼はどうかとってください。わたしのじんかくにかかわりますから。そしてこれからは、葉書にかねた一郎どのと書いて、こちらを裁判所としますが、ようございますか。」

一郎が「ええ、かまいません。」と申しますと、やまねこはまだなにか言いたそうに、しばらくひげをひねって、眼をぱちぱちさせていましたが、とうとう決心したらしく言い出しました。

「それから、はがきの文句ですが、これからは、用事これありに付き、明日出頭《みょうにちしゅっとう》すべしと書いてどうでしょう。」

一郎はわらって言いました。

「さあ、なんだか変ですね。そいつだけはやめた方がいいでしょう。」

山猫は、どうも言いようがまずかった、いかにも残念だというふうに、しばらくひげをひねったまま、下を向いていましたが、やっとあきらめて言いました。

「それでは、文句はいままでのとおりにしましょう。そこで今日のお礼ですが、あなたは黄金《きん》のどんぐり一升《しょう》と、塩鮭《しおざけ》のあたまと、どっちをおすきですか。」

「黄金のどんぐりがすきです。」

山猫は、鮭《しゃけ》の頭でなくて、まあよかったというように、口早に馬車別当に云《い》いました。

「どんぐりを一升早くもってこい。一升にたりなかったら、めっきのどんぐりもまぜてこい。はやく。」

別当は、さっきのどんぐりをますに入れて、はかって叫《さけ》びました。

「ちょうど一升あります。」山ねこの陣羽織が風にばたばた鳴りました。そこで山ねこは、大きく延びあがって、めをつぶって、半分あくびをしながら言いました。

「よし、はやく馬車のしたくをしろ。」白い大きなきのこでこしらえた馬車が、ひっぱりだされました。そしてなんだかねずみいろの、おかしな形の馬がついています。

「さあ、おうちへお送りいたしましょう。」山猫が言いました。二人は馬車にのり別当は、どんぐりのますを馬車のなかに入れました。

ひゅう、ぱちっ。

馬車は草地をはなれました。木や藪《やぶ》がけむりのようにぐらぐらゆれました。一郎《いちろう》は黄金《きん》のどんぐりを見、やまねこはとぼけたかおつきで、遠くをみていました。

馬車が進むにしたがって、どんぐりはだんだん光がうすくなって、まもなく馬車がとまったときは、あたりまえの茶いろのどんぐりに変っていました。そして、山ねこの黄いろな陣羽織《じんばおり》も、別当も、きのこの馬車も、一度に見えなくなって、一郎はじぶんのうちの前に、どんぐりを入れたますを持って立っていました。

それからあと、山ねこ拝《はい》というはがきは、もうきませんでした。やっぱり、出頭すべしと書いてもいいと言えばよかったと、一郎はときどき思うのです。

狼森と笊森、盗森

おいのもりとざるもり、ぬすともり

小岩井《こいわい》農場の北に、黒い松《まつ》の森が四つあります。いちばん南が狼森《オイノもり》で、その次が笊森《ざるもり》、次は黒坂森《くろさかもり》、北のはずれは盗森《ぬすともり》です。

この森がいつごろどうしてできたのか、どうしてこんな奇体《きたい》な名前がついたのか、それをいちばんはじめから、すっかり知っているものは、おれ一人だと黒坂森のまんなかの巨《おお》きな巌《いわ》が、ある日、威張《いば》ってこのおはなしをわたくしに聞かせました。

ずうっと昔《むかし》、岩手山が、何べんも噴火《ふんか》しました。その灰でそこらはすっかり埋《うず》まりました。このまっ黒な巨きな巌も、やっぱり山からはね飛ばされて、今のところに落ちて来たのだそうです。

噴火がやっとしずまると、野原や丘《おか》には、穂《ほ》のある草や穂のない草が、南の方からだんだん生《は》えて、とうとうそこらいっぱいになり、それから柏《かしわ》や松も生え出し、しまいに、いまの四《よ》つの森ができました。けれども森にはまだ名前もなく、めいめい勝手に、おれはおれだと思っているだけでした。するとある年の秋、水のようにつめたいすきとおる風が、柏の枯《か》れ葉をさらさら鳴らし、岩手山の銀の冠《かんむり》には、雲の影《かげ》がくっきり黒くうつっている日でした。

四人の、けらを着た百姓《ひやくしよう》たちが、山刀《なた》や三本鍬《さんぼんぐわ》や唐鍬《とうぐわ》や、すべて山と野原の武器を堅《かた》くからだにしばりつけて、東の稜《かど》ばった燧石《ひうちいし》の山を越《こ》えて、のっしのっしと、この森にかこまれた小《ち》さな野原にやって来ました。よくみるとみんな大きな刀もさしていたのです。

先頭《せんとう》の百姓が、そこらの幻燈《げんとう》のようなけしきを、みんなにあちこち指さして
「どうだ。いいとこだろう。畑はすぐ起せるし、森は近いし、きれいな水もながれている。それに日あたりもいい。どうだ、俺《おれ》はもう早くから、ここと決めて置いたんだ。」と云《い》いますと、一人の百姓は、

「しかし地味《ちみ》はどうかな。」と言《い》いながら、屈《かが》んで一本のすすきを引き抜《ぬ》いて、その根から土を掌《てのひら》にふるい落して、しばらく指でこねたり、ちょっと嘗《な》めてみたりしてから云いました。

「うん。地味《じみ》もひどくよくはないが、またひどく悪くもないな。」

「さあ、それではいよいよここときめるか。」

も一人が、なつかしそうにあたりを見まわしながら云いました。

「よし、そう決めよう。」いままでだまって立っていた、四人目の百姓が云いました。

四人はそこでよろこんで、せなかの荷物をどしんとおろして、それから来た方へ向いて、高く叫《さけ》びました。

「おおい、おおい。ここだぞ。早く来《こ》お。早く来お。」

すると向こうのすすきの中から、荷物をたくさんしょって、顔をまっかにしておかみさんたちが三人出て来ました。見ると、五《いつ》つ六《む》つより下の子供が九《く》人、わいわい云いながら走ってついて来るのでした。

そこで四人《よったり》の男たちは、てんでにすきな方へ向いて、声を揃《そろ》えて叫《さけ》びました。

「ここへ畑起してもいいかあ。」

「いいぞお。」森が一斉《いっせい》にこたえました。

みんなは又《また》叫びました。

「ここに家《いえ》建ててもいいかあ。」

「ようし。」森は一ぺんにこたえました。

みんなはまた声をそろえてたずねました。

「ここで火たいてもいいかあ。」

「いいぞお。」森は一ぺんにこたえました。

みんなはまた叫びました。

「すこし木貰《きいもら》ってもいいかあ。」

「ようし。」森は一斉にこたえました。

男たちはよろこんで手をたたき、さっきから顔色を変えて、しんとして居た女やこどもらは、にわかにはしゃぎだして、子供らはうれしまぎれに喧嘩《けんか》をしたり、女たちはその子をぽかぽか撲《なぐ》ったりしました。

その日、晩方《ばんがた》までには、もう萱《かや》をかぶせた小さな丸太の小屋が出来ていました。子供たちは、よろこんでそのまわりを飛んだりはねたりしました。次の日から、森はその人たちのきちがいのようになって、働いているのを見ました。男はみんな鍬《くわ》をピカリピカリさせて、野原の草を起こしました。女たちは、まだ栗鼠《りす》や野鼠《のねずみ》に持って行かれない栗《くり》の実を集めたり、松を伐《き》って薪《たきぎ》をつくったりしました。そしてまもなく、いちめんの雪が来たのです。

その人たちのために、森は冬のあいだ、一生懸命《いつしようけんめい》、北からの風を防いでやりました。それでも、小さなこどもらは寒がって、赤くはれた小さな手を、自分の咽喉《のど》にあてながら、「冷たい、冷たい。」と云《い》ってよく泣きました。

春になって、小屋が二つになりました。

そして蕎麦《そば》と稗《ひえ》とが播《ま》かれたようでした。そばには白い花が咲き、稗は黒い穂を出しました。

その年の秋、穀物がとにかくみのり、新らしい畑がふえ、小屋が三《み》つになったとき、みんなはあまり嬉《うれ》しくて大人までがはね歩きました。ところが、土の堅く凍《こお》った朝でした。九人のこどもらのなかの、小さな四人がどうしたのか夜の間《あいだ》に見えなくなっていたのです。

みんなはまるで、気違《きちが》いのようになって、その辺《へん》をあちこちさがしましたが、こどもらの影《かげ》も見えませんでした。

そこでみんなは、てんでにすきな方へ向いて、一緒《いつしよ》に叫《さけ》びました。

「たれか童《わらし》ゃど知らないか。」

「しらない。」と森は一斉にこたえました。

「そんだらさがしに行くぞお。」とみんなはまた叫びました。

「来《こ》お。」と森は一斉にこたえました。

そこでみんなは色々の農具をもって、まず一番ちかい狼森《オイノもり》に行きました。森へ入りますと、すぐしめったつめたい風と朽葉《くちば》の匂《にお》いとが、すっとみんなを襲《おそ》いました。

みんなはどんどん踏《ふ》みこんで行きました。

すると森の奥《おく》の方で何かパチパチ音がしました。

急いでそっちへ行って見ますと、すきとおったばら色の火がどんどん燃えていて、狼《オイノ》が九疋《くひき》、くるくるくる、火のまわりを踊《おど》ってかけ歩いているのでした。

だんだん近くへ行って見ると居なくなった子供らは四人共、その火に向いて焼いた栗や初茸《はったけ》などをたべていました。

狼はみんな歌を歌って、夏のまわり燈籠《どうろう》のように、火のまわりを走っていました。

「狼森のまんなかで、

火はどろどろぱちぱち
火はどろどろぱちぱち、
栗はころころぱちぱち、
栗はころころぱちぱち。」

みんなはそこで、声をそろえて叫びました。

「狼《オイノ》どの狼どの、童《わら》しゃど返して呉《け》ろ。」

狼はみんなびっくりして、一ぺんに歌をやめてくちをまげて、みんなの方をふり向きました。

すると火が急に消えて、そこらはにわかに青くしいんとなってしまったので火のそばのこどもらはわあと泣き出しました。

狼《オイノ》は、どうしたらいいか困ったというようにしばらくきょろきょろしていましたが、とうとうみんないちどに森のもっと奥の方へ逃《に》げて行きました。

そこでみんなは、子供らの手を引いて、森を出ようとしました。すると森の奥の方で狼どもが、

「悪く思わないで呉《け》ろ。栗《くり》だのきのこだの、うんとご馳走《ちそう》したぞ。」と叫《さけ》ぶのがきこえました。

みんなはうちに帰ってから粟餅《あわもち》をこしらえてお礼に狼森《オイノもり》へ置いて来ました。

春になりました。そして子供が十一人になりました。馬が二疋《ひき》来ました。畠《はたけ》には、草や腐《くさ》った木の葉が、馬の肥《こえ》と一緒《いっしょ》に入りましたので、粟《あわ》や稗《ひえ》はまっさおに延びました。

そして実もよくとれたのです。秋の末のみんなのよろこびようといったらありませんでした。

ところが、ある霜柱《しもばしら》のたったつめたい朝でした。

みんなは、今年も野原を起して、畠《はたけ》をひろげていましたので、その朝も仕事に出ようとして農具をさがしますと、どこの家《うち》にも山刀《なた》も三本鍬《さんぼんぐわ》も唐鍬《とうぐわ》も一つもありませんでした。

みんなは一生懸命そこらをさがしましたが、どうしても見附《みつ》かりませんでした。それで仕方なく、めいめいすきな方へ向いて、いっしょにたかく叫びました。

「おらの道具知らないかあ。」

「知らないぞお。」と森は一ぺんにこたえました。

「さがしに行くぞお。」とみんなは叫びました。

「来《こ》お。」と森は一斉《いっせい》に答えました。

みんなは、こんどはなんにももたないで、ぞろぞろ森の方へ行きました。はじめはまず一番近

い狼森に行きました。

すると、すぐ狼《オイノ》が九疋《くひき》出て来て、みんなまじめな顔をして、手をせわしくふって云《い》いました。

「無い、無い、決して無い、無い。外《ほか》をさがして無かったら、もう一ぺんおいで。」

みんなは、尤《もつと》もだと思って、それから西の方の笊森《ざるもり》に行きました。そしてだんだん森の奥へ入って行きますと、一本の古い柏《かしわ》の木の下に、木の枝であんだ大きな笊が伏《ふ》せてありました。

「こいつはどうもあやしいぞ。笊森の笊はもっともだが、中には何があるかわからない。一つあけて見よう。」と云《い》いながらそれをあけて見ますと、中には無くなった農具が九つとも、ちゃんとはいっていました。

それどころではなく、まんなかには、黄金《キン》色の目をした、顔のまっかな山男が、あぐらをかいて座《すわ》っていました。そしてみんなを見ると、大きな口をあけてバアと云いました。

子供らは叫《さけ》んで逃げ出そうとしましたが、大人はびくともしないで、声をそろえて云いました。

「山男、これからいたずら止《や》めて呉《け》ろよ。くれぐれ頼《たの》むぞ、これからいたずら止めで呉ろよ。」

山男は、大へん恐縮《きようしゆく》したように、頭をかいて立って居《お》りました。みんなはてんでに、自分の農具を取って、森を出て行こうとしました。

するとも森の中で、さっきの山男が、

「おらさも粟餅持って来て呉ろよ。」と叫んでくるりと向こうを向いて、手で頭をかくして、森のもっと奥の方へ走って行《ゆ》きました。

みんなはあっはあっはと笑って、うちへ帰りました。そして又《また》粟餅をこしらえて、狼森と笊森に持って行って置いて来ました。

次の年の夏になりました。平らな処《ところ》はもうみんな畑です。うちには木小屋がついたり、大きな納屋《なや》が出来たりしました。

それから馬も三疋になりました。その秋のとりいれのみんなの悦《よろこ》びは、とても大へんなものでした。

今年こそは、どんな大きな粟餅《あわもち》をこさえても、大丈夫《だいじょうぶ》だとおもったのです。

そこで、やっぱり不思議なことが起りました。

ある霜の一面に置いた朝納屋のなかの粟が、みんな無くなっていました。みんなはまるで気が気でなく、一生けん命、その辺《へん》をかけまわりましたが、どこにも粟は、一粒《ひとつぶ》もこぼれていませんでした。

みんなはがっかりして、てんでにすきな方へ向いて叫《さけ》びました。

「おらの粟知らないかあ。」

「知らないぞお。」森は一ぺんにこたえました。

「さがしに行くぞ。」とみんなは叫びました。

「来《こ》お。」と森は一斉にこたえました。

みんなは、てんでにすきなえ物《もの》を持って、まず手近の狼森《オイノもり》に行きました。

狼《オイノ》供は九疋《くひき》共もう出て待っていました。そしてみんなを見て、フッと笑って云《い》いました。

「今日も粟餅だ。ここには粟なんか無い、無い、決して無い。ほかをさがしてもなかったらまたここへおいで。」

みんなはもっともだと思って、そこを引きあげて、今度は笊森《ざるもり》へ行きました。

すると赤つらの山男は、もう森の入口に出ていて、にやにや笑って云《い》いました。

「あわもちだ。あわもちだ。おらはなっても取らないよ。栗をさがすなら、もっと北に行って見たらよかべ。」

そこでみんなは、もっともだと思って、こんどは北の黒坂森《くろさかもり》、すなわちこのはなしを私《わたくし》に聞かせた森の、入口に来て云いました。

「栗を返して呉《け》ろ。栗を返して呉ろ。」

黒坂森は形を出さないで、声だけでこたえました。

「おれはあけ方、まっ黒な大きな足が、空を北へとんで行くのを見た。もう少し北の方へ行って見ろ。」そして栗餅のことなどは、一言も云わなかったそうです。そして全《まった》くその通りだったろうと私も思います。なぜなら、この森が私へこの話をしたあとで、私は財布《さいふ》からありっきりの銅《どう》貨《か》を七銭《しちせん》出して、お礼にやったのでしたが、この森は仲々《なかなか》受け取りませんでした、この位気性《きしよう》がさっぱりとしていますから。

さてみんなは黒坂森の云うことが尤《もつと》もだと思って、もう少し北へ行きました。

それこそは、松のまっ黒な盗森《ヌストもり》でした。ですからみんなも、

「名からしてぬすと臭《くさ》い。」と云いながら、森へ入って行って、「さあ粟《あわ》返せ。粟返せ。」とどなりました。

するとの奥から、まっくろな手の長い大きな大きな男が出て来て、まるでさけるような声で云《い》いました。

「何だと。おれをぬすとだと。そう云《い》うやつは、みんなたたき潰《つぶ》してやるぞ。ぜんたい何の証拠《しょうこ》があるんだ。」

「証人がある。証人がある。」とみんなはこたえました。

「誰《たれ》だ。畜生《ちくしょう》、そんなこと云うやつは誰だ。」と盗森《ヌスト》は咆《ほ》えました。

「黒坂森だ。」と、みんなも負けずに叫《さけ》びました。

「あいつの云うことはてんであてにならん。ならん。ならん。ならんぞ。畜生。」と盗森はどなりました。

みんなももっともだと思ったり、恐《おそ》ろしくなったりしてお互《たがい》に顔を見合わせて逃げ出そうとしました。

すると俄《にわ》かに頭《あたま》の上《うえ》で、

「いやいや、それはならん。」というはっきりした厳《おごそ》かな声がしました。

見るとそれは、銀の冠《かんむり》をかぶった岩手山でした。盗森の黒い男は、頭をかかえて地に倒《たお》れました。

岩手山はしずかに云いました。

「ぬすとはたしかに盗森に相違《そうい》ない。おれはあけがた、東の空のひかりと、西の月のあかりとで、たしかにそれを見届けた。しかしみんなももう帰ってよかろう。粟《あわ》はきっと返させよう。だから悪く思わんで置け。一体盗森は、じぶんで粟餅《あわもち》をこさえて見たくてたまらなかったのだ。それで粟も盗《ぬす》んで来たのだ。はっはっは。」

そして岩手山は、またすましてそらを向きました。男はもうその辺に見えませんでした。

みんなはあっけにとられてがやがや家《うち》に帰って見ましたら、粟はちゃんと納屋に戻《もど》っていました。そこでみんなは、笑って粟もちをこしらえて、四《よ》つの森に持って行きました。

中でもぬすと森には、いちばんたくさん持って行きました。その代わり少し砂がはいっていたそうですが、それはどうも仕方なかったことでしょう。

さてそれから森もすっかりみんなの友だちでした。そして毎年《まいねん》、冬のはじめにはきっと粟餅を貰《もら》いました。

しかしその粟餅も、時節がら、ずいぶん小さくなったが、これもどうも仕方がないと、黒坂森のまん中のまっくろな巨《おお》きな巌《いわ》がおしまいに云っていました。

注文の多い料理店

ちゅうもんのおおいりょうりてん

二人の若い紳士《しんし》が、すっかりイギリスの兵隊のかたちをして、ぴかぴかする鉄砲《てっぽう》をかついで、白熊《しろくま》のような犬を二疋《ひき》つれて、だいぶ山奥《やまおく》の、木の葉のかさかさしたとこを、こんなことを云《い》いながら、あるいておりました。

「ぜんたい、ここらの山は怪《け》しからんね。鳥も獣《けもの》も一疋《ぴき》も居《い》やがらん。なんでも構《かま》わないから、早くタンタアーンと、やって見たいもんだなあ。」

「鹿《しか》の黄いろな横っ腹なんぞに、二三発お見舞《みまい》もうしたら、ずいぶん痛快だろうねえ。くるくるまわって、それからどたっと倒《たお》れるだろうねえ。」

それはだいぶの山奥でした。案内してきた専門の鉄砲打ちも、ちょっとまごついて、どこかへ行ってしまったくらいの山奥でした。

それに、あんまり山が物凄《ものすご》いので、その白熊のような犬が、二疋いっしょにめまいを起こして、しばらく吠《うな》って、それから泡《あわ》を吐《は》いて死んでしまいました。

「じつにぼくは、二千四百円の損害だ」と一人の紳士が、その犬の眼《ま》ぶたを、ちょっとかえしてみて言いました。

「ぼくは二千八百円の損害だ。」と、もひとりが、くやしそうに、あたまをまげて言いました。

はじめの紳士は、すこし顔いろを悪くして、じっと、もひとりの紳士の、顔つきを見ながら云《い》いました。

「ぼくはもう戻《もど》ろうとおもう。」

「さあ、ぼくもちょうど寒くはなったし腹は空《す》いてきたし戻ろうとおもう。」

「そいじゃ、これで切りあげよう。なあに戻りに、昨日《きのう》の宿屋で、山鳥を拾円《じゅうえん》も買って帰ればいい。」

「兎《うさぎ》もでていたねえ。そうすれば結局おんなじこった。では帰ろうじゃないか」

ところがどうも困ったことは、どっちへ行けば戻れるのか、いっこう見当がつかなくなっていました。

風がどうと吹《ふ》いてきて、草はざわざわ、木の葉はかさかさ、木はごとんごとんと鳴りました。

「どうも腹が空いた。さっきから横《よこ》っ腹《ぱら》が痛くてたまらないんだ。」

「ぼくもそうだ。もうあんまりあるきたくないな。」

「あるきたくないよ。ああ困ったなあ、何かたべたいなあ。」

「喰《た》べたいもんだなあ」

二人の紳士は、ざわざわ鳴るすすきの中で、こんなことを云いました。

その時ふとうしろを見ますと、立派な一軒《いっけん》の西洋造りの家《うち》がありました。

そして玄関《げんかん》には

RESTAURANT

西洋料理店

WILDCAT HOUSE

山　猫　軒

という札《ふだ》がでていました。

「君、ちょうどいい。ここはこれでなかなか開《ひら》けてるんだ。入ろうじゃないか」

「おや、こんなとこにおかしいね。しかしとにかく何か食事ができるんだろう」

「もちろんできるさ。看板にそう書いてあるじゃないか」

「はいろうじゃないか。ぼくはもう何か喰べたくて倒れそうなんだ。」

二人は玄関に立ちました。玄関は白い瀬戸《せと》の煉瓦《れんが》で組んで、実に立派なもんです。

そして硝子《がらす》の開《ひら》き戸《ど》がたって、そこに金文字《きんもじ》でこう書いてありました。

「どなたもどうかお入りください。決してご遠慮《えんりょ》はありません」

二人はそこで、ひどくよろこんで言《い》いました。

「こいつはどうだ、やっぱり世の中はうまくできてるねえ、きょう一日なんぎしたけれど、こんどはこんないいこともある。このうちは料理店だけれどもただでご馳走《ちそう》するんだぜ。」

「どうもそうらしい。決してご遠慮はありませんというのはその意味だ。」

二人は戸を押《お》して、なかへ入りました。そこはすぐ廊下《ろうか》になっていました。その硝子戸の裏側には、金文字でこうなっていました。

「ことに肥《ふと》ったお方や若いお方は、大歓迎《だいかんげい》いたします」

二人は大歓迎というので、もう大よろこびです。

「君、ぼくらは大歓迎にあたっているのだ。」

「ぼくらは両方兼ねてるから」

ずんずん廊下を進んで行きますと、こんどは水いろのペンキ塗りの扉《と》がありました。

「どうも変な家《うち》だ。どうしてこんなにたくさん戸があるのだろう。」

「これはロシア式だ。寒いとこや山の中はみんなこうさ。」

そして二人はその扉をあけようとしますと、上に黄いろな字でこう書いてありました。

「当軒《とうけん》は注文《ちゅうもん》の多《おお》い料理店《りょうりてん》ですからどうかそこはご承知ください」

「なかなかはやってるんだ。こんな山の中で。」

「そりゃあそうだ。見たまえ、東京の大きな料理屋だって大通りにはすくないだろう」

二人は云《い》いながら、その扉をあけました。するとその裏側に、

「注文はずいぶん多いでしょうがどうか一々こらえて下さい。」

「これはぜんたいどういうんだ。」ひとりの紳士は顔をしかめました。

「うん、これはきっと注文があまり多くて支度《したく》が手間取るけれどもごめん下さいと斯《こ》ういうことだ。」

「そうだろう。早くどこか室《へや》の中にはいりたいもんだな。」

「そしてテーブルに座《すわ》りたいもんだな。」

ところがどうもうるさいことは、また扉《と》が一つありました。そしてそのわきに鏡がかかって、その下には長い柄《え》のついたブラシが置いてあったのです。

扉には赤い字で、

「お客さまがた、ここで髪《かみ》をきちんとして、それからはきものの泥《どろ》を落としてください。」と書いてありました。

「これはどうも尤《もっと》もだ。僕もさっき玄関で、山のなかだとおもって見くびったんだよ」

「作法の厳しい家《うち》だ。きっとよほど偉い人たちが、たびたび来るんだ。」

そこで二人は、きれいに髪をけずって、靴《くつ》の泥を落としました。

そしたら、どうです。ブラシを板の上に置くや否《いな》や、そいつがぼうっとかすんで無くなって、風がどうっと室の中に入ってきました。

二人はびっくりして、互《たがい》によりそって、扉をがたんと開けて、次の室へ入って行きました。早く何か暖かいものでもたべて、元気をつけて置かないと、もう途方《とほう》もないことになってしまうと、二人とも思ったのでした。

扉の内側に、また変なことが書いてありました。

「鉄砲《てっぽう》と弾丸《たま》をここへ置《お》いてください。」

見るとすぐ横に黒い台がありました。

「なるほど、鉄砲を持ってものを食うという法はない。」

「いや、よほど偉いひとが始終《しじゅう》来ているんだ。」

二人は鉄砲をはずし、帯皮《おびかわ》を解いて、それを台の上に置きました。

また黒い扉がありました。

「どうか帽子《ぼうし》と外套《がいとう》と靴をおとり下さい。」

「どうだ、とるか。」

「仕方ない、とろう。たしかによっぽどえらいひとなんだ。奥に来ているのは」

二人は帽子とオーバコートを釘《くぎ》にかけ、靴をぬいでぺたぺたあるいて扉の中にはいりました。

扉の裏側には、

「ネクタイピン、カフスボタン、眼鏡《めがね》、財布《さいふ》、その他金物類《かなものるい》、

ことに尖《とが》ったものは、みんなここに置いてください」

と書いてありました。扉のすぐ横には黒塗《ぬ》りの立派な金庫も、ちゃんと口を開けて置いてありました。鍵《かぎ》まで添《そ》えてあったのです。

「はは あ、何かの料理に電気をつかうと見えるね。金気《かなけ》のものはあぶない。ことに尖ったものはあぶないと斯《こ》う云《い》うんだろう。」

「そうだろう。して見ると勘定《かんじょう》は帰りにここで払《はら》うのだろうか。」

「どうもそうらしい。」

「そうだ。きっと。」

二人はめがねをはずしたり、カフスボタンをとったり、みんな金庫の中に入れて、ぱちんと錠《じょう》をかけました。

すこし行きますとまた扉《と》があって、その前に硝子《がらす》の壺《つぼ》が一つありました。扉には斯《こ》う書いてありました。


「壺のなかのクリームを顔や手足にすっかり塗《ぬ》ってください。」


みるとたしかに壺のなかのものは牛乳のクリームでした。

「クリームをぬれというのはどういうんだ。」

「これはね、外がひじょうに寒いだろう。室《へや》のなかがあんまり暖かいとひびがきれるから、その予防なんだ。どうも奥には、よほどえらいひとがきている。こんなとこで、案外ぼくらは、貴族とちかづきになるかも知れないよ。」

二人は壺のクリームを、顔に塗って手に塗ってそれから靴下をぬいで足に塗りました、それでもまだ残っていましたから、それは二人ともめいめいこっそり顔へ塗るふりをしながら喰《た》べました。

それから大急ぎで扉をあけますと、その裏側には、

「クリームをよく塗りましたか、耳にもよく塗りましたか、」

と書いてあって、ちいさなクリームの壺がここにも置いてありました。

「そうそう、ぼくは耳には塗らなかった。あぶなく耳にひびを切らすとこだった。ここの主人はじつに用意周到《しゅうとう》だね。」

「ああ、細かいとこまでよく気がつくよ。ところでぼくは早く何か喰《た》べたいんだが、どうも斯《こ》うどこまでも廊下《ろうか》じゃ仕方ないね。」

するとすぐその前に次の戸がありました。


「料理はもうすぐできます。

十五分とお待たせはいたしません。

すぐたべられます。

早くあなたの頭に瓶《びん》の中の香水をよく振《ふ》りかけてください。」


そして戸の前には金ピカの香水の瓶が置いてありました。

二人はその香水を、頭へぱちゃぱちゃ振りかけました。

ところがその香水は、どうも酢《す》のような匂《にお》いがするのでした。

「この香水はへんに酢くさい。どうしたんだろう。」

「まちがえたんだ。下女《げじょ》が風邪《かぜ》でも引いてまちがえて入れたんだ。」

二人は扉をあけて中にはいりました。

扉の裏側には、大きな字で斯う書いてありました。


「いろいろ注文が多くてうるさかったでしょう。お気の毒でした。

もうこれだけです。どうかからだ中に、壺の中の塩をたくさんよくもみ込んでください。」

なるほど立派な青い瀬戸《せと》の塩壺《しおつぼ》は置いてありましたが、こんどというこんどは二人ともぎょっとしてお互いにクリームをたくさん塗《ぬ》った顔を見合わせました。

「どうもおかしいぜ。」

「ぼくもおかしいとおもう。」

「沢山《たくさん》の注文というのは、向こうがこっちへ注文してるんだよ。」

「だからさ、西洋料理店というのは、ぼくの考えるところでは、西洋料理を、来た人にたべさせるのではなくて、来た人を西洋料理にして、食べてやる家《うち》とこういうことなんだ。これは、その、つ、つ、つ、つまり、ぼ、ぼ、ぼくらが……。」がたがたがたがた、ふるえだしてもうものが言えませんでした。

「その、ぼ、ぼくらが、……うわあ。」がたがたがたがたふるえだして、もうものが言えませんでした。

「遁《に》げ……。」がたがたしながら一人の紳士はうしろの戸を押《お》そうとしましたが、どうです、戸はもう一分《いちぶ》も動きませんでした。

奥の方にはまだ一枚扉《と》があって、大きなかぎ穴が二つつき、銀いろのホークとナイフの形が切りだしてあって、

「いや、わざわざご苦労です。

大へん結構にできました。

さあさあおなかにおはいりください。」

と書いてありました。おまけにかぎ穴からはきょろきょろ二つの青い眼玉《めだま》がこっちをのぞいています。

「うわあ。」がたがたがたがた。

「うわあ。」がたがたがたがた。

ふたりは泣き出しました。

すると戸の中では、こそこそこんなことを云《い》っています。

「だめだよ。もう気がついたよ。塩をもみこまないようだよ。」

「あたりまえさ。親分の書きようがまずいんだ。あすこへ、いろいろ注文が多くてうるさかったでしょう、お気の毒でしたなんて、間抜《まぬ》けたことを書いたもんだ。」

「どっちでもいいよ。どうせぼくらには、骨も分けて呉《く》れやしないんだ。」

「それはそうだ。けれどももしここへあいつらがはいって来なかったら、それはぼくらの責任だぜ。」

「呼ぼうか、呼ぼう。おい、お客さん方、早くいらっしゃい。いらっしゃい。いらっしゃい。お皿《さら》も洗ってありますし、菜っ葉ももうよく塩でもんで置きました。あとはあなたがたと、菜っ葉をうまくとりあわせて、まっ白なお皿にのせる丈《だ》けです。はやくいらっしゃい。」

「へい、いらっしゃい、いらっしゃい。それともサラドはお嫌《きら》いですか。そんならこれから火を起こしてフライにしてあげましょうか。とにかくはやくいらっしゃい。」

二人はあんまり心を痛めたために、顔がまるでくしゃくしゃの紙屑《かみくず》のようになり、お互《たが》いにその顔を見合わせ、ぶるぶるふるえ、声もなく泣きました。

中ではふっふっとわらってまた叫《さけ》んでいます。

「いらっしゃい、いらっしゃい。そんなに泣いては折角《せっかく》のクリームが流れるじゃありませんか。へい、ただいま。じきもってまいります。さあ、早くいらっしゃい。」

「早くいらっしゃい。親方がもうナフキンをかけて、ナイフをもって、舌なめずりして、お客さま方を待っていられます。」

二人は泣いて泣いて泣いて泣いて泣きました。

そのときうしろからいきなり、

「わん、わん、ぐゎあ。」という声がして、あの白熊《しろくま》のような犬が二疋《ひき》、扉《と》をつきやぶって室《へや》の中に飛び込んできました。鍵穴《かぎあな》の眼玉《めだま》はたちまちなくなり、犬どもはううとうなってしばらく室の中をくるくる廻《まわ》っていましたが、また一声
「わん。」と高く吠《ほ》えて、いきなり次の扉に飛びつきました。戸はがたりとひらき、犬どもは吸い込まれるように飛んで行きました。

その扉の向こうのまっくらやみのなかで、

「にゃあお、くゎあ、ごろごろ。」という声がして、それからがさがさ鳴りました。

室《へや》はけむりのように消え、二人は寒さにぶるぶるふるえて、草の中に立っていました。

見ると、上着や靴《くつ》や財布《さいふ》やネクタイピンは、あっちの枝《えだ》にぶらさがったり、こっちの根もとに

ちらばったりしています。風がどうと吹《ふ》いてきて、草はざわざわ、木の葉はかさかさ、木はごとんごとんと鳴りました。

犬がふうとうなって戻ってきました。

そしてうしろからは、

「旦那《だんな》あ、旦那あ、」と叫《さけ》ぶものがあります。

二人は俄《にわ》かに元気がついて

「おおい、おおい、ここだぞ、早く来い。」と叫びました。

蓑《みの》帽子をかぶった専門の猟師《りょうし》が、草をざわざわ分けてやってきました。

そこで二人はやっと安心しました。

そして猟師のもってきた団子《だんご》をたべ、途中《とちゅう》で十円だけ山鳥を買って東京に帰りました。

しかし、さっき一ぺん紙くずのようになった二人の顔だけは、東京に帰っても、お湯にはいっても、もうもとのとおりになおりませんでした。

烏の北斗七星

からすのほくとしちせい

つめたいいじの悪い雲が、地べたにすれすれに垂れましたので、野はらは雪のあかりだか、日のあかりだか判《わか》らないようになりました。

烏《からす》の義《ぎ》勇艦隊《ゆうかんたい》は、その雲に圧《お》しつけられて、しかたなくちょっとの間、亜鉛《とたん》の板をひろげたような雪の田圃《たんぼ》のうえに横にならんで仮泊《かはく》ということをやりました。

どの艦《ふね》もすこしも動きません。

まっ黒くなめらかな烏の大尉《たいい》、若い艦隊長もしゃんと立ったままうごきません。

からすの大監督《だいかんとく》はなおさらうごきもゆらぎもいたしません。からすの大監督は、もうずいぶんの年老《としよ》りです。眼《め》が灰いろになってしまっていますし、啼《な》くとまるで悪い人形のようにギイギイ云《い》います。

それですから、烏の年齢《とし》を見分ける法を知らない一人の子供が、いつか斯《こ》う云ったのでした。

「おい、この町には咽喉《のど》のこわれた烏が二疋《ひき》いるんだよ。おい。」

これはたしかに間違《まちが》いで、一疋《ぴき》しか居《お》りませんでしたし、それも決してのどが壊《こわ》れたのではなく、あんまり永い間、空で号令したために、すっかり声が錆《さ》びたのです。それですから烏の義勇艦隊は、その声をあらゆる音の中で一等だと思っていました。

雪のうえに、仮泊ということをやっている烏の艦隊は、石ころのようです。胡麻《ごま》つぶのようです。また望遠鏡でよくみると、大きなのや小さなのがあって馬鈴薯《ばれいしょ》のようです。

しかしだんだん夕方になりました。

雲がやっと少し上の方にのぼりましたので、とにかく烏の飛ぶくらいのすき間ができました。

そこで大監督が息を切らして号令を掛《か》けます。

「演習はじめいおいいっ、出発」

艦隊長烏の大尉が、まっさきにぱっと雪を叩《たた》きつけて飛びあがりました。烏の大尉の部下が十八隻《せき》、順々に飛びあがって大尉に続いてきちんと間隔《かんかく》をとって進みました。

それから戦闘艦隊が三十二隻、次々に出発し、その次に大監督の大艦長が厳《おごそ》かに舞《ま》いあがりました。

そのときはもうまっ先の烏の大尉は、四《し》へんほど空で螺旋《うず》を巻いてしまって雲の鼻っ端《ぱし》まで行って、そこからこんどはまっ直《す》ぐに向こうの杜《もり》に進むところでした。

二十九隻の巡洋艦《じゅんようかん》、二十五隻の砲艦《ほうかん》が、だんだんだんだん飛びあがりました。おしまいの二隻は、いっしょに出発しました。ここらがどうも烏の軍隊の不規律なところです。

烏の大尉は、杜のすぐ近くまで行って、左に曲がりました。

そのとき烏の大監督が、「大砲《たいほう》撃てっ。」と号令しました。

艦隊は一斉《いっせい》に、があがあがあがあ、大砲をうちました。

大砲をうつとき、片脚《かたあし》をぷんとうしろへ挙げる艦《ふね》は、この前のニダナトラの戦役《せんえき》での負傷兵で、音がまだ脚《あし》の神経にひびくのです。

さて、空を大きく四《し》へん廻《まわ》ったとき、大監督が、

「分《わか》れっ、解散」と云《い》いながら、列をはなれて杉《すぎ》の木の大監督官舎におりました。みんな列をほごしてじぶんの営舎に帰りました。

烏の大尉は、けれども、すぐに自分の営舎に帰らないで、ひとり、西のほうのさいかちの木に行きました。

雲はうす黒く、ただ西の山のうえだけ濁《にご》った水色の天の淵《ふち》がのぞいて底光りしています。そこで烏仲間でマシリイと呼ぶ銀の一つ星がひらめきはじめました。

烏の大尉は、矢のようにさいかちの枝《えだ》に下《お》りました。その枝に、さっきからじっと停《とま》って、ものを案じている烏があります。それはいちばん声のいい砲艦で、烏の大尉の許嫁《いいなずけ》でした。

「があがあ、遅《おそ》くなって失敬。今日の演習で疲《つか》れないかい。」

「かあお、ずいぶんお待ちしたわ。いっこうつかれなくてよ。」

「そうか。それは結構だ。しかしおれはこんどしばらくおまえと別れなければなるまいよ。」

「あら、どうして、まあ大へんだわ。」

「戦闘艦隊長のはなしでは、おれはあした山烏《やまがらす》を追いに行《ゆ》くのだそうだ。」

「まあ、山烏は強いのでしょう。」

「うん、眼玉《めだま》が出しゃばって、嘴《くちばし》が細くて、ちょっと見掛《か》けは偉《えら》そうだよ。しかし訳《わけ》ないよ。」

「ほんとう。」

「大丈夫《だいじょうぶ》さ。しかしもちろん戦争のことだから、どういう張合《はりあい》でどんなことがあるかもわからない。そのときはおまえはね、おれとの約束《やくそく》はすっかり消えたんだから、外《ほか》へ嫁《い》ってくれ。」

「あら、どうしましょう。まあ、大へんだわ。あんまりひどいわ、あんまりひどいわ。それではあたし、あんまりひどいわ、かあお、かあお、かあお、かあお」

「泣くな、みっともない。そら、たれか来た。」

烏の大尉の部下、烏の兵曹長《へいそうちょう》が急いでやってきて、首をちょっと横にかしげて礼をして云いました。

「があ、艦長殿、点呼の時間でございます。一同整列して居《お》ります。」

「よろしい。本艦は即刻《そっこく》帰隊する。おまえは先に帰ってよろしい。」

「承知いたしました。」兵曹長は飛んで行きます。

「さあ、泣くな。あした、も一度列の中で会えるだろう。丈夫でいるんだぞ、おい、お前ももう点呼だろう、すぐ帰らなくてはいかん。手を出せ。」

二疋はしっかり手を握《にぎ》りました。大尉はそれから枝をけって、急いでじぶんの隊に帰りました。娘の烏は、もう枝に凍《こお》り着いたように、じっとして動きません。

夜になりました。

それから夜中になりました。

雲がすっかり消えて、新らしく灼《や》かれた鋼《はがね》の空に、つめたいつめたい光がみなぎり、小さな星がいくつか連合して爆発《ばくはつ》をやり、水車《すいしゃ》の心棒《しんぼう》がキイキイ云《い》います。

とうとう薄《うす》い鋼《はがね》の空に、ピチリと裂罅《ひび》がはいって、まっ二《ぷた》つに開き、その裂《さ》け目から、あやしい長い腕《うで》がたくさんぶら下って、烏《からす》を握《つか》んで空の天井《てんじょう》の向こう側へ持って行こうとします。烏の義勇艦隊《かんたい》はもう総掛《そうがか》りです。みんな急いで黒い股引《ももひき》をはいて一生けん命宙《ちゅう》をかけめぐります。兄《あに》貴《き》の烏も弟をかばう暇《ひま》がなく、恋人《こいびと》同志もたびたびひどくぶっつかり合います。

いや、ちがいました。

そうじゃありません。

月が出たのです。青いひしげた二十日《はつか》の月が、東の山から泣いて登ってきたのです。そこで烏の軍隊はもうすっかり安心《あんしん》してしまいました。

たちまち杜《もり》はしずかになって、ただおびえて脚《あし》をふみはずした若い水兵が、びっくりして眼《め》をさまして、があと一発、ねぼけ声の大砲《たいほう》を撃《う》つだけでした。

ところが烏の大尉は、眼が冴《さ》えて眠《ねむ》れませんでした。

「おれはあした戦死するのだ。」大尉は呟《つぶ》やきながら、許嫁《いいなずけ》のいる杜の方にあたまを曲げました。その昆布《こんぶ》のような黒いなめらかな梢《こずえ》の中では、あの若い声のいい砲艦が、次から次といろいろな夢《ゆめ》を見ているのでした。

烏の大尉とただ二人、ばたばた羽をならし、たびたび顔を見合わせながら、青黒い夜の空を、どこまでもどこまでものぼって行きました。もうマジエル様と呼ぶ烏の北斗《ほくと》七星《しちせい》が、大きく近くなって、その一つの星のなかに生えている青じろい苹果《りんご》の木さえ、ありありと見えるころ、どうしたわけか二人とも、急にはねが石のようにこわばって、まっさかさまに落ちかかりました。マジエル様と叫《さけ》びながら愕《おど》ろいて眼をさましますと、ほんとうにからだが枝から落ちかかっています。急いではねをひろげ姿勢を直し、大尉の居る方を見ましたが、またいつかうとうとしますと、こんどは山烏が鼻眼鏡《はなめがね》などをかけてふたりの前にやって来て、大尉に握手《あくしゅ》しようとします。大尉が、いかんいかん、と云《い》って手をふりますと、山烏はピカピカする拳銃《ピストル》を出していきなりずどんと大尉を射殺《いころ》し、大尉はなめらかな黒い胸を張って倒《たお》れかかります、マジエル様と叫びながらまた愕《おどろ》いて眼をさますというあんばいでした。

烏の大尉はこちらで、その姿勢を直すはねの音から、そらのマジエルを祈《いの》る声まですっかり聴《き》いて居《お》りました。

じぶんもまたためいきをついて、そのうつくしい七つのマジエルの星を仰《あお》ぎながら、ああ、あしたの戦《たたかい》でわたくしが勝つことがいいのか、山烏がかつのがいいのかそれはわたくしにわかりません、ただあなたのお考《かんが》えのとおりです、わたくしはわたくしにきまったように力いっぱいたたかいます、みんなみんなあなたのお考えのとおりですとしずかに祈って居りました。そして東のそらには早くも少しの銀の光が湧《わ》いたのです。

ふと遠い冷たい北の方で、なにか鍵《かぎ》でも触《ふ》れあったようなかすかな声がしました。烏の大尉は夜間双眼鏡《ナイトグラス》を手早く取って、きっとそっちを見ました。星あかりのこちらのぼんやり白い峠《とうげ》の上に、一本の栗《くり》の木が見えました。その梢にとまって空を見あげているものは、たしかに敵の山烏です。大尉の胸は勇ましく躍《おど》りました。

「があ、非常召集《しょうしゅう》、があ、非常召集」

大尉の部下はたちまち枝をけたてて飛びあがり大尉のまわりをかけめぐります。

「突貫《とつかん》。」烏《からす》の大尉は先登《せんとう》になってまっしぐらに北へ進みました。

もう東の空はあたらしく研《と》いだ鋼《はがね》のような白光《しろびかり》です。

山烏はあわてて枝をけ立てました。そして大きくはねをひろげて北の方へ遁《に》げ出そうとしましたが、もうそのときは駆逐艦《くちくかん》たちはまわりをすっかり囲んでいました。

「があ、があ、があ、があ、があ」大砲《たいほう》の音は耳もつんぼになりそうです。山烏は仕方なく足をぐらぐらしながら上の方へ飛びあがりました。大尉はたちまちそれに追い付いて、そのまっくろな頭に鋭《するど》く一突《ひとつ》き食らわせました。山烏はよろよろっとなって地面に落ちかかりました。そこを兵曹長が横からもう一突きやりました。山烏は灰いろのまぶたをとじ、あけ方の峠《とうげ》の雪の上につめたく横《よこた》わりました。

「があ、兵曹長。その死骸《しがい》を営舎までもって帰るように。があ。引き揚《あ》げっ。」

「かしこまりました。」強い兵曹長はその死骸を提《さ》げ、烏の大尉はじぶんの杜《もり》の方に飛びはじめ十八隻《せき》はしたがいました。

杜に帰って烏の駆逐艦は、みなほうほう白い息をはきました。

「けがは無いか。誰《たれ》かけがしたものは無いか。」烏の大尉はみんなをいたわってあるきました。

夜がすっかり明けました。

桃《もも》の果汁《しる》のような陽《ひ》の光は、まず山の雪にいっぱいに注《そそ》ぎ、それからだんだん下に流れて、ついにはそこらいちめん、雪のなかに白百合《しろゆり》の花を咲かせました。

ぎらぎらの太陽が、かなしいくらいひかって、東の雪の丘《おか》の上に懸《かか》りました。

「観兵式《かんぺいしき》、用意っ、集《あつ》まれい。」大監督が叫《さけ》びました。

「観兵式、用意っ、集まれい。」各艦隊長が叫びました。

みんなすっかり雪のたんぼにならびました。

烏の大尉は列からはなれて、ぴかぴかする雪の上を、足をすくすく延ばしてまっすぐに走って大監督の前に行きました。

「報告、きょうあけがた、セピラの峠の上に敵艦の碇泊《ていはく》を認めましたので、本艦隊は直ちに出動、撃沈《げきちん》いたしました。わが軍死者なし。報告終りっ。」

駆逐艦隊はもうあんまりうれしくて、熱い涙《なみだ》をぼろぼろ雪の上にこぼしました。

烏の大監督も、灰いろの眼から泪《なみだ》をながして云《い》いました。

「ギイギイ、ご苦労だった。ご苦労だった。よくやった。もうおまえは少佐になってもいいだろう。おまえの部下の叙勲《じょくん》はおまえにまかせる。」

烏の新らしい少佐は、お腹《なか》が空《す》いて山から出て来て、十九隻に囲まれて殺された、あの山烏を思い出して、あたらしい泪《なみだ》をこぼしました。

「ありがとうございます。就《つ》いては敵の死骸《しがい》を葬《ほうむ》りたいとおもいますが、お許し下さいましょうか。」

「よろしい。厚く葬ってやれ。」

烏《からす》の新らしい少佐は礼をして大監督の前をさがり、列に戻《もど》って、いまマジエルの星の居るあたりの青ぞらを仰ぎました。（ああ、マジエル様、どうか憎《にく》むことのできない敵を殺さないでいいように早くこの世界がなりますように、そのためならば、わたくしのからだなどは、何べん引き裂《さ》かれてもかまいません。）マジエルの星が、ちょうど来ているあたりの青ぞらから、青いひかりがうらうらと湧《わ》きました。

美しくまっ黒な砲艦《ほうかん》の烏は、そのあいだ中、みんなといっしょに、不動の姿勢をとって列《なら》びながら、始終きらきらきらきら涙をこぼしました。砲艦長はそれを見ないふりしていました。あしたから、また許嫁《いいなずけ》といっしょに、演習ができるのです。あんまりうれしいので、たびたび嘴《くちばし》を大きくあけて、まっ赤に日光に透《す》かせましたが、それも砲艦長は横を向いて見逃《みの》がしていました。

水仙月の四日

すいせんづきのよっか

雪婆《ゆきば》んごは、遠くへ出かけて居《お》りました。

猫《ねこ》のような耳をもち、ぼやぼやした灰いろの髪《かみ》をした雪婆んごは、西の山脈の、ちぢれたぎらぎらの雲を越《こ》えて、遠くへでかけていたのです。

ひとりの子供が、赤い毛布《けっと》にくるまって、しきりにカリメラのことを考えながら、大きな象《ぞう》の頭のかたちをした、雪丘《ゆきおか》の裾《すそ》を、せかせかうちの方へ急いで居りました。

（そら、新聞紙《しんぶんがみ》を尖《とが》ったかたちに巻いて、ふうふうと吹《ふ》くと、炭からまるで青火《あおび》が燃える。ぼくはカリメラ鍋《なべ》に赤砂糖《あかさとう》を一つまみ入れて、それからザラメを一つまみ入れる。水をたして、あとはくつくつくつと煮《に》るんだ。）ほんとうにもう一生けん命、こどもはカリメラのことを考えながらうちの方へ急いでいました。

お日さまは、空のずうっと遠くのすきとおったつめたいとこで、まばゆい白い火を、どしどしお焚《た》きなさいます。

その光はまっすぐに四方《しほう》に発射し、下の方に落ちて来ては、ひっそりした台地の雪を、いちめんまばゆい雪花《せっか》石膏《せっこう》の板にしました。

二疋《ひき》の雪狼《ゆきおいの》が、べろべろまっ赤な舌を吐《は》きながら、象の頭のかたちをした、雪丘の上の方をあるいていました。こいつらは人の眼《め》には見えないのですが、一ぺん風に狂《くる》い出すと、台地のはずれの雪の上から、すぐぼやぼやの雪雲《ゆきぐも》をふんで、空をかけまわりもするのです。

「しゅ、あんまり行っていけないったら。」雪狼のうしろから白熊《しろくま》の毛皮の三角帽子《ぼうし》をあみだにかぶり、顔を苹果《りんご》のようにかがやかしながら、雪童子《ゆきわらす》がゆっくり歩いて来ました。

雪狼どもは頭をふってくるりとまわり、またまっ赤な舌を吐いて走りました。

「カシオピイア、
もう水仙《すいせん》が咲き出すぞ
おまえのガラスの水車《みずぐるま》
きっきとまわせ。」

雪童子はまっ青なそらを見あげて見えない星に叫《さけ》びました。その空からは青びかりが波になってわくわくと降り、雪狼どもは、ずうっと遠くで焰《ほのお》のように赤い舌をべろべろ吐いています。

「しゅ、戻《もど》れったら、しゅ、」雪童子がはねあがるようにして叱《しか》りましたら、いままで雪にくっきり落ちていた雪童子の影法師《かげぼうし》は、ぎらっと白いひかりに変り、狼《おいの》どもは耳をたてて一さんに戻《もど》ってきました。

「アンドロメダ、
あぜみの花がもう咲くぞ、
おまえのラムプのアルコホル、

しゅうしゅと噴《ふ》かせ。」

雪童子は、風のように象の形の丘《おか》にのぼりました。雪には風で介殻《かいがら》のようなかたがつき、その頂《いただき》には、一本の大きな栗《くり》の木が、美しい黄金《きん》いろのやどりぎのまりをつけて立っていました。

「とっといで。」雪童子が丘をのぼりながら云《い》いますと、一疋の雪狼は、主人の小さな歯のちらっと光るのを見るや、ごむまりのようにいきなり木にはねあがって、その赤い実のついた小さな枝《えだ》を、がちがち噛《か》じりました。木の上でしきりに頸《くび》をまげている雪狼の影法師は、大きく長く丘の雪に落ち、枝はとうとう青い皮と、黄いろの心《しん》とをちぎられて、いまのぼってきたばかりの雪童子の足もとに落ちました。

「ありがとう。」雪童子はそれをひろいながら、白と藍《あい》いろの野はらにたっている、美しい町をはるかにながめました。川がきらきら光って、停車場《ていしゃば》からは白い煙《けむり》もあがっていました。雪童子は眼を丘のふもとに落としました。その山裾《やますそ》の細い雪みちを、さっきの赤毛布《あかけっと》を着た子供が、一しんに山のうちの方へ急いでいるのでした。

「あいつは昨日《きのう》、木炭《すみ》のそりを押《お》して行った。砂糖を買って、じぶんだけ帰ってきたな。」雪童子はわらいながら、手にもっていたやどりぎの枝を、ぷいっとこどもになげつけました。枝はまるで弾丸《たま》のようにまっすぐに飛んで行って、たしかに子供の目の前に落ちました。

子供はびっくりして枝をひろって、きょろきょろあちこちを見まわしています。雪童子はわらって革《かわ》むちを一つひゅうと鳴らしました。

すると、雲もなく研《みが》きあげられたような群青《ぐんじょう》の空から、まっ白な雪が、さぎの毛のように、いちめんに落ちてきました。それは下の平原の雪や、ビール色の日光、茶いろのひのきでできあがった、しずかな奇麗《きれい》な日曜日を、一そう美しくしたのです。

子どもは、やどりぎの枝をもって、一生けん命にあるきだしました。

けれども、その立派な雪が落ち切ってしまったころから、お日さまはなんだか空の遠くの方へお移りになって、そこのお旅屋《たびや》で、あのまばゆい白い火を、あたらしくお焚《た》きなされているようでした。

そして西北《にしきた》の方からは、少し風が吹《ふ》いてきました。

もうよほど、そらも冷たくなってきたのです。東の遠くの海の方では、空の仕掛《しか》けを外《はず》したような、ちいさなカタッという音が聞こえ、いつかまっしろな鏡に変わってしまったお日さまの面《めん》を、なにかちいさなものがどんどんよこ切って行《ゆ》くようです。

雪童子《ゆきわらす》は革むちをわきの下にはさみ、堅《かた》く腕《うで》を組み、唇《くちびる》を結んで、その風の吹いて来る方をじっと見ていました。狼《おいの》どもも、まっすぐに首をのばして、しきりにそっちを望みました。

風はだんだん強くなり、足もとの雪は、さらさらさらさらうしろへ流れ、間もなく向こうの山脈の頂に、ぱっと白いけむりのようなものが立ったとおもうと、もう西の方は、すっかり灰いろに暗くなりました。

雪童子の眼は、鋭《するど》く燃えるように光りました。そらはすっかり白くなり、風はまるで引き裂《さ》くよう、早くも乾《かわ》いたこまかな雪がやって来ました。そこらはまるで灰いろの雪でいっぱいです。雪だか雲だかもわからないのです。

丘の稜《かど》は、もうあっちもこっちも、みんな一度に、軋《きし》るように切るように鳴り出しました。地平線も町も、みんな暗い烟《けむり》の向こうになってしまい、雪童子の白い影ばかり、ぼんやりまっすぐに立っています。

その裂くような吼《ほ》えるような風の音の中から、

「ひゅう、なにをぐずぐずしているの。さあ降らすんだよ。降らすんだよ。ひゅうひゅうひゅう、ひゅひゅう、降らすんだよ、飛ばすんだよ、なにをぐずぐずしているの。こんなに急がしいのにさ。ひゅう、ひゅう、向こうからさえわざと三人連れてきたじゃないか。さあ、降らすんだよ。ひゅう。」あやしい声がきこえてきました。

雪童子はまるで電気にかかったように飛びたちました。雪婆《ゆきば》んごがやってきたのです。

ぱちっ、雪童子の革むちが鳴りました。狼《おいの》どもは一ぺんにはねあがりました。雪わらすは顔いろも青ざめ、唇《くちびる》も結ばれ、帽子《ぼうし》も飛んでしまいました。

「ひゅう、ひゅう、さあしっかりやるんだよ。なまけちゃいけないよ。ひゅう、ひゅう。さあしっかりやってお呉《く》れ。今日はここらは水仙月《すいせんづき》の四日だよ。さあしっかりさ。ひゅう。」

雪婆んごの、ぼやぼやつめたい白髪《しらが》は、雪と風とのなかで渦《うず》になりました。どんどんかける黒雲《くろくも》の間から、その尖《とが》った耳と、ぎらぎら光る黄金《きん》の眼も見えます。

西の方の野原から連れて来られた三人の雪童子も、みんな顔いろに血の気もなく、きちっと唇《くちびる》を噛《か》んで、お互《たが》い挨拶《あいさつ》さえも交《か》わさずに、もうつづけざませわしく革むちを鳴らし行ったり来たりしました。もうどこが丘だか雪けむりだか空だかさえもわからなかったのです。聞こえるものは雪婆んごのあちこち行ったり来たりして叫ぶ声、お互いの革鞭《かわむち》の音、それからいまは雪の中をかけあるく九疋《くひき》の雪狼《ゆきおいの》どもの息の音《おと》ばかり、そのなかから雪童子《ゆきわらす》はふと、風にけされて泣いているさっきの子供の声をききました。

雪童子の瞳《ひとみ》はちょっとおかしく燃えました。しばらくたちどまって考えていましたがいきなり烈《はげ》しく鞭をふってそっちへ走ったのです。

けれどもそれは方角がちがっていたらしく雪童子はずうっと南の方の黒い松山にぶっつかりました。雪童子は革むちをわきにはさんで耳をすましました。

「ひゅう、ひゅう、なまけちゃ承知しないよ。降らすんだよ、降らすんだよ。さあ、ひゅう。今日は水仙月《すいせんづき》の四日だよ。ひゅう、ひゅう、ひゅう、ひゅうひゅう。」

そんなはげしい風や雪の声の間からすきとおるような泣き声がちらっとまた聞こえてきました。雪童子はまっすぐにそっちへかけて行きました。雪婆んごのふりみだした髪が、その顔に気みわるくさわりました。峠《とうげ》の雪の中に、赤い毛布《けっと》をかぶったさっきの子が、風にかこまれて、もう足を雪から抜《ぬ》けなくなってよろよろ倒《たお》れ、雪に手をついて、起きあがろうとして泣いていたのです。

「毛布《けっと》をかぶって、うつ向けになっておいで。毛布をかぶって、うつむけになっておいで。ひゅう。」雪童子は走りながら叫《さけ》びました。けれどもそれは子どもにはただ風の声ときこえ、そのかたちは眼《め》に見えなかったのです。

「うつむけに倒れておいで。ひゅう。動いちゃいけない。じきやむからけっとをかぶって倒れておいで。」雪わらすはかけ戻《もど》りながら又《また》叫びました。子どもはやっぱり起きあがろうとしてもがいていました。

「倒れておいで、ひゅう、だまってうつむけに倒れておいで、今日はそんなに寒くないんだから凍《こご》えやしない。」

雪童子は、も一ど走り抜けながら叫びました。子どもは口をびくびくまげて泣きながらまた起きあがろうとしました。

「倒れているんだよ。だめだねえ。」雪童子は向こうからわざとひどくつきあたって子どもを倒しました。

「ひゅう、もっとしっかりやっておくれ、なまけちゃいけない。さあ、ひゅう」

雪婆んごがやってきました。その裂《さ》けたように紫《むらさき》な口も尖った歯もぼんやり見えました。

「おや、おかしな子がいるね、そうそう、こっちへとってしまい。水仙月の四日だもの、一人や二人とったっていいんだよ。」

「ええ、そうです。さあ、死んでしまえ。」雪童子はわざとひどくぶっつかりながらまたそっと云《い》いました。

「倒れているんだよ。動いちゃいけない。動いちゃいけないったら。」

狼《おいの》どもが気ちがいのようにかけめぐり、黒い足は雪雲《ゆきぐも》の間からちらちらしました。

「そうそう、それでいいよ。さあ、降らしておくれ。なまけちゃ承知しないよ。ひゅうひゅうひゅう、ひゅひゅう。」雪婆んごは、また向こうへ飛んで行きました。

子供はまた起きあがろうとしました。雪童子は笑いながら、も一度ひどくつきあたりました。

もうそのころは、ぼんやり暗くなって、まだ三時にもならないに、日が暮れるように思われたのです。こどもは力もつきて、もう起きあがろうとしませんでした。雪童子《ゆきわらす》は笑いながら、手をのばして、その赤い毛布《けっと》を上からすっかりかけてやりました。

「そうして睡《ねむ》っておいで。布団《ふとん》をたくさんかけてあげるから。そうすれば凍《こご》えないんだよ。あしたの朝までカリメラの夢《ゆめ》を見ておいで。」

　雪わらすは同じとこを何べんもかけて、雪をたくさんこどもの上にかぶせました。まもなく赤い毛布も見えなくなり、あたりとの高さも同じになってしまいました。

「あのこどもは、ぼくのやったやどりぎをもっていた。」雪童子はつぶやいて、ちょっと泣くようにしました。

「さあ、しっかり、今日は夜の二時までやすみなしだよ。ここらは水仙月《すいせんづき》の四日なんだから、やすんじゃいけない。さあ、降らしておくれ。ひゅう、ひゅうひゅう、ひゅひゅう。」

　雪婆《ゆきば》んごはまた遠くの風の中で叫《さけ》びました。

　そして、風と雪と、ぼさぼさの灰のような雲のなかで、ほんとうに日は暮れ雪は夜じゅう降って降って降ったのです。やっと夜明けに近いころ、雪婆んごはも一度、南から北へまっすぐに馳《は》せながら云《い》いました。

「さあ、もうそろそろやすんでいいよ。あたしはこれからまた海の方へ行くからね、だれもついて来ないでいいよ。ゆっくりやすんでこの次の仕度《したく》をして置いておくれ。ああまあいいあんばいだった。水仙月の四日がうまく済《す》んで。」

その眼は闇《やみ》のなかでおかしく青く光り、ばさばさの髪《かみ》を渦《うず》巻かせ口をびくびくしながら、東の方へかけて行きました。

野はらも丘《おか》もほっとしたようになって、雪は青じろくひかりました。空もいつかすっかり霽《は》れて、桔梗《ききょう》いろの天球《てんきゅう》には、いちめんの星座がまたたきました。

雪童子らは、めいめい自分の狼《おいの》をつれて、はじめてお互い挨拶《あいさつ》しました。

「ずいぶんひどかったね。」

「ああ、」

「こんどはいつ会うだろう。」

「いつだろうねえ、しかし今年中に、もう二へんぐらいのもんだろう。」

「早くいっしょに北へ帰りたいね。」

「ああ。」

「さっきこどもがひとり死んだな。」

「大丈夫《だいじょうぶ》だよ。眠ってるんだ。あしたあすこへぼくしるしをつけておくから。」

「ああ、もう帰ろう。夜明けまでに向こうへ行かなくちゃ。」

「まあいいだろう。ぼくね、どうしてもわからない。あいつはカシオペーアの三つ星だろう。みんな青い火なんだろう。それなのに、どうして火がよく燃えれば、雪をよこすんだろう。」

「それはね、電気菓子《がし》とおなじだよ。そら、ぐるぐるぐるまわっているだろう。ザラメがみんな、ふわふわのお菓子になるねえ、だから火がよく燃えればいいんだよ。」

「ああ。」

「じゃ、さよなら。」

「さよなら。」

三人の雪童子《ゆきわらす》は、九疋《くひき》の雪狼《ゆきおいの》をつれて、西の方へ帰って行きました。

まもなく東のそらが黄ばらのように光り、琥珀《こはく》いろにかがやき、黄金《きん》に燃えだしました。丘《おか》も野原もあたらしい雪でいっぱいです。

雪狼どもはつかれてぐったり座っています。雪童子も雪に座《すわ》ってわらいました。その頬《ほお》は林檎《りんご》のよう、その息は百合《ゆり》のようにかおりました。

ギラギラのお日さまがお登りになりました。今朝《けさ》は青味がかって一《いっ》そう立派です。日光は桃《もも》いろにいっぱいに流れました。雪狼は起きあがって大きく口をあき、その口からは青い焔《ほのお》がゆらゆらと燃えました。

「さあ、おまえたちはぼくについておいで。夜《よ》があけたから、あの子どもを起さなきゃあいけない。」

雪童子は走って、あの昨日《きのう》の子供の埋《うず》まっているとこへ行きました。

「さあ、ここらの雪をちらしておくれ。」

雪狼どもは、たちまち後足《あとあし》で、そこらの雪をけたてました。風がそれをけむりのように飛ばしました。

かんじきをはき毛皮を着た人が、村の方から急いでやってきました。

「もういいよ」。雪童子は子供の赤い毛布《けつと》のはじが、ちらっと雪から出たのをみて叫《さけ》びました。

「お父《とう》さんが来たよ。もう眼をおさまし。」雪わらすはうしろの丘にかけあがって一本の雪けむりをたてながら叫びました。子どもはちらっとうごいたようでした。そして毛皮の人は一生けん命走ってきました。

山男の四月

やまおとこのしがつ

　山男は、金いろの眼《め》を皿《さら》のようにし、せなかをかがめて、にしね山のひのき林のなかを、兎《うさぎ》をねらってあるいていました。

　ところが、兎はとれないで、山鳥《やまどり》がとれたのです。

　それは山鳥が、びっくりして飛びあがるとこへ、山男が両手をちぢめて、鉄砲《てっぽう》だまのようにからだを投げつけたものですから、山鳥ははんぶん潰《つぶ》れてしまいました。

　山男は顔をまっ赤にし、大きな口をにやにやまげてよろこんで、そのぐったり首を垂れた山鳥を、ぶらぶら振《ふ》りまわしながら森から出てきました。

　そして日あたりのいい南向きのかれ芝《しば》の上に、いきなり獲物《えもの》を投げだして、ばさばさの赤い髪《かみ》毛《け》を指でかきまわしながら、肩《かた》を円《まる》くしてごろりと寝ころびました。

　どこかで小鳥もチッチッと啼《な》き、かれ草のところどころにやさしく咲いたむらさきいろのかたくりの花もゆれました。

　山男は仰《あお》向《む》けになって、碧《あお》いああおい空をながめました。お日さまは赤と黄金《きん》でぶちぶちのやまなしのよう、かれくさのいいにおいがそこらを流れ、すぐうしろの山脈では、雪がこんこんと白い後光をだしているのでした。

（飴《あめ》というものはうまいものだ。天道《てんと》は飴をうんとこさえているが、なかなかおれにはくれない。）

山男がこんなことをぼんやり考えていますと、その澄《す》み切った碧いそらをふわふわうるんだ雲が、あてもなく東の方へ飛んで行きました。そこで山男は、のどの遠くの方を、ごろごろならしながら、また考えました。

（ぜんたい雲というものは、風のぐあいで、行ったり来たりぽかっと無くなってみたり、俄《にわ》かにまたでてきたりするもんだ。そこで雲助《くもすけ》とこういうのだ。）

そのとき山男は、なんだかむやみに足とあたまが軽くなって、逆《さか》さまに空気のなかにうかぶような、へんな気もちになりました。もう山男こそ雲助のように、風にながされるのか、ひとりでに飛ぶのか、どこというあてもなく、ふらふらあるいていたのです。

（ところがここは七《なな》つ森だ。ちゃんと七っつ、森がある。松のいっぱい生えてるのもある、坊主《ぼうず》で黄いろなのもある。そしてここまで来てみると、おれはまもなく町へ行く。町へはいって行くとすれば、化《ば》けないとなぐり殺される。）

山男はひとりでこんなことを言いながら、どうやら一人《ひとり》まえの木樵《きこり》のかたちに化けました。そしたらもうすぐ、そこが町の入口《いりくち》だったのです。山男は、まだどうも頭があんまり軽くて、からだのつりあいがよくないとおもいながら、のそのそ町にはいりました。

入口にはいつもの魚屋があって、塩鮭《しおざけ》のきたない俵《たわら》だの、くしゃくしゃになった鰯《いわし》のつらだのが台にのり、軒《のき》には赤ぐろいゆで章魚《だこ》が、五つつるしてありました。その章魚を、もうつくづくと山男はながめたのです。

（あのいぼのある赤い脚《あし》のまがりぐあいは、ほんとうにりっぱだ。郡役所の技手《ぎて》の、乗馬ずぼんをはいた足よりまだりっぱだ。こういうものが、海の底の青いくらいところを、大きく眼をあいてはっているのはじっさいえらい。）

山男はおもわず指をくわえて立ちました。するとちょうどそこを、大きな荷物をしょった、汚《きた》ない浅黄服《あさぎふく》の支那《しな》人が、きょろきょろあたりを見まわしながら、通りかかって、いきなり山男の肩をたたいて言いました。

「あなた、支那反物《たんもの》よろしいか。六神丸《ろくしんがん》たいさんやすい。」

山男はびっくりしてふりむいて、

「よろしい。」とどなりましたが、あんまりじぶんの声がたかかったために、円《まる》い鉤《かぎ》をもち、髪をわけ下駄《げた》をはいた魚屋の主人や、けらを着た村の人たちが、みんなこっちを見ているのに気がついて、すっかりあわてて急いで手をふりながら、小声で言い直しました。

「いや、そうだない。買う、買う。」

するとと支那人は
「買わない、それ構《かま》わない、ちょっと見るだけよろしい。」

と言いながら、背中の荷物をみちのまんなかにおろしました。山男はどうもその支那人のぐちゃぐちゃした赤い眼が、とかげのようでへんに怖《こわ》くてしかたありませんでした。

そのうちに支那人は、手ばやく荷物へかけた黄いろの真田紐《さなだひも》をといてふろしきをひらき、行李《こうり》の蓋《ふた》をとって反物のいちばん上にたくさんならんだ紙箱《かみばこ》の間から、小さな赤い薬瓶《くすりびん》のようなものをつかみだしました。

（おやおや、あの手の指はずいぶん細いぞ。爪《つめ》もあんまり尖《とが》っているしいよいよこわい。）山男はそっとこうおもいました。

支那人はそのうちに、まるで小指ぐらいあるガラスのコップを二つ出して、ひとつを山男に渡しました。

「あなた、この薬のむよろしい。毒ない。決して毒ない。のむよろしい。わたしさきのむ。心配ない。わたしビールのむ、お茶のむ。毒のまない。これながいきの薬ある。のむよろしい。」支那人はもうひとりでかぷっと呑《の》んでしまいました。

山男はほんとうに呑んでいいだろうかとあたりを見ますと、じぶんはいつか町の中でなく、空のように碧《あお》いひろい野原のまんなかに、眼のふちの赤い支那人とたった二人、荷物を間に置いて向かいあって立っているのでした。二人のかげがまっ黒に草に落ちました。

「さあ、のむよろしい。ながいきのくすりある。のむよろしい。」支那人は尖った指をつき出して、しきりにすすめるのでした。山男はあんまり困ってしまって、もう呑んで遁《に》げてしまおうとおもって、いきなりぷいっとその薬をのみました。するとふしぎなことには、山男はだんだんからだのでこぼこがなくなって、ちぢまって平らになってちいさくなって、よくしらべてみると、どうもいつかちいさな箱のようなものに変って草の上に落ちているらしいのでした。

（やられた、畜生《ちくしょう》、とうとうやられた、さっきからあんまり爪が尖《とが》ってあやしいとおもっていた。畜生、すっかりうまくだまされた。）山男は口惜《くや》しがってばたばたしようとしましたが、もうただ一箱の小さな六神丸《ろくしんがん》ですからどうにもしかたありませんでした。

ところが支那人《しな》のほうは大よろこびです。ひょいひょいと両脚《あし》をかわるがわるあげてとびあがり、ぽんぽんと手で足のうらをたたきました。その音はつづみのように、野原の遠くのほうまでひびきました。

それから支那人の大きな手が、いきなり山男の眼の前にでてきたとおもうと、山男はふらふらと高いところにのぼり、まもなく荷物のあの紙箱の間におろされました。

おやおやとおもっているうちに上からばたっと行李《こうり》の蓋《ふた》が落ちてきました。それでも日光は行李の目からうつくしくすきとおって見えました。

（とうとう牢《ろう》におれははいった。それでもやっぱり、お日さまは外で照っている。）山男はひとりでこんなことを呟《つぶ》やいて無理にかなしいのをごまかそうとしました。するとこんどは、急にもっとくらくなりました。

（ははあ、風呂敷《ふろしき》をかけたな。いよいよ情けないことになった。これから暗い旅になる。）山男はなるべく落ち着いてこう言いました。

すると愕《おど》ろいたことは山男のすぐ横でものを言うやつがあるのです。

「おまえさんはどこから来なすったね。」

山男ははじめぎくっとしましたが、すぐ、

（ははあ、六神丸というものは、みんなおれのようなぐあいに人間が薬で改良されたもんだな。よしよし、）と考えて、

「おれは魚屋の前から来た。」と腹に力を入れて答えました。すると外から支那人が噛《か》みつくようにどなりました。

「声あまり高い。しずかにするよろしい。」

山男はさっきから、支那人がむやみにしゃくにさわっていましたので、このときはもう一ぺんにかっとしてしまいました。

「何だと。何をぬかしやがるんだ。どろぼうめ。きさまが町へはいったら、おれはすぐ、この支那人はあやしいやつだとどなってやる。さあどうだ。」

支那人は、外でしんとしてしまいました。じつにしばらくの間、しいんとしていました。山男はこれは支那人が、両手を胸で重ねて泣いているのかなともおもいました。そうしてみると、いままで峠《とうげ》や林のなかで、荷物をおろしてなにかひどく考え込《こ》んでいたような支那人は、みんなこんなことを誰《たれ》かに云《い》われたのだなと考えました。山男はもうすっかりかあいそうになって、いまのはうそだよと云おうとしていましたら、外の支那人があわれなしわがれた声で言いました。

「それ、あまり同情ない。わたし商売たたない。わたしおまんまたべない。わたし往生《おうじょう》する、それ、あまり同情ない。」山男はもう支那人が、あんまり気の毒になってしまって、おれのからだなどは、支那人が六十銭《せん》もうけて宿屋に行って、鰯《いわし》の頭や菜っ葉汁《じる》をたべるかわりにくれてやろうとおもいながら答えました。

「支那《しな》人さん、もういいよ。そんなに泣かなくてもいいよ。おれは町にはいったら、あまり声を出さないようにしよう。安心しな。」すると外の支那人は、やっと胸をなでおろしたらしく、ほおという息の声も、ぽんぽんと足を叩《たた》いている音も聞こえました。それから支那人は、荷物をしょったらしく、薬の紙箱《かみばこ》は、互《たが》いにがたがたぶっつかりました。

「おい、誰《たれ》だい。さっきおれにものを云《い》いかけたのは。」

山男が斯《こ》う云いましたら、すぐとなりから返事がきました。

「わしだよ。そこでさっきの話のつづきだがね、おまえは魚屋の前からきたとすると、いま鱸《すずき》が一匹《ぴき》いくらするか、またほしたふかのひれが、十両《ジッテール》に何斤《ぎん》くるか知ってるだろうな。」

「さあ、そんなものは、あの魚屋には居なかったようだぜ。もっとも章魚《たこ》はあったがなあ。あの章魚の脚《あし》つきはよかったなあ。」

「へい。そんないい章魚かい。わしも章魚は大すきでな。」

「うん、誰だって章魚のきらいな人はない。あれを嫌《きら》いなくらいなら、どうせろくなやつじゃないぜ。」

「まったくそうだ。章魚ぐらいりっぱなものは、まあ世界中にないな。」

「そうさ。お前はいったいどこからきた。」

「おれかい。上海《しゃんはい》だよ。」

「おまえはするとやっぱり支那人だろう。支那人というものは薬にされたり、薬にしてそれを売ってあるいたり気の毒なもんだな。」

「そうでない。ここらをあるいてるものは、みんな陳《ちん》のようないやしいやつばかりだが、ほんとうの支那人なら、いくらでもえらいりっぱな人がある。われわれはみな孔子《こうし》聖人《せいじん》の末なのだ。」

「なんだかわからないが、おもてにいるやつは陳というのか。」

「そうだ。ああ暑い、蓋《ふた》をとるといいなあ。」

「うん。よし。おい、陳さん。どうもむし暑くていかんね。すこし風を入れてもらいたいな。」

「もすこし待つよろしい。」陳が外で言いました。

「早く風を入れないと、おれたちはみんな蒸《む》れてしまう。お前の損になるよ。」

すると陳が外でおろおろ声を出しました。

「それ、もとも困る、がまんしてくれるよろしい。」

「がまんも何もないよ、おれたちがすきでむれるんじゃないんだ。ひとりでにむれてしまうさ。早く蓋をあけろ。」

「も二十分《じっぷん》まつよろしい。」

「えい、仕方ない。そんならも少し急いであるきな。仕方ないな。ここに居るのはおまえだけかい。」

「いいや、まだたくさんいる。みんな泣いてばかりいる。」

「そいつはかあいそうだ。陳はわるいやつだ。なんとかおれたちは、もいちどもとの形にならないだろうか。」

「それはできる。おまえはまだ、骨まで六神丸《ろくしんがん》になっていないから、丸薬《がんやく》さえのめばもとへ戻《もど》る。

おまえのすぐ横に、その黒い丸薬《がんやく》の瓶《びん》がある。」

「そうか。そいつはいい、それではすぐ呑《の》もう。しかし、おまえさんたちはのんでもだめか。」

「だめだ。けれどもおまえが呑んでもとの通りになってから、おれたちをみんな水に漬《つ》けて、よくもんでもらいたい。それから丸薬をのめばきっとみんなもとへ戻る。」

「そうか。よし、引き受けた。おれはきっとおまえたちをみんなもとのようにしてやるからな。丸薬というのはこれだな。そしてこっちの瓶《びん》は人間が六神丸《ろくしんがん》になるほうか。陳《ちん》もさっきおれといっしょにこの水薬《みずぐすり》をのんだがね、どうして六神丸にならなかったろう。」

「それはいっしょに丸薬を呑んだからだ。」

「ああ、そうか。もし陳《ちん》がこの丸薬だけ呑んだらどうなるだろう。変わらない人間がまたもとの人間に変るとどうも変だな。」

そのときおもてで陳が、

「支那《しな》たものよろしいか。あなた、支那たもの買うよろしい。」

と云《い》う声がしました。

「ははあ、はじめたね。」山男はそっとこう云っておもしろがっていましたら、俄《にわ》かに蓋《ふた》があいたので、もうまぶしくてたまりませんでした。それでもむりやりそっちを見ますと、ひとりのおかっぱの子供が、ぽかんと陳の前に立っていました。

陳はもう丸薬を一つぶつまんで、口のそばへ持って行きながら、水薬とコップを出して、

「さあ、呑むよろしい。これながいきの薬ある。さあ呑むよろしい。」とやっています。

「はじめた、はじめた。いよいよはじめた。」行李《こうり》のなかでたれかが言いました。

「わたしビール呑む、お茶のむ、毒のまない。さあ、呑むよろしい。わたしのむ。」

そのとき山男は、丸薬を一つぶそっとのみました。すると、めりめりめりめりっ。

山男はすっかりもとのような、赤髪《あかがみ》の立派なからだになりました。陳はちょうど丸薬を水薬といっしょにのむところでしたが、あまりびっくりして、水薬はこぼして丸薬だけのみました。さあ、たいへん、みるみる陳のあたまがめらあっと延《の》びて、いままでの倍《ばい》になり、せいがめきめき高くなりました。そして「わあ。」と云いながら山男につかみかかりました。山男はまんまるになって一生けん命遁《に》げました。ところがいくら走ろうとしても、足がから走りということをしているらしいのです。とうとうせなかをつかまれてしまいました。

「助けてくれ、わあ、」と山男が叫《さけ》びました。そして眼をひらきました。みんな夢《ゆめ》だったのです。

雲はひかってそらをかけ、かれ草はかんばしくあたたかです。

山男はしばらくぼんやりして、投げ出してある山鳥のきらきらする羽をみたり、六神丸の紙箱《かみばこ》を水につけてもむことなどを考えていましたがいきなり大きなあくびをひとつして言いました。

「ええ、畜生《ちくしょう》、夢のなかのこった。陳も六神丸もどうにでもなれ。」

それからあくびをもひとつしました。

かしわばやしの夜

かしわばやしのよる

清作《せいさく》は、さあ日暮《ひぐ》れだぞ、日暮れだぞと云《い》いながら、稗《ひえ》の根もとにせっせと土をかけていました。

そのときはもう、銅《あかがね》づくりのお日さまが、南の山裾《やますそ》の群青《ぐんじょう》いろをしたとこに落ちて、野はらはへんにさびしくなり、白樺《しらかば》の幹などもなにか粉を噴《ふ》いているようでした。

いきなり、向こうの柏《かしわ》ばやしの方から、まるで調子はずれの途方《とほう》もない変な声で、

「欝金《うこん》しゃっぽのカンカラカンのカアン。」とどなるのがきこえました。

清作はびっくりして顔いろを変え、鍬《くわ》をなげすてて、足音をたてないように、そっとそっちへ走って行《ゆ》きました。

ちょうどかしわばやしの前まで来たとき、清作はふいに、うしろからえり首をつかまれました。

びっくりして振《ふ》りむいてみますと、赤いトルコ帽《ぼう》をかぶり、鼠《ねずみ》いろのへんなだぶだぶの着ものを着て、靴《くつ》をはいた無暗《むやみ》にせいの高い眼《め》のするどい画《え》かきが、ぷんぷん怒《おこ》って立っていました。

「何というざまをしてあるくんだ。まるで這《は》うようなあんばいだ。鼠《ねずみ》のようだ。どうだ、弁解のことばがあるか。」

清作はもちろん弁解のことばなどはありませんでしたし、面倒臭《めんどうくさ》くなったら喧嘩《けんか》してやろうとおもって、いきなり空を向いて咽喉《のど》いっぱい、

「赤いしゃっぽのカンカラカンのカアン。」とどなりました。するとそのせ高《たか》の画かきは、にわかに清作の首すじを放して、まるで咆《ほ》えるような声で笑いだしました。その音は林にこんこんひびいたのです。

「うまい、じつにうまい。どうです、すこし林のなかをあるこうじゃありませんか。そうそう、どちらもまだ挨拶《あいさつ》を忘れていた。ぼくからさきにやろう。いいか、いや今晩は、野はらには小さく切った影法師《かげぼうし》がばら播《ま》きですね、と。ぼくのあいさつはこうだ。わかるかい。こんどは君だよ。えへん、えへん。」と云いながら画《え》かきはまた急に意地悪い顔つきになって、斜《なな》めに上の方から軽べつしたように清作を見おろしました。

清作はすっかりどぎまぎしましたが、ちょうど夕がたでおなかが空《す》いて、雲が団子のように見えていましたからあわてて、

「えっ、今晩は。よいお晩でございます。えっ。お空はこれから銀のきな粉《こ》でまぶされます。ごめんなさい。」

と言いました。

ところが画かきはもうすっかりよろこんで、手をぱちぱち叩《たた》いて、それからはねあがって言いました。

「おい君、行こう。林へ行こう。おれは柏《かしわ》の木大王のお客さまになって来ているんだ。おもしろ

いものを見せてやるぞ。」

　画《え》かきはにわかにまじめになって、赤だの白だのぐちゃぐちゃついた汚《きた》ない絵の具箱《ばこ》をかついで、さっさと林の中にはいりました。そこで清作も、鍬《くわ》をもたないで手がひまなので、ぶらぶら振ってついて行きました。

　林のなかは浅黄《あさぎ》いろで、肉桂《にくけい》のようなにおいがいっぱいでした。ところが入口から三本目の若い柏《かしわ》の木は、ちょうど片脚《かたあし》をあげておどりのまねをはじめるところでしたが二人の来たのを見てまるでびっくりして、それからひどくはずかしがって、あげた片脚の膝《ひざ》を、間がわるそうにべろべろ嘗《な》めながら、横目でじっと二人の通りすぎるのをみていました。殊《こと》に清作《せいさく》が通り過ぎるときは、ちょっとあざ笑いました。清作はどうも仕方ないというような気がしてだまって画かきについて行きました。

　ところがどうも、どの木も画かきには機嫌《きげん》のいい顔をしますが、清作にはいやな顔を見せるのでした。

　一本のごつごつした柏の木が、清作の通るとき、うすくらがりに、いきなり自分の脚をつき出して、つまずかせようとしましたが清作は、

「よっとしょ。」と云《い》いながらそれをはね越《こ》えました。

　画かきは、

「どうかしたかい。」といってちょっとふり向きましたが、またすぐ向こうを向いてどんどんあるいて行きました。

ちょうどそのとき風が来ましたので、林中《はやしじゅう》の柏の木はいっしょに、

「せらせら清作、せらせらせらばあ。」とうす気味のわるい声を出して清作をおどそうとしました。

ところが清作は却《かえ》ってじぶんで口をすてきに大きくして横の方へまげて
「へらへら清作、へらへらへら、ばばあ。」とどなりつけましたので、柏の木はみんな度《ど》ぎもをぬかれてしいんとなってしまいました。画かきはあっはは、あっははとびっこのような笑いかたをしました。

そして二人はずうっと木の間を通って、柏の木大王のところに来ました。

大王は大小とりまぜて十九本《じゅうく》の手と、一本の太い脚とをもって居《お》りました。まわりにはしっかりしたけらいの柏どもが、まじめにたくさんがんばっています。

画かきは絵の具ばこをカタンとおろしました。すると大王はまがった腰《こし》をのばして、低い声で画かきに云いました。

「もうお帰りかの。待ってましたじゃ。そちらは新らしい客人じゃな。が、その人はよしなされ。前科者《ぜんかもの》じゃぞ。前科九十八犯《くじゅうはっぱん》じゃぞ。」

清作が怒ってどなりました。

「うそをつけ、前科者だと。おら正直だぞ。」

大王もごつごつの胸を張って怒りました。

「なにを。証拠《しょうこ》はちゃんとあるじゃ。また帳面にも載《の》っとるじゃ。貴《き》さまの悪い斧《おの》のあとのつい

た九十八《くじゅうはち》の足さきがいまでもこの林の中にちゃんと残っているじゃ。」

「あっはっは。おかしなはなしだ。九十八の足さきというのは、九十八の切株《きりかぶ》だろう。それがどうしたというんだ。おれはちゃんと、山主《やまぬし》の藤助《とうすけ》に酒を二升《しょう》買ってあるんだ。」

「そんならおれにはなぜ酒を買わんか。」

「買ういわれがない」

「いや、ある、沢山《たくさん》ある。買え」

「買ういわれがない」

画《え》かきは顔をしかめて、しょんぼり立ってこの喧嘩《けんか》をきいていましたがこのとき、俄《にわ》かに林の木の間から、東の方を指さして叫《さけ》びました。

「おいおい、喧嘩はよせ。まん円《まる》い大将に笑われるぞ。」

見ると東のとっぷりとした青い山脈の上に、大きなやさしい桃《もも》いろの月がのぼったのでした。お月さまのちかくはうすい緑いろになって、柏《かしわ》の若い木はみな、まるで飛びあがるように両手をそっちへ出して叫びました。

「おつきさん、おつきさん、おっつきさん、
ついお見外《みそ》れして　すみません
あんまりおなりが　ちがうので
ついお見外れして　すみません。」

柏の木大王も白いひげをひねって、しばらくうむうむと云《い》いながら、じっとお月さまを眺《なが》めて

から、しずかに歌いだしました。
「こよいあなたは　ときいろの
むかしのきもの　つけなさる
かしわばやしの　このよいは
なつのおどりの　だいさんや

やがてあなたは　みずいろの
きょうのきものを　つけなさる
かしわばやしの　よろこびは
あなたのそらに　かかるまま。」
画かきがよろこんで手を叩《たた》きました。
「うまいうまい。よしよし。夏のおどりの第三夜。みんな順々にここに出て歌うんだ。じぶんの文句でじぶんのふしで歌うんだ。一等賞から九等《くとう》賞まではぼくが大きなメタルを書いて、明日枝《あしたえだ》にぶらさげてやる。」
清作もすっかり浮《う》かれて云《い》いました。
「さあ来い。へたな方の一等から九等までは、あしたおれがスポンと切って、こわいとこへ連れてってやるぞ。」
すると柏の木大王が怒《おこ》りました。

「何を云《い》うか。無礼者。」

「何が無礼だ。もう九本《くほん》切るだけは、とうに山主《やまぬし》の藤助《とうすけ》に酒を買ってあるんだ。」

「そんならおれにはなぜ買わんか。」

「買ういわれがない。」

「いやある、沢山《たくさん》ある。」

「ない。」

画《え》かきが顔をしかめて手をせわしく振《ふ》って云《い》いました。

「またはじまった。まあぼくがいいようにするから歌をはじめよう。だんだん星も出てきた。いいか、ぼくがうたうよ。賞品のうただよ。

一とうしょうは　白金《はっきん》メタル

二とうしょうは　きんいろメタル

三とうしょうは　すいぎんメタル

四とうしょうは　ニッケルメタル

五とうしょうは　とたんのメタル

六とうしょうは　にせがねメタル

七とうしょうは　なまりのメタル

八とうしょうは　ぶりきのメタル

九とうしょうは　マッチのメタル

十とうしょうから百とうしょうまで
あるやらないやらわからぬメタル。」

柏《かしわ》の木大王が機嫌《きげん》を直してわははははと笑いました。

柏の木どもは大王を正面に大きな環《わ》をつくりました。

お月さまは、いまちょうど、水いろの着ものと取りかえたところでしたから、そこらは浅い水の底のよう、木のかげはうすく網《あみ》になって地に落ちました。

画かきは、赤いしゃっぽもゆらゆら燃えて見え、まっすぐに立って手帳をもち鉛筆《えんぴつ》をなめました。

「さあ、早くはじめるんだ、早いのは点がいいよ。」

そこで小さな柏の木が、一本ひょいっと環のなかから飛びだして大王に礼をしました。

月のあかりがぱっと青くなりました。

「おまえのうたは題はなんだ。」画かきは尤《もっと》もらしく顔をしかめて云いました。

「馬と兎《うさぎ》です。」

「よし、はじめ、」画かきは手帳に書いて云いました。

「兎のみみはなが……。」

「ちょっと待った。」画かきはとめました。「鉛筆が折れたんだ。ちょっと削《けず》るうち待ってくれ。」

そして画かきはじぶんの右足の靴《くつ》をぬいでその中に鉛筆を削りはじめました。柏の木は、遠くからみな感心して、ひそひそ談《はな》し合いながら見て居《お》りました。そこで大王もとうとう言いました。

「いや、客人《きゃくじん》、ありがとう。林をきたなくせまいとの、そのおこころざしはじつに辱《かたじ》けない。」

ところが画《え》かきは平気で
「いいえ、あとでこのけずり屑《くず》で酢《す》をつくりますからな。」

と返事したものですからさすがの大王も、すこし工合《ぐあい》が悪そうに横を向き、柏《かしわ》の木もみな興《きょう》をさまし、月のあかりもなんだか白っぽくなりました。

ところが画かきは、削るのがすんで立ちあがり、愉快《ゆかい》そうに、

「さあ、はじめて呉《く》れ。」と云《い》いました。

柏はざわめき、月光も青くすきとおり、大王も機嫌《きげん》を直してふんふんと云《い》いました、
若い木は胸をはってあたらしく歌いました。

「うさぎのみみはながいけど
うまのみみよりながくない。」

「わあ、うまいうまい。ああはは、ああはは。」みんなはわらったりはやしたりしました。

「一とうしょう、白金《はっきん》メタル。」と画かきが手帳につけながら高く叫《さけ》びました。

「ぼくのは狐《きつね》のうたです。」

また一本の若い柏の木がでてきました。月光はすこし緑いろになりました。

「よろしいはじめっ。」

「きつね、こんこん、きつねのこ、
月よにしっぽが燃えだした。」

「わあ、うまいうまい。わっはは、わっははは。」
「第二《だい》とうしょう、きんいろメタル。」
「こんどはぼくやります。ぼくのは猫《ねこ》のうたです。」
「よろしいはじめっ。」
「やまねこ、にゃあご、ごろごろ
さとねこ、たっこ、ごろごろ。」
「わあ、うまいうまい。わっはは、わっははは。」
「第三とうしょう、水銀メタル。おい、みんな、大きいやつも出るんだよ。どうしてそんなにぐずぐずしてるんだ。」画かきが少し意地わるい顔つきをしました。
「わたしのはくるみの木のうたです。」
すこし大きな柏の木がはずかしそうに出てきました。
「よろしい、みんなしずかにするんだ。」
柏の木はうたいました。
「くるみはみどりのきんいろ、な、
風にふかれて　すいすいすい、
くるみはみどりの天狗《てんぐ》のおうぎ、
風にふかれて　ばらんばらんばらん、
くるみはみどりのきんいろ、な、

風にふかれて　　さんさんさん。」

「いいテノールだねえ。うまいねえ、わあわあ。」

「第四《し》とうしょう、ニッケルメタル。」

「ぼくのはさるのこしかけです。」

「よし、はじめ。」

柏《かしわ》の木は手を腰《こし》にあてました。

「こざる、こざる、
おまえのこしかけぬれてるぞ、
霧《きり》、ぽっしゃん　ぽっしゃん　ぽっしゃん、
おまえのこしかけくされるぞ。」

「いいテノールだねえ、いいテノールだねえ、うまいねえ、うまいねえ、わあわあ。」

「第五とうしょう、とたんのメタル。」

「わたしのはしゃっぽのうたです。」それはあの入口から三ばん目の木でした。

「よろしい。はじめ。」

「うこんしゃっぽのカンカラカンのカアン
あかいしゃっぽのカンカンカラカンのカアン。」

「うまいうまい。すてきだ。わあわあ。」

「第六とうしょう、にせがねメタル。」

このときまで、しかたなくおとなしくきいていた清作が、いきなり叫《さけ》びだしました。

「なんだ、この歌にせものだぞ。さっきひとのうたったのまねしたんだぞ。」

「だまれ、無礼もの、その方《ほう》などの口を出すところでない。」柏の木大王がぶりぶりしてどなりました。

「なんだと、にせものだからにせものと云《い》ったんだ。生意気いうと、あした斧《おの》をもってきて、片っぱしから伐《き》ってしまうぞ。」

「なにを、こしゃくな。その方などの分際《ぶんざい》でない。」

「ばかを云え、おれはあした、山主《やまぬし》の藤助《とうすけ》にちゃんと二升《にしょう》酒を買ってくるんだ」

「そんならなぜおれには買わんか。」

「買ういわれがない。」

「買え。」

「いわれがない。」

「よせ、よせ、にせものだからにせがねのメタルをやるんだ。あんまりそう喧嘩《けんか》するなよ。さあ、そのつぎはどうだ。出るんだ出るんだ。」

お月さまの光が青くすきとおってそこらは湖の底のようになりました。

「わたしのは清作のうたです。」

またひとりの若い頑丈《がんじょう》そうな柏の木が出ました。

「何だと、」清作が前へ出てなぐりつけようとしましたら画《え》かきがとめました。

「まあ、待ちたまえ。君のうただって悪口《わるぐち》ともかぎらない。よろしい。はじめ。」柏《かしわ》の木は足をぐらぐらしながらうたいました。

「清作は、一等卒《そつ》の服を着て

野原に行って、ぶどうをたくさんとってきた。

と斯《こ》うだ。だれかあとをつづけてくれ。」

「ホウ、ホウ。」柏の木はみんなあらしのように、清作をひやかして叫《さけ》びました。

「第七《しち》とうしょう、なまりのメタル。」

「わたしがあとをつけます。」さっきの木のとなりからすぐまた一本の柏の木がとびだしました。

「よろしい、はじめ。」

かしわの木はちらっと清作の方を見て、ちょっとばかにするようにわらいましたが、すぐまじめになってうたいました。

「清作は、葡萄《ぶどう》をみんなしぼりあげ

砂糖を入れて

瓶《びん》にたくさんつめこんだ。

おい、だれかあとをつづけてくれ。」

「ホッホウ、ホッホウ、ホッホウ、」柏の木どもは風のような変な声をだして清作をひやかしました。

清作はもうとびだしてみんなかたっぱしからぶんなぐってやりたくてむずむずしましたが、画《え》かきがちゃんと前に立ちふさがっていますので、どうしても出られませんでした。

「第八《はっ》等、ぶりきのメタル。」

「わたしがつぎをやります。」さっきのとなりから、また一本の柏の木がとびだしました。

「よし、はじめっ。」

「清作が　納屋《なや》にしまった葡萄酒は
　順序ただしく
　みんなはじけてなくなった。」

「わっはっはっは、わっはっはっは、ホッホウ、ホッホウ、ホッホウ。がやがやがや……。」

「やかましい。きさまら、なんだってひとの酒のことなどおぼえてやがるんだ。」清作が飛び出そうとしましたら、画かきにしっかりつかまりました。

「第九《く》とうしょう。マッチのメタル。さあ、次だ、次だ、出るんだよ。どしどし出るんだ。」

ところがみんなは、もうしんとしてしまって、ひとりもでるものがありませんでした。

「これはいかん。でろ、でろ、みんなでないといかん。でろ。」画かきはどなりましたが、もうどうしても誰《たれ》も出ませんでした。

　仕方なく画かきは、

「こんどはメタルのうんといいやつを出すぞ。早く出ろ。」と云《い》いましたら、柏の木どもははじめてざわっとしました。

　そのとき林の奥《おく》の方で、さらさらさらさらさら音がして、それから、

「のろづきおほん、のろづきおほん、
おほん、おほん、
ごぎのごぎのおほん、
おほん、おほん、」

とたくさんのふくろうどもが、お月さまのあかりに青じろくはねをひるがえしながら、するするするする出てきて、柏《かしわ》の木の頭の上や手の上、肩《かた》やむねにいちめんにとまりました。

立派な金モールをつけたふくろうの大将が、上手《じょうず》に音もたてないで飛んできて、柏の木大王の前に出ました。そのまっ赤な眼《め》のくまが、じつに奇体《きたい》に見えました。よほど年老《としよ》りらしいのでした。

「今晩は、大王どの、また高貴の客人がた、今晩はちょうどわれわれの方でも、飛び方と握《つか》み裂《さ》き術との大試験であったのじゃが、ただいまやっと終りましたじゃ。

ついてはこれから連合で、大乱舞会《だいらんぶかい》をはじめてはどうじゃろう。あまりにもたえなるうたのしらべが、われらのまどいのなかにまで響《ひび》いて来たによって、このようにまかり出ましたのじゃ。」

「たえなるうたのしらべだと、畜生《ちくしょう》。」清作が叫《さけ》びました。

柏の木大王がきこえないふりをして大きくうなずきました。

「よろしゅうござる。しごく結構でござろう。いざ、早速《さっそく》とりはじめるといたそうか。」

「されば、」梟《ふくろう》の大将はみんなの方に向いてまるで黒砂糖のような甘《あま》ったるい声でうたいました。

「からすかんざえもんは

くろいあたまをくうらりくらり、
とんびとうざえもんは
あぶら一升《しょう》でとうろりとろり、
そのくらやみはふくろうの
いさみにいさむもののふが
みみずをつかむときなるぞ
ねとりを襲《おそ》うときなるぞ。」
ふくろうどもはもうみんなばかのようになってどなりました。
「のろづきおほん、
ごぎのごぎおほん、
おほん、おほん、
おほん、おほん。」
かしわの木大王が眉《まゆ》をひそめて云《い》いました。
「どうもきみたちのうたは下等じゃ。君子《くんし》のきくべきものではない。」
ふくろうの大将はへんな顔をしてしまいました。すると赤と白の綬《じゅ》をかけたふくろうの副官が笑って云《い》いました。
「まあ、こんやはあんまり怒《おこ》らないようにいたしましょう。うたもこんどは上等のをやりますから。みんな一しょにおどりましょう。さあ木の方も鳥の方も用意いいか。

おつきさんおつきさん　まんまるまるるるん
おほしさんおほしさん　ぴかりぴりるるん
かしわはかんかの　　　かんからからららん
ふくろはのろづき　　　おっほほほほほほん。」
かしわの木は両手をあげてそりかえったり、頭や足をまるで天上に投げあげるようにしたり、一生けん命踊《おど》りました。それにあわせてふくろうどもは、さっさっと銀いろのはねを、ひらいたりとじたりしました。じつにそれがうまく合ったのでした。月の光は真珠《しんじゅ》のように、すこしおぼろになり、柏《かしわ》の木大王もよろこんですぐうたいました。
「雨はざあざあ　ざっざざざざざあ
風はどうどう　どっどどどどどう
あられぱらぱらぱらぱらったたあ
雨はざあざあ　ざっざざざざざあ」
「あっだめだ、霧《きり》が落ちてきた。」とふくろうの副官が高く叫《さけ》びました。
なるほど月はもう青白い霧にかくされてしまってぼおっと円《まる》く見えるだけ、その霧はまるで矢のように林の中に降りてくるのでした。
柏の木はみんな度をうしなって、片脚《かたあし》をあげたり両手をそっちへのばしたり、眼をつりあげたりしたまま化石したようにつっ立ってしまいました。
冷たい霧がさっと清作の顔にかかりました。画《え》かきはもうどこへ行ったか赤いしゃっぽだけがほうり出してあって、自分はかげもかたちもありませんでした。

霧の中を飛ぶ術のまだできていないふくろうの、ばたばた遁《に》げて行《ゆ》く音がしました。

清作はそこで林を出ました。柏の木はみんな踊《おど》りのままの形《かたち》で残念そうに横眼で清作を見送りました。

林を出てから空を見ますと、さっきまでお月さまのあったあたりはやっとぼんやりあかるくて、そこを黒い犬のような形の雲がかけて行き、林のずうっと向こうの沼森《ぬまもり》のあたりから、

「赤いしゃっぽのカンカラカンのカアン。」と画《え》かきが力いっぱい叫んでいる声がかすかにきこえました。

月夜のでんしんばしら

――つきよのでんしんばしら――

ある晩、恭一《きょういち》はぞうりをはいて、すたすた鉄道線路の横の平らなところをあるいて居《お》りました。

たしかにこれは罰金《ばっきん》です。おまけにもし汽車がきて、窓から長い棒などが出ていたら、一ぺんになぐり殺されてしまったでしょう。

ところがその晩は、線路見まわりの工夫《こうふ》もこず、窓から棒の出た汽車にもあいませんでした。そのかわり、どうもじつに変てこなものを見たのです。

九日《ここのか》の月がそらにかかっていました。そしてうろこ雲が空いっぱいでした。うろこぐもはみんな、もう月のひかりがはらわたの底までもしみとおってよろよろするというふうでした。その雲のすきまからときどき冷たい星がぴっかりぴっかり顔をだしました。

恭一はすたすたあるいて、もう向こうに停車場《ていしゃば》のあかりがきれいに見えるとこまできました。ぽつんとしたまっ赤なあかりや、硫黄《いおう》のほのおのようにぼうとした紫《むらさき》いろのあかりやらで、眼《め》をほそくしてみると、まるで大きなお城があるようにおもわれるのでした。

とつぜん、右手のシグナルばしらが、がたんとからだをゆすぶって、上の白い横木を斜《なな》めに下の方へぶらさげました。これはべつだん不思議でもなんでもありません。

つまりシグナルがさがったというだけのことです。一晩に十四回《じゅうし》もあることなのです。
ところがそのつぎが大へんです。
さっきから線路の左がわで、ぐわあん、ぐわあんとうなっていたでんしんばしらの列が大威張《おおいば》りで一ぺんに北のほうへ歩きだしました。みんな六《む》つの瀬戸《せと》もののエポレットを飾《かざ》り、てっぺんにはりがねの槍《やり》をつけた亜鉛《とたん》のしゃっぽをかぶって、片脚《かたあし》でひょいひょいやって行くのです。そしていかにも恭一をばかにしたように、じろじろ横めでみて通りすぎます。
うなりもだんだん高くなって、いまはいかにも昔《むかし》ふうの立派な軍歌に変わってしまいました。
「ドッテテドッテテ、ドッテテド、
　でんしんばしらのぐんたいは
　はやさせかいにたぐいなし
　ドッテテドッテテ、ドッテテド
　でんしんばしらのぐんたいは
　　きりつせかいにならびなし。」
一本のでんしんばしらが、ことに肩《かた》をそびやかして、まるでうで木《ぎ》もがりがり鳴るくらいにして通りました。
みると向こうの方を、六本うで木の二十二の瀬戸もののエポレットをつけたでんしんばしらの列が、やはりいっしょに軍歌をうたって進んで行きます。
「ドッテテドッテテ、ドッテテド

二本うで木の工兵隊
六本うで木の竜騎兵《りゅうきへい》
ドッテテドッテテ、ドッテテド
いちれつ一万五千人
はりがねかたくむすびたり」
どういうわけか、二本のはしらがうで木を組んで、びっこを引いていっしょにやってきました。そしていかにもつかれたようにふらふら頭をふって、それから口をまげてふうと息を吐《つ》き、よろよろ倒《たお》れそうになりました。
するとすぐうしろから来た元気のいいはしらがどなりました。
「おい、はやくあるけ。はりがねがたるむじゃないか。」
ふたりはいかにも辛《つら》そうに、いっしょにこたえました。
「もうつかれてあるけない。あしさきが腐《くさ》り出したんだ。長靴《ながぐつ》のタールもなにもうめちゃくちゃになってるんだ。」
うしろのはしらはもどかしそうに叫《さけ》びました。
「はやくあるけ、あるけ。きさまらのうち、どっちかが参っても一万五千人みんな責任があるんだぞ。あるけったら。」
二人はしかたなくよろよろあるきだし、つぎからつぎとはしらがどんどんやって来ます。
「ドッテテドッテテ、ドッテテド

やりをかざれるとたん帽《ぼう》
すねははしらのごとくなり。
ドッテテドッテテ、ドッテテド
肩にかけたるエポレット
重きつとめをしめすなり。」
二人の影《かげ》もずうっと遠くの緑青《ろくしょう》いろの林の方へ行ってしまい、月がうろこ雲からぱっと出て、あたりはにわかに明るくなりました。
でんしんばしらはもうみんな、非常なご機嫌《きげん》です。恭一《きょういち》の前に来ると、わざと肩をそびやかしたり、横めでわらったりして過ぎるのでした。
ところが愕《おど》ろいたことは、六本うで木のまた向こうに、三本うで木のまっ赤なエポレットをつけた兵隊があるいていることです。その軍歌はどうも、ふしも歌もこっちの方とちがうようでしたが、こっちの声があまり高いために、何をうたっているのか聞きとることができませんでした。
こっちはあいかわらずどんどんやって行きます。
「ドッテテドッテテ、ドッテテド、
寒さはだえをつんざくも
などて腕木《うでぎ》をおろすべき
ドッテテドッテテ、ドッテテド
暑さ硫黄《いおう》をとかすとも

いかでおとさんエポレット。」

どんどんどんどんやって行き、恭一《きょういち》は見ているのさえ少しつかれてぼんやりなりました。でんしんばしらは、まるで川の水のように、次から次とやって来ます。みんな恭一のことを見て行《ゆ》くのですけれども、恭一はもう頭が痛くなってだまって下を見ていました。

俄《にわ》かに遠くから軍歌の声にまじって、

「お一二、お一二、」というしわがれた声がきこえてきました。恭一はびっくりしてまた顔をあげてみますと、列のよこをせいの低い顔の黄いろなじいさんがまるでぼろぼろの鼠《ねずみ》いろの外套《がいとう》を着て、でんしんばしらの列を見まわしながら

「お一二、お一二、」と号令をかけてやってくるのでした。

じいさんに見られた柱は、まるで木のように堅《かた》くなって、足をしゃちほこばらせて、わきめもふらず進んで行き、その変なじいさんは、もう恭一のすぐ前までやってきました。そしてよこめでしばらく恭一を見てから、でんしんばしらの方へ向いて、

「なみ足い。おいっ。」と号令をかけました。

そこででんしんばしらは少し歩調を崩《くず》して、やっぱり軍歌を歌って行きました。

「ドッテテドッテテ、ドッテテド、

　右とひだりのサアベルは

　たぐいもあらぬ細身なり。」

じいさんは恭一の前にとまって、からだをすこしかがめました。

「今晩は、おまえはさっきから行軍《こうぐん》を見ていたのかい。」

「ええ、見てました。」

「そうか、じゃ仕方ない。ともだちになろう、さあ、握手《あくしゅ》しよう。」

じいさんはぼろぼろの外套の袖《そで》をはらって、大きな黄いろな手をだしました。恭一もしかたなく手を出しました。じいさんが「やっ、」と云《い》ってその手をつかみました。

するとじいさんの眼《め》だまから、虎《とら》のように青い火花がぱちぱちっとでたとおもうと、恭一はからだがびりりっとしてあぶなくうしろへ倒《たお》れそうになりました。

「ははあ、だいぶひびいたね、これでごく弱いほうだよ。わしとも少し強く握手《あくしゅ》すればまあ黒焦《くろこ》げだね。」

兵隊はやはりずんずんずん歩いて行きます。

「ドッテテドッテテ、ドッテテド、
タールを塗《ぬ》れるなが靴《ぐつ》の
歩はばは三百六十尺《じゅうしゃく》。」

恭一はすっかりこわくなって、歯がちがちがち鳴りました。じいさんはしばらく月や雲の工合《ぐあい》をながめていましたが、あまり恭一が青くなってがたがたふるえているのを見て、気の毒になったらしく、少ししずかに斯《こ》う云いました。

「おれは電気総長だよ。」

恭一も少し安心して

「電気総長というのは、やはり電気の一種ですか。」とききました。するとじいさんはまたむっとしてしまいました。

「わからん子供だな。ただの電気ではないさ。つまり、電気のすべての長、長というのはかしらとよむ。とりもなおさず電気の大将ということだ。」

「大将ならずいぶんおもしろいでしょう。」恭一《きょういち》がぼんやりたずねますと、じいさんは顔をまるでめちゃくちゃにしてよろこびました。

「はっはっは、面白《おもしろ》いさ。それ、その工兵も、その竜騎兵《りゅうきへい》も、向こうのてき弾兵《だんぺい》も、みんなおれの兵隊だからな。」

じいさんはぷっとすまして、片っ方《ぽう》の頬《ほお》をふくらせてそらを仰《あお》ぎました。それからちょうど前を通って行く一本のでんしんばしらに、

「こらこら、なぜわき見をするか。」とどなりました。するとそのはしらはまるで飛びあがるぐらいびっくりして、足がぐにゃんとまがりあわててまっすぐを向いてあるいて行きました。次から次とどしどしはしらはやって来ます。

「有名なはなしをおまえは知ってるだろう。そら、むすこが、エングランド、ロンドンにいて、おやじがスコットランド、カルクシャイヤにいた。むすこがおやじに電報をかけた、おれはちゃんと手帳へ書いておいたがね、」

じいさんは手帳を出して、それから大きなめがねを出してもっともらしく掛《か》けてから、また云《い》いました。

「おまえは英語はわかるかい、ね、センド、マイブーツ、インスタンテウリイすぐ長靴《ながぐつ》送れとこうだろう、するとカルクシャイヤのおやじめ、あわてくさっておれのでんしんのはりがねに長靴をぶらさげたよ。はっはっは、いや迷惑《めいわく》したよ。それから英国ばかりじゃない、十二月ころ兵営へ行ってみると、おい、あかりをけしてこいと上等兵殿《どの》に云われて新兵が電燈をふっふっと吹《ふ》いて消そうとしているのが毎年五人や六人はある。おれの兵隊にはそんなものは一人もないからな。おまえの町だってそうだ、はじめて電燈がついたころはみんながよく、電気会社では月に百石《こく》ぐらい油をつかうだろうかなんて云ったもんだ。はっはっは、どうだ、もっともそれはおれのように勢力不滅《ふめつ》の法則や熱力学第二則がわかるとあんまりおかしくもないがね、どうだ、ぼくの軍隊は規律がいいだろう。軍歌にもちゃんとそう云ってあるんだ。」

でんしんばしらは、みんなまっすぐを向いて、すまし込んで通り過ぎながら一きわ声をはりあげて、

「ドッテテドッテテ、ドッテテド
でんしんばしらのぐんたいの
その名せかいにとどろけり。」

と叫びました。

そのとき、線路の遠くに、小さな赤い二つの火が見えました。するとじいさんはまるであわててしまいました。

「あ、いかん、汽車がきた。誰《たれ》かに見附《みつ》かったら大へんだ。もう進軍をやめなくちゃいかん。」

じいさんは片手を高くあげて、でんしんばしらの列の方を向《む》いて叫《さけ》びました。

「全軍、かたまれい、おいっ。」

でんしんばしらはみんな、ぴったりとまって、すっかりふだんのとおりになりました。軍歌はただのぐゎあんぐゎあんといううなりに変ってしまいました。

汽車がごうとやってきました。汽缶車《きかんしゃ》の石炭はまっ赤に燃えて、そのまえで火夫《かふ》は足をふんばって、まっ黒に立っていました。

ところが客車の窓がみんなまっくらでした。するとじいさんがいきなり、

「おや、電燈が消えてるな。こいつはしまった。けしからん。」と云《い》いながらまるで兎《うさぎ》のように世中《なか》をまんまるにして走っている列車の下へもぐり込みました。

「あぶない。」と恭一《きょういち》がとめようとしたとき、客車の窓がぱっと明るくなって、一人の小さな子が手をあげて

「あかるくなった、わあい。」と叫んで行きました。

でんしんばしらはしずかにうなり、シグナルはがたりとあがって、月はまたうろこ雲のなかにはいりました。

そして汽車は、もう停車場《ていしゃば》へ着いたようでした。

鹿踊りのはじまり

ししおどりのはじまり

そのとき西のぎらぎらのちぢれた雲のあいだから、夕陽《ゆうひ》は赤くななめに苔《こけ》の野原に注ぎ、すすきはみんな白い火のようにゆれて光りました。わたくしが疲《つか》れてそこに睡《ねむ》りますと、ざあざあ吹《ふ》いていた風が、だんだん人のことばにきこえ、やがてそれは、いま北上《きたかみ》の山の方や、野原に行われていた鹿踊《ししおど》りの、ほんとうの精神を語りました。

そこらがまだまるっきり、丈高《たけたか》い草や黒い林のままだったとき、嘉十《かじゅう》はおじいさんたちと北上川の東から移ってきて、小さな畑を開いて、粟《あわ》や稗《ひえ》をつくっていました。

あるとき嘉十《かじゅう》は、栗《くり》の木から落ちて、少し左の膝《ひざ》を悪くしました。そんなときみんなはいつでも、西の山の中の湯の湧《わ》くとこへ行って、小屋をかけて泊《とま》って療《なお》すのでした。

天気のいい日に、嘉十も出かけて行きました。糧《かて》と味噌《みそ》と鍋《なべ》とをしょって、もう銀いろの穂《ほ》を出したすすきの野原をすこしびっこをひきながら、ゆっくりゆっくり歩いて行ったのです。

いくつもの小流れや石原を越《こ》えて、山脈のかたちも大きくはっきりなり、山の木も一本一本、すぎごけのように見わけられるところまで来たときは、太陽はもうよほど西に外《そ》れて、十本ばかりの青いはんのきの木立《こだち》の上に、少し青ざめてぎらぎら光ってかかりました。

嘉十《かじゅう》は芝草《しばくさ》の上に、せなかの荷物をどっかりおろして、栃《とち》と粟《あわ》とのだんごを出して喰《た》べはじめました。すすきは幾《いく》むらも幾むらも、はては野原いっぱいのように、まっ白に光って波をたてました。嘉十はだんごをたべながら、すすきの中から黒くまっすぐに立っている、はんのきの幹をじつにりっぱだとおもいました。

ところがあんまり一生けん命あるいたあとは、どうもなんだかお腹《なか》がいっぱいのような気がするのです。そこで嘉十も、おしまいに栃の団子をとちの実のくらい残しました。

「こいづば鹿《しか》さ呉《け》でやべか。それ、鹿、来て喰《け》」と嘉十はひとりごとのように言って、それをうめばちそうの白い花の下に置きました。それから荷物をまたしょって、ゆっくりゆっくり歩きだしました。

ところが少し行ったとき、嘉十はさっきのやすんだところに、手拭《てぬぐい》を忘れて来たのに気がつきましたので、急いでまた引っ返しました。あのはんのきの黒い木立がじき近くに見えていて、そこまで戻《もど》るぐらい、なんの事でもないようでした。

けれども嘉十はぴたりとたちどまってしまいました。

それはたしかに鹿のけはいがしたのです。

鹿が少くても五六疋《ぴき》、湿《しめ》っぽいはなづらをずうっと延ばして、しずかに歩いているらしいのでした。

嘉十はすすきに触《ふ》れないように気を付けながら、爪立《つまだ》てをして、そっと苔《こけ》を踏《ふ》んでそっちの方へ行きました。

たしかに鹿はさっきの栃の団子にやってきたのでした。

「はあ、鹿等《しかだ》あ、すぐに来《き》たもな。」と嘉十は咽喉《のど》の中で、笑いながらつぶやきました。そしてからだをかがめて、そろりそろりと、そっちに近よって行《ゆ》きました。

一むらのすすきの陰《かげ》から、嘉十はちょっと顔をだして、びっくりしてまたひっ込《こ》めました。六疋《ぴき》ばかりの鹿が、さっきの芝原《しばはら》を、ぐるぐるぐるぐる環《わ》になって廻《まわ》っているのでした。嘉十はすすきの隙間《すきま》から、息をこらしてのぞきました。

太陽が、ちょうど一本のはんのきの頂《いただき》にかかっていましたので、その梢《こずえ》はあやしく青くひかり、まるで鹿の群を見おろしてじっと立っている青いいきもののようにおもわれました。すすきの穂《ほ》も、一本ずつ銀いろにかがやき、鹿の毛《け》並《なみ》がことにその日はりっぱでした。

嘉十はよろこんで、そっと片膝《かたひざ》をついてそれに見とれました。

鹿は大きな環をつくって、ぐるくるぐるくる廻っていましたが、よく見るとどの鹿も環のまんなかの方に気がとられているようでした。その証拠《しょうこ》には、頭も耳も眼《め》もみんなそっちへ向いて、おまけにたびたび、いかにも引っぱられるように、よろよろと二足《ふたあし》三足《あし》、環からはなれてそっちへ寄って行《ゆ》きそうにするのでした。

もちろん、その環のまんなかには、さっきの嘉十の栃の団子がひとかけ置いてあったのでしたが、鹿どものしきりに気にかけているのは決して団子ではなくて、そのとなりの草の上にくの字になって落ちている、嘉十の白い手拭《てぬぐい》らしいのでした。嘉十は痛い足をそっと手で曲げて、苔の上にきちんと座りました。

鹿《しか》のめぐりはだんだんゆるやかになり、みんなは交《かわ》る交《がわ》る、前肢《まえあし》を一本環《わ》の中の方へ出して、今にもかけ出して行きそうにしては、びっくりしたようにまた引っ込《こ》めて、とっとっとっとっしずかに走るのでした。その足音は気もちよく野原の黒土の底の方までひびきました。それから鹿どもはまわるのをやめてみんな手拭《てぬぐい》のこちらの方に来て立ちました。

嘉十《かじゅう》はにわかに耳がきいんと鳴りました。そしてがたがたふるえました。鹿どもの風にゆれる草穂《くさぼ》のような気もちが、波になって伝わって来たのでした。

嘉十はほんとうにじぶんの耳を疑いました。それは鹿のことばがきこえてきたからです。

「じゃ、おれ行って見で来《こ》べが。」

「うんにゃ、危ないじゃ。も少し見でべ。」

こんなことばもきこえました。

「何時《いつ》だがの狐《きつね》みだいに口発破《くちはっぱ》などさ罹《かか》ってあ、つまらないもな、高《たか》で栃《とち》の団子などでよ。」

「そだそだ、全《まった》ぐだ。」

こんなことばも聞きました。

「生《い》ぎものだがも知れないじゃい。」

「うん。生ぎものらしどごもあるな。」

こんなことばも聞こえました。そのうちにとうとう一疋《ぴき》が、いかにも決心したらしく、せなかをまっすぐにして環からはなれて、まんなかの方に進み出ました。

みんなは停《とま》ってそれを見ています。

進んで行った鹿は、首をあらんかぎり延ばし、四本《しほん》の脚《あし》を引きしめ引きしめそろりそろりと手拭に近づいて行きましたが、俄《にわ》かにひどく飛びあがって、一目散《いちもくさん》に遁《に》げ戻《もど》ってきました。廻りの五疋《ひき》も一ぺんにぱっと四方へちらけようとしましたが、はじめの鹿が、ぴたりととまりましたのでやっと安心して、のそのそ戻ってその鹿の前に集まりました。

「なじょだた。なにだた、あの白い長いやづあ。」

「縦《たて》に皺《しわ》の寄ったもんだけあな。」

「そだら生ぎものだないがべ、やっぱり蕈《きのこ》などだべが。毒蕈《ぶすきのこ》だべ。」

「うんにゃ。きのごだない。やっぱり生ぎものらし。」

「そうが。生ぎもので皺《しわ》うんと寄ってらば、年老《としよ》りだな。」

「うん年老りの番兵だ。ううはははは。」

「ふふふ青白の番兵だ。」

「ううははは、青じろ番兵だ。」

「こんどおれ行って見べが。」

「行ってみろ、大丈夫《だいじょうぶ》だ。」

「喰《く》っつがないいが。」

「うんにゃ、大丈夫だ。」

そこでまた一疋が、そろりそろりと進んで行きました。五疋はこちらで、ことりことりとあたまを振《ふ》ってそれを見ていました。

進んで行った一疋《ぴき》は、たびたびもうこわくて、たまらないというように、四本の脚《あし》を集めてせなかを円《まる》くしたりそっとまたのばしたりして、そろりそろりと進みました。

そしてとうとう手拭《てぬぐい》のひと足こっちまで行って、あらんかぎり首を延ばしてふんふん嗅《か》いでいましたが、俄《にわ》かにはねあがって遁《に》げてきました。みんなもびくっとして一ぺんに遁げだそうとしましたが、その一ぴきがぴたりと停《と》まりましたのでやっと安心して五つの頭をその一つの頭に集めました。

「なじょだた、なして逃げで来た。」

「噛《か》じるべとしたようだたもさ。」

「ぜんたいなにだけあ。」

「わがらないな。とにかぐ白どそれがら青ど、両方のぶぢだ。」

「匂《におい》あなじょだ、匂あ。」

「柳《やなぎ》の葉みだいな匂だな。」

「はでな、息吐《いぎつい》でるが、息《いぎ》。」

「さあ、そでば、気付けないがた。」

「こんどあ、おれあ行って見べが。」

「行ってみろ」

三番目の鹿がまたそろりそろりと進みました。そのときちょっと風が吹いて手拭がちらっと動きましたので、その進んで行った鹿はびっくりして立ちどまってしまい、こっちのみんなもびくっとしました。けれども鹿はやっとまた気を落ちつけたらしく、またそろりそろりと進んで、とうとう手拭まで鼻さきを延ばした。

こっちでは五疋がみんなことりことりとお互《たが》いにうなずき合《あ》って居《お》りました。そのとき俄《にわ》かに進んで行った鹿が竿立《さおだ》ちになって躍《おど》りあがって遁げてきました。

「何《な》して遁げできた。」

「気味悪《きびわり》ぐなてよ。」

「息吐《いぎつい》でるが。」

「さあ、息《いぎ》の音《おと》あ為《さ》ないがけあな。口《くち》も無いようだけあな。」

「あだまあるが。」

「あだまもゆぐわがらないがったな。」

「そだらこんだおれ行って見べが。」

四《よ》番目の鹿が出て行きました。これもやっぱりびくびくものです。それでもすっかり手拭の前まで行って、いかにも思い切ったらしく、ちょっと鼻を手拭に押《お》しつけて、それから急いで引っ込めて、一目さんに帰ってきました。

「おう、柔《や》っけもんだぞ。」

「泥《どろ》のようにが。」

「うんにゃ。」

「草のようにが。」

「うんにゃ。」

「ごまざいの毛のようにが。」

「うん、あれよりあ、も少し硬《こわ》ぱしな。」

「なにだべ。」

「とにかぐ生ぎもんだ。」

「やっぱりそうだが。」

「うん、汗臭《あせくさ》いも。」

「おれも一遍《ひとがえり》行ってみべが。」

五番目の鹿《しか》がまたそろりそろりと進んで行きました。この鹿はよほどおどけもののようでした。手拭《てぬぐい》の上にすっかり頭をさげて、それからいかにも不審《ふしん》だというように、頭をかくっと動かしましたので、こっちの五疋《ひき》がはねあがって笑いました。

向こうの一疋はそこで得意になって、舌を出して手拭を一つべろりと嘗《な》めましたが、にわかに怖《こわ》くなったとみえて、大きく口をあけて舌をぶらさげて、まるで風のように飛んで帰ってきました。みんなもひどく愕《おど》ろきました。

「じゃ、じゃ、噛《か》じらえだが、痛《いた》ぐしたが。」

「プルルルルルル。」

「舌抜《したぬ》がれだが。」

「プルルルルルル。」

「なにした、なにした。なにした。じゃ。」

「ふう、ああ、舌縮《ちぢ》まってしまったたよ。」

「なじょな味だた。」

「味無いがたな。」

「生ぎもんだべが。」

「なじょだが判《わか》らない。こんどあ汝《うな》あ行ってみろ。」

「お。」

おしまいの一疋がまたそろそろ出て行きました。みんながおもしろそうに、ことこと頭を振《ふ》って見ていますと、進んで行った一疋は、しばらく首をさげて手拭を嗅《か》いでいましたが、もう心配もなにもないという風で、いきなりそれをくわいて戻《もど》ってきました。そこで鹿はみなぴょんぴょん跳《と》びあがりました。

「おう、うまい、うまい、そいづさい取ってしめば、あどは何《なん》っても怖《お》っかなぐない。」

「きっともて、こいづあ大きな蝸牛《なめくずら》の旱《ひ》からびだのだな。」

「さあ、いいが、おれ歌《うだ》、うだうはんてみんな廻《ま》れ。」

その鹿はみんなのなかにはいってうたいだし、みんなはぐるぐるぐるぐる手拭をまわりはじめました。

「のはらのまん中の　めっけもの
すっこんすっこの　栃《とち》だんご

栃《とち》のだんごは　結構《けっこう》だが
となりにいからだ　ふんながす
青じろ番兵《ばんぺ》は　気にかがる。
　青じろ番兵《ばんぺ》は　ふんにゃふにゃ
吠《ほ》えるもさないば　泣《な》ぐもさない
瘠《や》せで長くて　ぶぢぶぢで
どごが口《くち》だが　あだまだが
ひでりあがりの　なめぐじら。」

走りながら廻《まわ》りながら踊《おど》りながら、鹿《しか》はたびたび風のように進んで、手拭《てぬぐい》を角《つの》でついたり足でふんだりしました。嘉十《かじゅう》の手拭はかあいそうに泥《どろ》がついてところどころ穴さえあきました。

そこで鹿のめぐりはだんだんゆるやかになりました。

「おう、こんだ団子お食《く》ばがりだじょ。」

「おう、煮《に》だ団子だじょ。」

「おう、まん円《まる》けじょ。」

「おう、はんぐはぐ。」

「おう、すっこんすっこ。」

「おう、けっこ。」

鹿はそれからみんなばらばらになって、四方から栃《とち》のだんごを囲んで集まりました。

そしていちばんはじめに手拭に進んだ鹿から、一口ずつ団子をたべました。六疋《ぴき》めの鹿は、やっと豆粒《まめつぶ》のくらいをたべただけです。

鹿はそれからまた環《わ》になって、ぐるぐるぐるぐるめぐりあるきました。

嘉十はもうあんまりよく鹿を見ましたので、じぶんまでが鹿のような気がして、いまにもとび出《だ》そうとしましたが、じぶんの大きな手がすぐ眼《め》にはいりましたので、やっぱりだめだとおもいながらまた息をこらしました。

太陽はこのとき、ちょうどはんのきの梢《こずえ》の中ほどにかかって、少し黄いろにかがやいて居《お》りました。鹿のめぐりはまただんだんゆるやかになって、たがいにせわしくうなずき合い、やがて一列に太陽に向いて、それを拝むようにしてまっすぐに立ったのでした。嘉十はもうほんとうに夢《ゆめ》のようにそれに見とれていたのです。

一ばん右はじにたった鹿が細い声でうたいました。

「はんの木《ぎ》の
　みどりみじんの葉の向《もご》さ
　じゃらんじゃららんの
　お日さん懸《か》がる。」

その水晶《すいしょう》の笛《ふえ》のような声に、嘉十は目をつぶってふるえあがりました。右から二ばん目の鹿が、俄《にわ》かにとびあがって、それからからだを波のようにうねらせながら、みんなの間を縫《ぬ》ってはせまわり、たびたび太陽の方にあたまをさげました。それからじぶんのところに戻《もど》るやぴたりととまってうたいました。
「お日さんを
せながさしょえば、はんの木《ぎ》も
くだげで光る
鉄のかんがみ。」
はあと嘉十《かじゅう》もこっちでその立派な太陽とはんのきを拝みました。右から三ばん目の鹿《しか》は首をせわしくあげたり下げたりしてうたいました。
「お日さんは
はんの木《ぎ》の向《もご》さ、降りでても
すすぎ、ぎんがぎが
まぶしまんぶし。」
ほんとうにすすきはみんな、まっ白な火のように燃えたのです。
「ぎんがぎがの
すすぎの中《なが》さ立ぢあがる
はんの木《ぎ》のすねの
長《な》んがい、かげぼうし。」
五番目の鹿がひくく首を垂れて、もうつぶやくようにうたいだしていました。
「ぎんがぎがの

すすぎの底《そご》の日暮《ひぐ》れかだ
苔《こげ》の野はらを
蟻《あり》こも行《い》がず。」
このとき鹿はみな首を垂れていましたが、六番目がにわかに首をりんとあげてうたいました。
「ぎんがぎがの
すすぎの底《そご》でそっこりと
咲《さ》ぐうめばぢの
愛《え》どしおえどし。」
鹿はそれからみんな、みじかく笛のように鳴いてはねあがり、はげしくはげしくまわりました。
北から冷たい風が来て、ひゅうと鳴り、はんの木はほんとうに砕《くだ》けた鉄の鏡のようにかがやき、かちんかちんと葉と葉がすれあって音をたてたようにさえおもわれ、すすきの穂《ほ》までが鹿にまじって一しょにぐるぐるめぐっているように見えました。
嘉十はもうまったくじぶんと鹿とのちがいを忘れて、
「ホウ、やれ、やれい。」と叫《さけ》びながらすすきのかげから飛び出しました。
鹿はおどろいて一度に竿《さお》のように立ちあがり、それからはやてに吹《ふ》かれた木の葉のように、からだを斜《なな》めにして逃《に》げ出しました。銀のすすきの波をわけ、かがやく夕陽《ゆうひ》の流れをみだしてはるかにはるかに遁《に》げて行き、そのとおったあとのすすきは静かな湖の水脈《みお》のようにいつまでもぎらぎら光って居《お》りました。

そこで嘉十《かじゅう》はちょっとにが笑いをしながら、泥《どろ》のついて穴のあいた手拭《てぬぐい》をひろってじぶんもまた西の方へ歩きはじめたのです。

それから、そうそう、苔《こけ》の野原の夕陽《ゆうひ》の中で、わたくしはこのはなしをすきとおった秋の風から聞いたのです。

雪渡り〔発表後手入形〕

——ゆきわたり——

雪渡り　その一（小狐《こぎつね》の紺三郎《こんざぶろう》）

雪がすっかり凍《こお》って大理石よりも堅《かた》くなり、空も冷たい滑《なめ》らかな青い石の板で出来ているらしいのです。

「堅雪《かたゆき》かんこ、しみ雪しんこ。」

お日様がまっ白に燃えて百合《ゆり》の匂《にお》いを撒《ま》きちらし又《また》雪をぎらぎら照らしました。

木なんかみんなザラメを掛《か》けたように霜《しも》でぴかぴかしています。

「堅雪かんこ、凍《し》み雪しんこ。」

四郎《しろう》とかん子とは小さな雪沓《ゆきぐつ》をはいてキックキックキック、野原に出ました。

こんな面白《おもしろ》い日が、またとあるでしょうか。いつもは歩けない黍《きび》の畑の中でも、すすきで一杯《いっぱい》だった野原の上でも、すきな方へどこ迄《まで》でも行《ゆ》けるのです。平らなことはまるで一枚の板です。そしてそれが沢山《たくさん》の小さな小さな鏡のようにキラキラキラキラ光るのです。

「堅雪《かたゆき》かんこ、凍《し》み雪しんこ。」

二人は森の近くまで来ました。大きな柏《かしわ》の木は枝《えだ》も埋《うず》まるくらい立派な透《す》きとおった氷柱《つらら》を下げて重そうに身体《からだ》を曲げて居《お》りました。

「堅雪かんこ、凍み雪しんこ。狐《きつね》の子ぁ、嫁《よめ》ぃほしい、ほしい。」と二人は森へ向いて高く叫《さけ》びました。

しばらくしいんとしましたので二人はも一度叫ぼうとして息をのみこんだとき森の中から

「凍み雪しんしん、堅雪かんかん。」と云《い》いながら、キシリキシリ雪をふんで白い狐の子が出て来ました。

四郎《しろう》は少しぎょっとしてかん子をうしろにかばって、しっかり足をふんばって叫びました。

「狐こんこん白狐、お嫁ほしけりゃ、とってやろよ。」

すると狐がまだまるで小さいくせに銀の針のようなおひげをピンと一つひねって云いました。

「四郎はしんこ、かん子はかんこ、おらはお嫁はいらないよ。」

四郎が笑って云《い》いました。

「狐こんこん、狐の子、お嫁がいらなきゃ餅《もち》やろか。」

すると狐の子も頭を二つ三つ振《ふ》って面白そうに云《い》いました。

「四郎はしんこ、かん子はかんこ、黍《きび》の団子をおれやろか。」

かん子もあんまり面白いので四郎のうしろにかくれたままそっと歌いました。

「狐こんこん狐の子、狐の団子は兎《うさ》のくそ。」

すると小狐紺三郎《こぎつねこんざぶろう》が笑って云いました。

「いいえ、決してそんなことはありません。あなた方のような立派なお方が兎《うさぎ》の茶色の団子なんか召《め》しあがるもんですか。私《わたし》らは全体いままで人をだますなんてあんまりむじつの罪をきせられていたのです。」

四郎がおどろいて尋《たず》ねました。

「そいじゃきつねが人をだますなんて偽《うそ》かしら。」

紺三郎が熱心に云いました。

「偽ですとも。けだし最もひどい偽です。だまされたという人は大抵《たいてい》お酒に酔《よ》ったり、臆病《おくびょう》でくるくるしたりした人です。面白いですよ。甚兵衛《じんべえ》さんがこの前、月夜の晩私たちのお家《うち》の前に坐《すわ》って一晩じょうるりをやりましたよ。私らはみんな出て見たのです。」

四郎が叫びました。

「甚兵衛さんならじょうるりじゃないや。きっと浪花《なにわ》ぶしだぜ。」

子狐紺三郎はなるほどという顔をして、

「ええ、そうかもしれません。とにかくお団子をおあがりなさい。私のさしあげるのは、ちゃんと私が畑を作って播《ま》いて草をとって刈《か》って叩《たた》いて粉にして練ってむしてお砂糖をかけたのです。いかがですか。一皿《さら》さしあげましょう。」

と云いました。

と四郎が笑って、

「紺三郎《こんざぶろう》さん、僕らは丁度《ちょうど》いまね、お餅《もち》をたべて来たんだからおなかが減らないんだよ。この次におよばれしようか。」

子狐《こぎつね》の紺三郎が嬉《うれ》しがってみじかい腕《うで》をばたばたして云《い》いました。

「そうですか。そんなら今度幻燈会《げんとうかい》のときさしあげましょう。幻燈会にはきっといらっしゃい。この次の雪の凍った月夜の晩です。八時からはじめますから、入場券をあげて置きましょう。何枚あげましょうか。」

「そんなら五枚お呉《く》れ。」と四郎《しろう》が云いました。

「五枚ですか。あなた方が二枚にあとの三枚はどなたですか。」と紺三郎が云いました。

「兄《にい》さんたちだ。」と四郎が答えますと、

「兄さんたちは十一歳以下ですか。」と紺三郎が又尋《またたず》ねました。

「いや小兄《ちいにい》さんは四年生だからね、八つの四つで十二歳。」と四郎が云いました。

するど紺三郎は尤《もっと》もらしく又おひげを一つひねって云いました。

「それでは残念ですが兄さんたちはお断わりです。あなた方だけいらっしゃい。特別席をとって置きますから、面白いんですよ。幻燈は第一が『お酒をのむべからず。』これはあなたの村の太《た》右衛門《えもん》さんと、清作《せいさく》さんがお酒をのんでとうとう目がくらんで野原にあるへんてこなおまんじゅうや、おそばを喰《た》べようとした所です。私も写真の中にうつっています。第二が『わなに注意せよ。』これは私共のこん兵衛《べえ》が野原でわなにかかったのを画《か》いたのです。絵です。写真ではありません。第三が『火を軽べつすべからず。』これは私共のこん助があなたのお家《うち》へ行って尻尾《しっぽ》を焼いた景色です。ぜひおいで下さい。」

二人は悦《よろこ》んでうなずきました。

狐《きつね》は可笑《おか》しそうに口を曲げて、キックキックトントンキックキックトントンと足ぶみをはじめてしっぽと頭を振《ふ》ってしばらく考えていましたがやっと思いついたらしく、両手を振って調子をとりながら歌いはじめました。

「凍《し》み雪しんこ、堅雪《かたゆき》かんこ、
　野原のまんじゅうはポッポッポ。

酔ってひょろひょろ太右衛門が、
　去年、三十八、たべた。

凍み雪しんこ、堅雪かんこ、
　野原のおそばはホッホッホ。

酔ってひょろひょろ清作が、
　去年十三ばいたべた。」

四郎もかん子もすっかり釣《つ》り込《こ》まれてもう狐と一緒《いつしよ》に踊《おど》っています。

キック、キック、トントン。キック、キック、トントン。キック、キック、キック、キック、キック、トントントン。

四郎が歌いました。

「狐こんこん狐の子、去年狐のこん兵衛が、ひだりの足をわなに入れ、こんこんばたばたこんこんこん。」

かん子が歌いました。

「狐《きつね》こんこん狐の子、去年狐のこん助が、焼いた魚を取ろとしておしりに火がつききゃんきゃんきゃん。」

キック、キック、トントントン。キック、キック、トントントン。キック、キック、キック、キックトントントン。

そして三人は踊りながらだんだん林の中にはいって行《ゆ》きました。赤い封蠟《ふうろう》細工のほおの木の芽が、風に吹《ふ》かれてピッカリピッカリと光り、林の中の雪には藍色《あいいろ》の木の影《かげ》がいちめん網《あみ》になって落ちて日光のあたる所には銀の百合《ゆり》が咲《さ》いたように見えました。

すると子狐紺三郎《こんざぶろう》が云《い》いました。

「鹿《しか》の子もよびましょうか。鹿の子はそりゃ笛《ふえ》がうまいんですよ。」

四郎とかん子とは手を叩《たた》いてよろこびました。そこで三人は一緒に叫《さけ》びました。

「堅雪《かたゆき》かんこ、凍《し》み雪しんこ、鹿の子ぁ嫁《よめ》ぃほしいほしい。」

すると向こうで、

「北風ぴいぴい風三郎、西風どうどう又三郎」と細いいい声がしました。

狐の子の紺三郎がいかにもばかにしたように、口を尖《とが》らして云《い》いました。

「あれは鹿の子です。あいつは臆病《おくびょう》ですからとてもこっちへ来そうにありません。けれどもう一《いっ》遍《ぺん》叫んでみましょうか。」

そこで三人は又叫びました。

「堅雪かんこ、凍み雪しんこ、しかの子ぁ嫁ぃほしい、ほしい。」

するとと今度はずうっと遠くで風の音か笛の声か、又は鹿の子の歌かこんなように聞えました。

「北風ぴいぴい、かんこかんこ
西風どうどう、どっこどっこ。」

狐が又《また》ひげをひねって云いました。

「雪が柔《やわ》らかになるといけませんからもうお帰りなさい。今度月夜に雪が凍ったらきっとおいで下さい。さっきの幻燈をやりますから。」

そこで四郎とかん子とは
「堅雪かんこ、凍み雪しんこ。」と歌いながら銀の雪を渡っておうちへ帰りました。

「堅雪かんこ、凍み雪しんこ。」

雪渡り　その二（狐小学校の幻燈会）

青白い大きな十五夜のお月様がしずかに氷《ひ》の上山《かみやま》から登りました。

雪はチカチカ青く光り、そして今日も寒水石《かんすいせき》のように堅《かた》く凍《こお》りました。

四郎《しろう》は狐の紺三郎との約束《やくそく》を思い出して妹のかん子にそっと云いました。

「今夜狐の幻燈会なんだね。行こうか。」

するとかん子は、

「行きましょう。行きましょう。狐《きつね》こんこん狐の子、こんこん狐の紺三郎《こんざぶろう》。」とはねあがって高く叫《さけ》んでしまいました。

すると二番目の兄さんの二郎《じろう》が
「お前たちは狐のとこへ遊びに行くのかい。僕も行きたいな。」と云《い》いました。

四郎《しろう》は困ってしまって肩《かた》をすくめて云いました。

「大兄《おおにい》さん。だって、狐の幻燈会は十一歳までですよ、入場券に書いてあるんだもの。」

二郎が云いました。

「どれ、ちょっとお見せ、ははあ、学校生徒の父兄にあらずして十二歳以上の来賓《らいひん》は入場をお断わり申し候《そろ》　狐なんて仲々《なかなか》うまくやってるね。僕はいけないんだね。仕方ないや。お前たち行くんならお餅《もち》を持って行っておやりよ。そら、この鏡餅がいいだろう。」

四郎とかん子はそこで小さな雪沓《ゆきぐつ》をはいてお餅をかついで外に出ました。

兄弟の一郎二郎三郎は戸口に並《なら》んで立って、

「行っておいで。大人の狐にあったら急いで目をつぶるんだよ。そら僕ら囃《はや》してやろうか。堅雪《かたゆき》かんこ、凍《し》み雪しんこ、狐の子ぁ嫁《よめ》ぃほしいほしい。」と叫《さけ》びました。

お月様は空に高く登り森は青白いけむりに包まれています。二人はもうその森の入口《いりくち》に来ました。

すると胸にどんぐりのきしょうをつけた白い小さな狐の子が立って居て云いました。

「今晩は。お早《はよ》うございます。入場券はお持ちですか。」

「持っています。」二人はそれを出しました。

「さあ、どうぞあちらへ。」狐の子が尤《もっと》もらしくからだを曲げて眼《め》をパチパチしながら林の奥《おく》を手で教えました。

林の中には月の光が青い棒を何本も斜《なな》めに投げ込《こ》んだように射《さ》して居りました。その中のあき地に二人は来ました。

見るともう狐の学校生徒が沢山《たくさん》集まって栗《くり》の皮をぶっつけ合ったりすもうをとったり殊《こと》におかしいのは小さな小さな鼠位《ねずみぐらい》の狐の子が大きな子供の狐の肩車《かたぐるま》に乗ってお星様を取ろうとしているのです。

みんなの前の木の枝《えだ》に白い一枚の敷布《しきふ》がさがっていました。

不意にうしろで
「今晩は、よくおいででした。先日は失礼いたしました。」という声がしますので四郎とかん子とはびっくりして振《ふ》り向いて見ると紺三郎です。

紺三郎なんかまるで立派な燕尾《えんび》服《ふく》を着て水仙《すいせん》の花を胸につけてまっ白なはんけちでしきりにその尖《とが》ったお口を拭《ふ》いているのです。

四郎は一寸《ちょっと》お辞儀《じぎ》をして云いました。

「この間は失敬。それから今晩はありがとう。このお餅をみなさんであがって下さい。」

狐の学校生徒はみんなこっちを見ています。

紺三郎《こんざぶろう》は胸を一杯《いっぱい》に張ってすまして餅《もち》を受けとりました。

「これはどうもおみやげを戴《いただ》いて済みません。どうかごゆるりとなすって下さい。もうすぐ幻燈もはじまります。私《わたくし》は一寸《ちょっと》失礼いたします。」

紺三郎はお餅を持って向こうへ行きました。

狐《きつね》の学校生徒は声をそろえて叫《さけ》びました。

「堅雪《かたゆき》かんこ、凍《し》み雪しんこ、硬《かた》いお餅はかったらこ、白いお餅はべったらこ。」

幕の横に、

「寄贈《きぞう》、お餅沢山《たくさん》、人の四郎《しろう》氏、人のかん子氏」と大きな札《ふだ》が出ました。狐の生徒は悦《よろこ》んで手をパチパチ叩《たた》きました。

その時ピーと笛《ふえ》が鳴りました。

紺三郎がエヘンエヘンとせきばらいをしながら幕の横から出て来て丁寧《ていねい》にお辞儀《じぎ》をしました。みんなはしんとなりました。

「今夜は美しい天気です。お月様はまるで真珠《しんじゅ》のお皿《さら》です。お星さまは野原の露《つゆ》がキラキラ固まったようです。さて只今《ただいま》から幻燈会をやります。みなさんは瞬《またたき》やくしゃみをしないで目をまんまろに開いて見ていて下さい。

それから今夜は大切な二人のお客さまがありますからどなたも静かにしないといけません。決してそっちの方へ栗の皮を投げたりしてはなりません。開会の辞です。」

みんな悦《よろこ》んでパチパチ手を叩きました。そして四郎がかん子にそっと云《い》いました。

「紺三郎さんはうまいんだね。」
笛がピーと鳴りました。
『お酒をのむべからず』大きな字が幕にうつりました。そしてそれが消えて写真がうつりました。一人のお酒に酔《よ》った人間のおじいさんが何かおかしな円《まる》いものをつかんでいる景色です。
みんなは足ぶみをして歌いました。
キックキックトントンキックキックトントン
　凍み雪しんこ、堅雪かんこ、
　　野原のまんじゅうはぽっぽっぽ
　酔ってひょろひょろ太右衛門《たえもん》が
　　去年、三十八たべた。
キックキックキックキックトントントン
写真が消えました。四郎はそっとかん子に云いました。
「あの歌は紺三郎さんのだよ。」
別に写真がうつりました。一人のお酒に酔った若い者がほおの木の葉でこしらえたお椀《わん》のようなものに顔をつっ込《こ》んで何か喰《た》べています。紺三郎が白い袴《はかま》をはいて向こうで見ているけしきです。
みんなは足踏《あしぶ》みをして歌いました。
キックキックトントントン、キックキックキック、トントントン、

凍み雪しんこ、堅雪かんこ、
　　野原のおそばはぽっぽっぽ、
　酔ってひょろひょろ清作が
　　　去年十三ばい喰《た》べた。

キック、キック、キック、キック、トン、トン、トン。

写真が消えて一寸《ちょっと》やすみになりました。

可愛《かあい》らしい狐《きつね》の女の子が黍団子《きびだんご》をのせたお皿を二つ持って来ました。

四郎《しろう》はすっかり弱ってしまいました。なぜってたった今太右衛門《たえもん》と清作との悪いものを知らないで喰《た》べたのを見ているのですから。

それに狐の学校生徒がみんなこっちを向いて「食《く》うだろうか。ね。食うだろうか。」なんてひそひそ話し合っているのです。かん子ははずかしくてお皿を手に持ったまままっ赤になってしまいました。すると四郎が決心して云《い》いました。

「ね。喰べよう。お喰べよ。僕は紺三郎《こんざぶろう》さんが僕らを欺《だま》すなんて思わないよ。」そして二人は黍団子をみんな喰べました。そのおいしいことは頬《ほ》っぺたも落ちそうです。狐の学校生徒はもうあんまり悦《よろこ》んでみんな踊《おど》りあがってしまいました。

キックキックトントン、キックキックトントン。

「ひるはカンカン日のひかり
　よるはツンツン月あかり、

たとえからだを、さかれても
狐の生徒はうそ云うな。」
キック、キックトントン、キックキックトントン。
「ひるはカンカン日のひかり
よるはツンツン月あかり
たとえこごえて倒《たお》れても
狐の生徒はぬすまない。」
キックキックトントン、キックキックトントン。
「ひるはカンカン日のひかり
よるはツンツン月あかり
たとえからだがちぎれても
狐の生徒はそねまない。」
キックキックトントン、キックキックトントン。
四郎もかん子もあんまり嬉《うれ》しくて涙《なみだ》がこぼれました。
笛がピーとなりました。
『わなを軽《けい》べつすべからず』と大きな字がうつりそれが消えて絵がうつりました。狐のこん兵衛《べえ》がわなに左足をとられた景色です。
「狐こんこん狐の子、去年狐のこん兵衛が

左の足をわなに入れ、こんこんばたばた
こんこんこん。」

とみんなが歌いました。

四郎《しろう》がそっとかん子に云《い》いました。

「僕の作った歌だねい。」

絵が消えて『火を軽べつすべからず』という字があらわれました。それも消えて絵がうつりました。狐《きつね》のこん助が焼いたお魚を取ろうとしてしっぽに火がついた所です。

狐の生徒がみな叫《さけ》びました。

「狐こんこん狐の子。去年狐のこん助が
焼いた魚を取ろとしておしりに火がつき
きゃんきゃんきゃん。」

笛《ふえ》がピーと鳴り幕は明るくなって紺三郎《こんざぶろう》が又《また》出て来て云いました。

「みなさん。今晩の幻燈はこれでおしまいです。今夜みなさんは深く心に留《と》めなければならないことがあります。それは狐のこしらえたものを賢《かしこ》いすこしも酔《よ》わない人間のお子さんが喰《た》べて下すったという事です。そこでみなさんはこれからも、大人になってもうそをつかず人をそねまず私《わたくしども》共狐の今迄《いままで》の悪い評判をすっかり無くしてしまうだろうと思います。閉会の辞です。」

狐の生徒はみんな感動して両手をあげたりワーッと立ちあがりました。そしてキラキラ涙《なみだ》をこぼしたのです。

紺三郎が二人の前に来て、丁寧《ていねい》におじぎをして云いました。

「それでは。さようなら。今夜のご恩は決して忘れません。」

二人もおじぎをしてうちの方へ帰りました。狐の生徒たちが追いかけて来て二人のふところやかくしにどんぐりだの栗《くり》だの青びかりの石だのを入れて、

「そら、あげますよ。」「そら、取って下さい。」なんて云って風の様《よう》に逃《に》げ帰って行きます。

紺三郎は笑って見ていました。

二人は森を出て野原を行《ゆ》きました。

その青白い雪の野原のまん中で三人の黒い影《かげ》が向こうから来るのを見ました。それは迎《むか》いに来た兄さん達でした。

やまなし

小さな谷川の底を写した二枚の青い幻燈《げんとう》です。

一、五月

二疋《ひき》の蟹《かに》の子供らが青じろい水の底で話していました。

『クラムボンはわらったよ。』

『クラムボンはかぷかぷわらったよ。』

『クラムボンは跳《は》ねてわらったよ。』

『クラムボンはかぷかぷわらったよ。』

上の方や横の方は、青くくらく鋼《はがね》のように見えます。そのなめらかな天井《てんじょう》を、つぶつぶ暗い泡《あわ》が流れて行《ゆ》きます。

『クラムボンはわらっていたよ。』

『クラムボンはかぷかぷわらったよ。』

『それならなぜクラムボンはわらったの。』

『知らない。』

つぶつぶ泡が流れて行《ゆ》きます。蟹の子供らもぽつぽつぽつとつづけて五六粒《つぶ》泡を吐《は》きました。それはゆれながら水銀のように光って斜《なな》めに上の方へのぼって行きました。

つうと銀のいろの腹をひるがえして、一疋《ぴき》の魚《うお》が頭の上を過ぎて行きました。

『クラムボンは死んだよ。』

『クラムボンは殺されたよ。』

『クラムボンは死んでしまったよ………。』

『殺されたよ。』

『それならなぜ殺された。』兄さんの蟹は、その右側の四本の脚《あし》の中の二本を、弟の平べったい頭にのせながら云《い》いました。

『わからない。』

魚がまたツウと戻《もど》って下流の方へ行きました。

『クラムボンはわらったよ。』

『わらった。』

にわかにパッと明るくなり、日光の黄金《きん》は夢《ゆめ》のように水の中に降って来ました。

波から来る光の網《あみ》が、底の白い磐《いわ》の上で美しくゆらゆらのびたりちぢんだりしました。泡や小さなごみからはまっすぐな影《かげ》の棒が、斜めに水の中に並《なら》んで立ちました。

魚がこんどはそこら中の黄金《きん》の光をまるっきりくちゃくちゃにしておまけに自分は鉄いろに変に底びかりして、又上流《またかみ》の方へのぼりました。

『お魚はなぜああ行ったり来たりするの。』

弟の蟹《かに》がまぶしそうに眼《め》を動かしながらたずねました。

『何か悪いことをしてるんだよ　とってるんだよ。』

『とってるの。』

『うん。』

そのお魚がまた上流《かみ》から戻って来ました。今度はゆっくり落ちついて、ひれも尾《お》も動かさずただ水にだけ流されながらお口を環《わ》のように円《まる》くしてやって来ました。その影は黒くしずかに底の光の網《あみ》の上をすべりました。

『お魚は……。』

その時です。俄《にわ》かに天井に白い泡《あわ》がたって、青びかりのまるでぎらぎらする鉄砲弾《てっぽうだま》のようなものが、いきなり飛込《とびこ》んで来ました。

兄さんの蟹ははっきりとその青いもののさきがコンパスのように黒く尖《とが》っているのも見ました。と思ううちに、魚の白い腹がぎらっと光って一ぺんひるがえり、上の方へのぼったようでしたが、それっきりもう青いものも魚のかたちも見えず光の黄金《きん》の網はゆらゆらゆれ、泡はつぶつぶ流《なが》れました。

二疋《ひき》はまるで声も出ず居《い》すくまってしまいました。

お父さんの蟹が出て来ました。

『どうしたい。ぶるぶるふるえているじゃないか。』

『お父さん、いまおかしなものが来たよ。』

『どんなもんだ。』

『青くてね、光るんだよ。はじがこんなに黒く尖ってるの。それが来たらお魚が上へのぼって行ったよ。』

『そいつの眼が赤かったかい。』

『わからない。』

『ふうん。しかし、そいつは鳥だよ。かわせみと云《い》うんだ。大丈夫《だいじょうぶ》だ、安心しろ。おれたちはかまわないんだから。』

『お父さん、お魚はどこへ行ったの。』

『魚かい。魚はこわい所へ行った。』

『こわいよ、お父さん。』

『いいいい、大丈夫だ。心配するな。そら、樺《かば》の花が流れて来た。ごらん　きれいだろう。』

泡と一緒《いっしょ》に、白い樺の花びらが天井をたくさんすべって来ました。

『こわいよ、お父さん。』弟の蟹も云いました。

光の網はゆらゆら、のびたりちぢんだり、花びらの影はしずかに砂をすべりました。

二、十二月

蟹《かに》の子供らはもうよほど大きくなり、底の景色も夏から秋の間にすっかり変わりました。

白い柔《やわら》かな円石《まるいし》もころがって来、小さな錐《きり》の形の水晶《すいしょう》の粒や、金雲母《きんうんも》のかけらもながれて来てとまりました。

そのつめたい水の底まで、ラムネの瓶《びん》の月光がいっぱいに透《すき》とおり天井《てんじょう》では波が青じろい火を、燃したり消したりしているよう、あたりはしんとして、ただいかにも遠くからというように、その波の音がひびいて来るだけです。

蟹の子供らは、あんまり月が明るく水がきれいなので睡《ねむ》らないで外に出て、しばらくだまって泡《あわ》をはいて天井の方を見ていました。

『やっぱり僕《ぼく》の泡は大きいね。』

『兄さん、わざと大きく吐《は》いてるんだい。僕だってわざとならもっと大きく吐けるよ。』

『吐いてごらん。おや、たったそれきりだろう。いいかい、兄さんが吐くから見ておいで。そら、ね、大きいだろう。』

『大きかないや、おんなじだい。』

『近くだから自分のが大きく見えるんだよ。そんなら一緒《いっしょ》に吐いてみよう。いいかい、そら。』

『やっぱり僕の方大きいよ。』

『本当かい。じゃ、も一つはくよ。』

『だめだい、そんなにのびあがっては。』

またお父さんの蟹が出て来ました。

『もうねろねろ。遅いぞ、あしたイサドへ連れて行《ゆ》かんぞ。』

『お父さん、僕たちの泡どっち大きいの』

『それは兄さんの方だろう』

『そうじゃないよ、僕の方大きいんだよ』弟の蟹は泣きそうになりました。

そのとき、トブン。

黒い円《まる》い大きなものが、天井から落ちてずうっとしずんで又《また》上へのぼって行きました、キラキラッと黄金《きん》のぶちがひかりました。

『かわせみだ』子供らの蟹は頸《くび》をすくめて云《い》いました。

お父さんの蟹は、遠めがねのような両方の眼をあらん限り延ばして、よくよく見てから云いました。

『そうじゃない、あれはやまなしだ、流れて行くぞ、ついて行って見よう、ああいい匂《にお》いだな』

なるほど、そこらの月あかりの水の中は、やまなしのいい匂いでいっぱいでした。

三疋《びき》はぽかぽか流れて行くやまなしのあとを追いました。

その横あるきと、底の黒い三つの影法師《かげぼうし》が、合わせて六つ踊《おど》るようにして、山なしの円《まる》い影を追いました。

間もなく水はサラサラ鳴り、天井《てんじょう》の波はいよいよ青い焔《ほのお》をあげ、やまなしは横になって木の枝《えだ》にひっかかってとまり、その上には月光の虹《にじ》がもかもか集まりました。

『どうだ、やっぱりやまなしだよ　よく熟している、いい匂《にお》いだろう。』

『おいしそうだね、お父さん』

『待て待て、もう二日ばかり待つとね、こいつは下へ沈《しず》んで来る、それからひとりでにおいしいお酒ができるから、さあ、もう帰って寝よう、おいで』

親子の蟹《かに》は三疋《びき》自分等《ら》の穴に帰って行《ゆ》きます。

波はいよいよ青じろい焔《ほのお》をゆらゆらとあげました。それは又金剛石《またこんごうせき》の粉《こ》をはいているようでした。

◆

私の幻燈はこれでおしまいであります。

氷河鼠の毛皮

ひょうがねずみのけがわ

このおはなしは、ずいぶん北の方の寒いところからきれぎれに風に吹《ふ》きとばされて来たのです。氷がひとでや海月《くらげ》やさまざまのお菓子《かし》の形をしている位寒い北の方から飛ばされてやって来たのです。

十二月の二十六日の夜八時ベーリング行《ゆき》の列車に乗ってイーハトヴを発《た》った人たちが、どんな眼《め》にあったかきっとどなたも知りたいでしょう。これはそのおはなしです。

×

ぜんたい十二月の二十六日はイーハトヴはひどい吹雪《ふぶき》でした。町の空や通りはまるっきり白だか水色だか変にばさばさした雪の粉《こ》でいっぱい、風はひっきりなしに電線や枯《か》れたポプラを鳴らし、鴉《からす》なども半分凍《こご》ったようになってふらふらと空を流されて行《ゆ》きました。ただ、まあ、その中から馬そりの鈴《すず》のチリンチリン鳴る音が、やっと聞こえるのでやっぱり誰《たれ》か通っているなということがわかるのでした。

ところがそんなひどい吹雪でも夜の八時になって停車場《ていしゃじょう》に行って見ますと暖炉《だんろ》の火は愉快《ゆかい》に赤

く燃えあがり、ベーリング行の最大急行に乗る人たちはもうその前にまっ黒に立っていました。何《なに》せ北極のじき近くまで行くのですからみんなはすっかり用意していました。着物はまるで厚い壁《かべ》のくらい着込《きこ》み、馬油《ばゆ》を塗《ぬ》った長靴《ながぐつ》をはきトランクにまで寒さでひびが入らないように馬油を塗ってみんなほうほうしていました。

汽缶車《きかんしゃ》はもうすっかり支度《したく》ができて暖かそうな湯気を吐《は》き、客車にはみな明るく電燈《でんとう》がともり、赤いカーテンもおろされて、プラットホームにまっすぐにならびました。

『ベーリング行、午後八時発車、ベーリング行。』一人の駅夫が高く叫《さけ》びながら待合室に入って来ました。

すぐ改札《かいさつ》のベルが鳴りみんなはわいわい切符《きっぷ》を切って貰《もら》ってトランクや袋《ふくろ》を車の中にかつぎ込《こ》みました。

間もなくパリパリ呼子《よびこ》が鳴り汽缶車は一つポーとほえて、汽車は一目散《いちもくさん》に飛び出しました。何せベーリング行の最大急行ですから実にはやいもんです。見る間にそのおしまいの二つの赤い火が灰いろの夜のふぶきの中に消えてしまいました。ここまではたしかに私《わたし》も知っています。

×

列車がイーハトヴの停車場をはなれて荷物が棚《たな》や腰掛《こしかけ》の下に片附《かたづ》き、席がすっかりきまりますとみんなはまずつくづくと同じ車の人たちの顔つきを見まわしました。

一つの車には十五人ばかりの旅客が乗っていましたがそのまん中には顔の赤い肥《ふと》った紳士《しんし》がど

っしりと腰掛けていました。その人は毛皮を一杯《いっぱい》に着込《こ》んで、二人前の席をとり、アラスカ金の大きな指環《ゆびわ》をはめ、十連発のぴかぴかする素敵《すてき》な鉄砲《てっぽう》を持っていかにも元気そう、声もきっとよほどがらがらしているにちがいないと思われたのです。

　近くにはやっぱり似たようななりの紳士たちがめいめい眼鏡《めがね》を外《はず》したり時計を見たりしていました。どの人も大へん立派でしたがまん中の人にくらべては少し痩《や》せていました。向こうの隅《すみ》には痩せた赤ひげの人が北極狐《ほっきょくぎつね》のようにきょとんとすまして腰を掛けこちらの斜《はす》かいの窓のそばにはかたい帆布《はんぷ》の上着を着て愉快そうに自分にだけ聞えるような微《かす》かな口笛《くちぶえ》を吹いている若い船乗りらしい男が乗っていました。そのほか痩せて眉《まゆ》も深く刻み陰気《いんき》な顔を外套《がいとう》のえりに埋《うめ》ている人、さっぱり何でもないというようにもう睡《ねむ》りはじめた商人風の人など三四人居《お》りました。

×

　汽車は時々素通りする停車場の踏切《ふみきり》でがたっと横にゆれながら一生けん命ふぶきの中をかけました。しかしその吹雪《ふぶき》もだんだんおさまったのかそれとも汽車が吹雪の地方を越《こ》したのか、まもなくみんなは外の方から空気に圧《お》しつけられるような気がし、もう外では雪が降っていないというように思いました。黄いろな帆布の青年は立って自分の窓のカーテンを上げました。そのカーテンのうしろには湯気の凍《こお》り付いたぎらぎらの窓ガラスでした。たしかにその窓ガラスは変に青く光っていたのです。船乗りの青年はポケットから小さなナイフを出してその窓の羊歯《しだ》の葉の形をした氷をガリガリ削《けず》り落としました。

削り取られた分の窓ガラスはつめたくて実によく透《す》きとおり向こうでは山脈の雪が耿々《こうこう》とひかり、その上の鉄いろをしたつめたい空にはまるでたったいまみがきをかけたような青い月がすきっとかかっていました。

野原の雪は青じろく見え煙《けむり》の影《かげ》は夢《ゆめ》のようにかけたのです。唐檜《とうひ》やとど松がまっ黒に立ってちらちら窓を過ぎて行きます。じっと外を見ている若者の唇《くちびる》は笑うように又《また》泣くようにかすかにうごきました。それは何か月に話し掛《か》けているかとも思われたのです。みんなもしんとして何か考え込《こ》んでいました。まん中の立派な紳士《しんし》もまた鉄砲《てっぽう》を手に持って何か考えています。けれども俄《にわ》かに紳士は立ちあがりました。鉄砲を大切に棚《たな》に載《の》せました。それから大きな声で向こうの役人らしい葉巻をくわえている紳士に話し掛けました。

『何せ向こうは寒いだろうね。』

向こうの紳士が答えました。

『いや、それはもう当然です。いくら寒いと云《い》ってもこっちのは相対的ですがなあ、あっちはもう絶対です。寒さがちがいます。』

『あなたは何べん行ったね。』

『私は今度二遍《へん》目ですが。』

『どうだろう、わしの防寒の設備は大丈夫《だいじょうぶ》だろうか。』

『どれ位ご支度《したく》なさいました。』

『さあ、まあイーハトヴの冬の着物の上に、ラッコ裏の内外套《うちがいとう》ね、海狸《びばあ》の中《ちゅう》外套ね、黒狐《くろきつね》表裏《おもてうら》の外套《そと》ね。』

『大丈夫でしょう、ずいぶんいいお支度です。』

『そうだろうか、それから北極兄弟商会パテントの緩慢《かんまん》燃焼外套ね……。』

『大丈夫です』

『それから氷河鼠《ひょうがねずみ》の頸《くび》のとこの毛皮だけでこさえた上着ね。』

『大丈夫です。しかし氷河鼠の頸のとこの毛皮はぜい沢《たく》ですな。』

『四百五十疋《ぴき》分だ。どうだろう。こんなことで大丈夫だろうか。』

『大丈夫です。』

『わしはね、主に黒狐をとって来るつもりなんだ。黒狐の毛皮九百枚持って来てみせるというかけをしたんだ。』

『そうですか。えらいですな。』

『どうだ。祝盃《しゅくはい》を一杯やろうか。』紳士はスチームでだんだん暖まって来たらしく外套を脱《ぬ》ぎながらウイスキーの瓶《びん》を出しました。

すじ向かいではさっきの青年が額《ひたい》をつめたいガラスにあてるばかりにして月とオリオンとの空をじっとながめ、向こうの隅《すみ》ではあの瘦《や》せた赤髯《あかひげ》の男が眼《め》をきょろきょろさせてみんなの話を聞きすまし、酒を呑《の》み出した紳士のまわりの人たちは少し羨《うらや》ましそうにこの豪勢《ごうせい》な北極近くまで猟《りょう》に出かける暢気《のんき》な大将を見ていました。

×

毛皮外套《がいとう》をあんまり沢山《たくさん》もった紳士《しんし》はもうひとりの外套《がいとう》を沢山もった紳士と喧嘩《けんか》をしましたがそのあとの方の人はとうとう負けて寝《ね》たふりをしてしまいました。

紳士はそこでつづけさまにウイスキーの小さなコップを十二ばかりやりましたらすっかり酔《よ》いがまわってもう目を細くして唇《くちびる》をなめながらそこら中の人に見あたり次第くだを巻きはじめました。

『ね、おい、氷河鼠《ひょうがねずみ》の頸《くび》のところの毛皮だけだぜ。ええ、氷河鼠の上等さ。君、君、百十六疋《ぴき》の分なんだ。君、君斯《こ》う見渡すというと外套二枚ぐらいのお方もずいぶんあるようだが外套二枚じゃだめだねえ、君は三枚だからいいね、けれども、君、君、君のその外套は全体それは毛じゃないよ。君はさっきモロッコ狐《きつね》だとか云《い》ったねえ。どうしてどうしてちゃんとわかるよ。それはほんとの毛じゃないよ。ほんとの毛皮じゃないんだよ』

『失敬なことを云うな。失敬な』

『いいや、ほんとのことを云うがね、たしかにそれはにせものだ。絹糸で拵《こしら》えたんだ』

『失敬なやつだ。君はそれでも紳士かい』

『いいよ。僕は紳士でもせり売屋でも何でもいい。君のその毛皮はにせものだ』

『野蕃《やばん》なやつだ。実に野蕃だ』

『いいよ。おこるなよ向こうへ行って寒かったら僕のとこへおいで』

『頼《たの》まない』

よその紳士はすっかりぶりぶりしてそれでもきまり悪そうにやはりうつうつ寝たふりをしました。

氷河鼠の上着を有《も》った大将は唇をなめながらまわりを見まわした。

『君、おい君、その窓のところのお若いの。失敬だが君は船乗りかね』

若者はやっぱり外を見ていました。月の下にはまっ白な蛋白石《たんぱくせき》のような雲の塊《かたまり》が走って来るのです。

『おい、君、何と云っても向こうは寒い、その帆布《はんぷ》一枚じゃとてもやり切れたもんじゃない。けれども君はなかなか豪儀《ごうぎ》なとこがある。よろしい貸《か》してやろう。僕のを一枚貸してやろう。そうしよう』

けれども若者はそんな言《げん》が耳にも入らないというようでした。つめたく唇を結んでまるでオリオン座のとこの鋼《はがね》いろの空の向こうを見透《みす》かすような眼《め》をして外を見ていました。

『ふん。パースレーかね。黒狐だよ。なかなか寒いからね、おい、君若いお方、失敬だが外套を一枚お貸し申すとしようじゃないか。黄いろの帆布一枚じゃどうしてどうして零下《れいか》の四十度を防ぐもなにもできやしない。黒狐だから。おい若いお方。君、君、おいなぜ返事せんか。無礼なやつだ君は我輩《わがはい》を知《し》らんか。わしはねイーハトヴのタイチだよ。イーハトヴのタイチを知らんか。こんな汽車へ乗るんじゃなかったな。わしの持船で出かけたらだまって殿《との》さまで通るんだ。ひとりで出掛《でか》けて黒狐を九百疋とって見せるなんて下らないかけをしたもんさ』

こんな馬鹿《ばか》げた大きな子供の酔《よい》どれをもう誰《たれ》も相手にしませんでした。みんな眠《ねむ》るか睡《ねむ》る支度《したく》でした。きちんと起きているのはさっきの窓のそばの一人の青年と客車の隅《すみ》でしきりに鉛筆《えんぴつ》をなめながらきょときょと聴《き》き耳をたてて何か書きつけているあの瘦《や》せた赤髯《ひげ》の男だけでした。

『紅茶はいかがですか。紅茶はいかがですか』

白服のボーイが大きな銀の盆《ぼん》に紅茶のコップを十ばかり載《の》せてしずかに大股《おおまた》にやって来ました。

『おい、紅茶をおくれ』イーハトヴのタイチが手をのばしました。ボーイはからだをかがめてすばやく一つを渡し銀貨を一枚受け取りました。

そのとき電燈がすうっと赤く暗くなりました。

窓は月のあかりでまるで螺鈿《らでん》のように青びかりみんなの顔も俄《にわ》かに淋《さび》しく見えました。

『まっくらでござんすなおばけが出そう』ボーイは少し屈《かが》んであの若い船乗りののぞいている窓からちょっと外を見ながら云《い》いました。

『おや、変な火が見えるぞ。誰《たれ》かかがりを焚《た》いてるな。おかしい』

この時電燈がまたすっとつきボーイは又《また》

『紅茶はいかがですか』と云いながら大股にそして恭《うやうや》しく向こうへ行きました。

これが多分風の飛ばしてよこした切れ切れの報告の第五番目にあたるのだろうと思います。

×

夜がすっかり明けて東側の窓がまばゆくまっ白に光り西側の窓が鈍《にぶ》い鉛色《なまりいろ》になったとき汽車が

俄《にわ》かにとまりました。みんなは顔を見合わせました。

『どうしたんだろう。まだベーリングに着く筈《はず》がないし故障ができたんだろうか。』

そのとき俄かに外ががやがやしてそれからいきなり扉《とびら》ががたっと開き朝日はビールのようにながれ込みました。赤ひげがまるで違《ちが》った物凄《ものすご》い顔をしてピカピカするピストルをつきつけてはいって来ました。

そのあとから二十人ばかりのすさまじい顔つきをした人が、どうもそれは人というよりは白熊《しろくま》といった方がいいような、いや、白熊というよりは雪狐《ゆききつね》と云った方がいいようなすてきにもくもくした毛皮を着た、いや、着たというよりは毛皮で皮ができてるというた方がいいような、ものが変な仮面をかぶったりえり巻を眼《め》まで上げたりしてまっ白ないきをふうふう吐きながら大きなピストルをみんな握《にぎ》って車室の中にはいって来ました。

先登《せんとう》の赤ひげは腰かけにうつむいてまだ睡《ねむ》っていたゆうべの偉《え》らい紳士を指さして云いました。

『こいつがイーハトヴのタイチだ。ふらちなやつだ。イーハトヴの冬の着物の上にね、ラッコ裏の内外套《がいとう》と海狸《びばあ》の中外套と黒狐裏表の外外套を着ようというんだ。おまけにパテント外套と氷河《ひょうが》鼠《ねずみ》の頸《くび》のとこの毛皮だけでこさえた上着も着ようというやつだ。これから黒狐の毛皮九百枚とるとぬかすんだ、叩《たた》き起こせ。』

二番目の黒と白の斑《ぶち》の仮面をかぶった男がタイチの首すじをつかんで引きずり起こしました。残りのものは油断なく車室中にピストルを向けてにらみつけていました。

三番目のが云いました。

『おい立て、きさま。こいつだなあの電気網《あみ》をテルマの岸に張らせやがったやつは。連れてこう』

『うん、立て。さあ立ていやなつらをしてるなあさあ立て』

紳士《しんし》は引ったてられて泣きました。ドアがあけてあるので室《へや》の中は俄《にわ》かに寒くあっちでもこっちでもクシャンクシャンとまじめ腐《くさ》ったくしゃみの声がしました。

二番目がしっかりタイチをつかまえて引っぱって行こうとしますと三番目のはまだ立ったままきょろきょろ車中を見まわしました。

『外《ほか》にはないか。そこのとこに居るやつも毛皮の外套《がいとう》を三枚持ってるぞ』

『ちがうちがう』赤ひげはせわしく手を振《ふ》って云《い》いました『ちがうよ。あれはほんとの毛皮じゃない絹糸でこさえたんだ』

『そうか』

ゆうべのその外套をほんとのモロッコ狐だと云《い》った人は変な顔をしてしゃちほこばっていました。

『よし、さあでは引きあげ、おい誰《たれ》でもおれたちがこの車を出ないうちに一寸《ちょっと》でも動いたやつは胸にスポンと穴をあけるから、そう思え』

その連中はじりじりとあと退《ずさ》りして出て行きました。

そして一人ずつだんだん出て行って、おしまい赤ひげがこっちへピストルを向けながらせなかでタイチを押すようにして出て行こうとしました。タイチは髪をばちゃばちゃにして口をびくびくまげながら前からはひっぱられ、うしろからは押されてもう扉《とびら》の外へ出そうになりました。

俄かに窓のとこに居た帆布《はんぷ》の上着の青年がまるで天井《てんじょう》にぶっつかる位のろしのように飛びあがりました。

ズドン。ピストルが鳴りました。落ちたのはただの黄いろの上着だけでした。と思ったらあの赤ひげがもう足をすくって倒《たお》され、青年は肥《ふと》った紳士を又《また》車室の中に引っぱり込んで右手には赤ひげのピストルを握《にぎ》って凄《すご》い顔をして立っていました。

赤ひげがやっと立ちあがりましたら青年はしっかりそのえり首をつかみピストルを胸につきつけながら外の方へ向いて高く叫びました。

『おい、熊《くま》ども。きさまらのしたことは尤《もっと》もだ。けれどもな、おれたちだって仕方ない。生きているにはきものも着なきゃあいけないんだ。おまえたちが魚《うお》をとるようなもんだぜ。けれどもあんまり無法なことはこれから気を付けるように云うから今度はゆるして呉《く》れ。ちょっと汽車が動いたらおれの捕虜《ほりょ》にしたこの男は返すから』

『わかったよ。すぐ動かすよ』外で熊どもが叫《さけ》びました。

『レールを横の方へ敷いたんだな』誰《たれ》かが云いました。

氷ががりがり鳴ったりばたばたかけまわる音がしたりして汽車は動き出しました。

『さあけがをしないように降りるんだ』船乗りが云いました。赤ひげは笑ってちょっと船乗りの手を握って飛び降りました。

『そら、ピストル』船乗りはピストルを窓の外へほうり出しました。

『あの赤ひげは熊の方の間諜《かんちょう》だったね』誰《たれ》かが云いました。わかものは又窓の氷を削《けず》りました。氷山の稜《かど》が桃色や青やぎらぎら光って窓の外にぞろっとならんでいたのです。これが風のとばしてよこしたお話のおしまいの一切れです。

シグナルとシグナレス

しぐなるとしぐなれす

（一）

『ガタンコガタンコ、シュウフッフッ、
　さそりの赤眼《あかめ》が　見えたころ、
四時から今朝《けさ》も　やって来《き》た。
遠野《とおの》の盆地《ぼんち》は　まっくらで、
つめたい水の　声ばかり。
ガタンコガタンコ、シュウフッフッ、
凍《こご》えた砂利《じやり》に　湯気を吐《は》き、
火花を闇《やみ》に　まきながら、
蛇紋岩《さあぺんていん》の　崖《がけ》に来て、
やっと東が　燃え出した。
ガタンコガタンコ　シュウフッフッ、

鳥がなき出し　木は光り、
青々川《あおあお》は　ながれたが、
丘《おか》もはざまも　いちめんに、
まぶしい霜《しも》を　載《の》せていた。
ガタンコガタンコ、シュウフッフッ、
やっぱりかけると　あったかだ
僕《ぼく》はほうほう　汗《あせ》が出る。
もう七八里《り》　はせたいな、
今日も、一日《いちにち》　霜ぐもり。
ガタンガタン、ギー、シュウシュウ』

軽便《けいべん》鉄道の東からの一番列車が少しあわてたようにこう歌いながらやって来てとまりました。機関車の下からは、力のない湯気が逃出《にげだ》して行き、ほそ長いおかしな形の煙突《えんとつ》からは青いけむりが、ほんの少うし立ちました。

そこで軽便鉄道附《つ》きの電信柱どもは、やっと安心したように、ぶんぶんとうなり、シグナルの柱はかたんと白い腕木《うでぎ》をあげました。このまっすぐなシグナルの柱は、シグナレスでした。

シグナレスはほっと小さなため息をついて空を見上げました。そらにはうすい雲が縞《しま》になっていっぱいに充《み》ち、それはつめたい白光《しろびかり》、凍《こお》った地面に降らせながら、しずかに東へ流れていたのです。

シグナレスはじっとその雲の行《ゆ》く方《ほう》をながめました。それからやさしい腕木を思い切りそっちの方へ延ばしながら、ほんのかすかにひとりごとを云《い》いました。

『今朝は伯母《おば》さんたちもきっとこっちの方を見ていらっしゃるわ。』シグナレスはいつまでもいつまでもそっちに気をとられて居《お》りました。

『カタン』

うしろの方のしずかな空でいきなり音がしましたのでシグナレスは急いでそっちを振《ふ》り向きました。ずうっと積まれた黒い枕木《まくらぎ》の向こうにあの立派な本線のシグナルばしらが今はるかの南から、かがやく白けむりをあげてやって来る列車を迎《むか》える為《ため》にその上の硬《かた》い腕をさげたところでした。

『お早《はよ》う今朝は暖《あたた》かですね。』本線のシグナル柱はキチンと兵隊のように立ちながらいやにまじめくさって挨拶《あいさつ》しました。

『お早うございます』シグナレスはふし目になって声を落として答えました。

『若さま、いけません。これからはあんなものに矢鱈《やたら》に声をおかけなさらないようにねがいます。』本線のシグナルに夜電気を送る太い電信ばしらがさも勿体《もったい》ぶって申しました。

本線のシグナルはきまり悪そうにもじもじしてだまってしまいました。気の弱いシグナレスはまるでもう消えてしまうか飛んでしまうかしたいと思いました。けれどもどうにも仕方がありませんでしたからやっぱりじっと立っていたのです。

雲の縞《しま》は薄《うす》い琥珀《こはく》の板のようにうるみ、かすかなかすかな日光が降って来ましたので本線シグナル附《つ》きの電信柱はうれしがって向こうの野原を行く小さな荷馬車を見ながら低く調子はずれの歌をやりました。

『ゴゴン、ゴーゴー、
うすい雲から
酒が降《ふ》り出す、
酒の中から
霜がながれる。ゴゴンゴーゴー
ゴゴンゴーゴー霜がとければ
つちはまっくろ。
馬はふんごみ
人もぺちゃぺちゃゴゴンゴーゴー、』

（二）

それからもっともっとつづけざまにわけのわからないことを歌いました。

その間に本線のシグナル柱が、そっと西風にたのんでこう云《い》いました。

『どうか気にかけないで下さい。こいつはもうまるで野蛮《やばん》なんです礼式も何も知らないのです。実際私《わたし》はいつでも困ってるんですよ。』

軽便鉄道のシグナレスは、まるでどぎまぎしてうつむきながら低く、

『あら、そんなことございませんわ。』と云いましたが何分風下《なにぶんかざしも》でしたから本線のシグナルまで聞こえませんでした。

『許して下さるんですか、本当を云ったら、僕《ぼく》なんかあなたに怒《おこ》られたら生きている甲斐《かい》もないんですからね。』

『あらあら、そんなこと。』軽便鉄道の木でつくったシグナレスは、まるで困ったというように肩《かた》をすぼめましたが、実はその少しうつむいた顔は、うれしさにぼっと白光《しろびかり》を出していました。

『シグナレスさん、どうかまじめで聞いて下さい。僕あなたの為《ため》なら、次の十時の汽車が来る時腕《うで》を下げないで、じっと頑張《がんば》り通してでも見せますよ』わずかばかりヒュウヒュウ云っていた風が、この時ぴたりとやみました。

『あら、そんな事いけませんわ。』

『勿論《もちろん》いけないですよ。汽車が来るとき、腕を下げないで頑張るなんて、そんなことあなたの為にも僕の為にもならないから僕はやりはしませんよ。けれどもそんなことでもしようと云うんです。僕あなたの位《くらい》大事なものは世界中ないんです。どうか僕を愛して下さい』

シグナレスは、じっと下の方を見て黙《だま》って立っていました。本線シグナル附きのせいの低い電信柱は、まだ出鱈目《でたらめ》の歌をやっています。

『ゴゴンゴー、
　やまのいわやで、
　熊《くま》が火をたき、

あまりけむくて、
ほらを逃出《にげだ》す。ゴゴンゴー、
田螺《にし》はのろのろ、
うう、田螺はのろのろ。
田螺のしゃっぽは、
羅紗《らしゃ》の上等　ゴゴンゴーゴー。』
本線のシグナルはせっかちでしたから、シグナレスの返事のないのに、まるであわててしまいました。
『シグナレスさん、あなたはお返事をして下さらないんですか。ああ僕《ぼく》はもうまるでくらやみだ。目の前がまるでまっ黒な淵《ふち》のようだ。ああ雷《かみなり》が落ちて来て、一ぺんに僕のからだをくだけ。足もとから噴火《ふんか》が起って、僕を空の遠くにほうりなげろ。もうなにもかもみんなおしまいだ。雷が落ちて来て一ぺんに僕のからだを砕《くだ》け。足もと……。』
『いや若様、雷が参りました節は手前一身《いっしん》におんわざわいを頂戴《ちょうだい》いたします。どうかご安心をねがいとう存じます』
シグナル附《つ》きの電信柱が、いつかでたらめの歌をやめて頭の上のはりがねの槍《やり》をぴんと立てながら眼をパチパチさせていました。
『えい。お前なんか何を云《い》うんだ。僕はそれどこじゃないんだ。』

『それは又《また》どうしたことでござりまする。ちょっとやつがれまでお申し聞けになりとう存じます。』

『いいよ、お前はだまっておいで』シグナルは高く叫《さけ》びました。しかしシグナルも、もうだまってしまいました。

雲がだんだん薄くなって柔《やわら》かな陽《ひ》が射《さ》して参りました。

（三）

五日《いつか》の月が、西の山脈の上の黒い横雲から、もう一ぺん顔を出して山へ沈《しず》む前の、ほんのしばらくを鈍《にぶ》い鉛《なまり》のような光で、そこらをいっぱいにしました。冬がれの木やつみ重ねられた黒い枕木《まくらぎ》はもちろんのこと、電信柱まで、みんな眠《ねむ》ってしまいました。遠くの遠くの風の音か水の音がごうと鳴るだけです。

『ああ、僕はもう生きてる甲斐《かい》もないんだ。汽車が来るたびに腕《うで》を下げたり、青いめがねをかけたり一体何の為《ため》にこんなことをするんだ。もうなんにも面白《おもしろ》くない。ああ死のう。けれどもどうして死ぬ。やっぱり雷か噴火《ふんか》だ。』

本線のシグナルは、今夜も眠られませんでした。非常なはんもんでした。けれどもそれはシグナルばかりではありません。枕木の向こうに青白くしょんぼり立って赤い火をかかげている、軽便鉄道のシグナル、則《すなわ》ちシグナレスとても全《まった》くその通りでした。

『ああ、シグナルさんもあんまりだわ、あたしが云《い》えないでお返事も出来ないのを、すぐあんなに怒《おこ》っておしまいになるなんて。あたしもう何もかもみんなおしまいだわ。おお神様、シグナルさんに雷を落とすとき、一緒《いっしょ》に私にもお落とし下さいませ。』

こう云《い》って、しきりに星ぞらに祈《いの》っているのでした。ところがその声が、かすかにシグナルの耳に入りました。シグナルはぎょっとしたように胸を張って、しばらく考えていましたが、やがてガタガタ顫《ふる》え出しました。

顫えながら云《い》いました。

『シグナレスさん。あなたは何を祈っていられますか。』

『あたし存じませんわ。』シグナレスは声を落して答えました。

『シグナレスさん、それはあんまりひどいお言葉でしょう僕はもう今すぐでもお雷《らい》さんに潰《つぶ》されて、又は噴火《ふんか》を足もとから引っぱり出して、又はいさぎよく風に倒《たお》されて、又はノアの洪水《こうずい》をひっかぶって、死んでしまおうと云うんですよ。それだのに、あなたはちっとも同情して下さらないんですか。』

『あら、その噴火や洪水を。あたしのお祈りはそれよ。』シグナレスは思い切って云いました。シグナルはもううれしくてうれしくて、なおさら、ガタガタガタガタふるえました。その赤い眼鏡《めがね》もゆれたのです。

『シグナレスさん。なぜあなたは死ななきゃあならないんですか。ね僕へお話し下さい。ね。僕へお話し下さい、きっと、僕はそのいけないやつを追っぱらってしまいますから一体どうしたんですね。』

『だって、あなたがあんなにお怒《おこ》りなさるんですもの。』

『ふふん。ああ、そのことですか。ふん。いいえ。その事ならばご心配ありません。大丈夫《だいじょうぶ》です。僕ちっとも怒ってなんか居《い》はしませんからね、僕、もうあなたの為なら、めがねをみんな取られて、腕をみんなひっぱなされて、それから沼《ぬま》の底へたたき込《こ》まれたって、あなたをうらみはしませんよ。』

『あら、ほんとう。うれしいわ。』

『だから僕を愛して下さい。さあ僕を愛するって云って下さい。』

五日のお月さまは、この時雲と山のはとの丁度《ちょうど》まん中に居ました。シグナルはもうまるで顔色を変えて灰色の幽霊《ゆうれい》みたいになって言いました。

『又あなたはだまってしまったんですね。やっぱり僕がきらいなんでしょう。もういいや、どうせ僕なんか噴火か洪水か風かにやられるにきまってるんだ。』

『あら、ちがいますわ。』

『そんならどうですどうです、どうです。』

『あたし、もう大昔《おおむかし》からあなたのことばかり考えていましたわ。』

『本当ですか、本当ですか、本当ですか。』

『ええ。』

『そんならいいでしょう。結婚《けっこん》の約束《やくそく》をして下さい。』

『でも』

『でもなんですか、僕《ぼく》たちは春になったら燕《つばめ》にたのんで、みんなにも知らせて結婚《けっこん》の式をあげましょう。どうか約束して下さい。』

『だってあたしはこんなつまらないんですわ』

（四）

『わかってますよ、僕にはそのつまらないところが尊《たっと》いんです。』

するとさあ、シグナレスはあらんかぎりの勇気を出して云《い》い出しました。

『でもあなたは金《かね》でできてるでしょう。新式でしょう。赤青めがねも二組まで持っていらっしゃるわ、夜も電燈でしょう、あたしは夜だってランプですわ、めがねもただ一つきりそれに木ですわ。』

『わかってますよ。だから僕はすきなんです』

『あら、ほんとう。うれしいわ。あたしお約束するわ』

『え、ありがとう、うれしいなあ僕もお約束しますよ。あなたはきっと、私の未来の妻だ』

『ええ、そうよ、あたし決して変らないわ』

『約婚指環《エンゲージリング》をあげますよ、そらねあすこの四つならんだ青い星ね』

『ええ』

『あの一番下の脚《あし》もとに小さな環《わ》が見えるでしょう、環状星雲《フィッシュマウスネビュラ》ですよ。あの光の環ね、あれを受け取って下さい、僕のまごころです』

『ええ。ありがとう、いただきますわ』

『ワッハッハ。大笑いだ。うまくやってやがるぜ』

突然《とつぜん》向こうのまっ黒な倉庫がそらにもはばかるような声でどなりました。二人はまるでしんとなってしまいました。

ところが倉庫が又云《またい》いました。

『いや心配しなさんな。このことは決してほかへはもらしませんぞ。わしがしっかり呑《の》み込《こ》みました』

その時です、お月さまがカブンと山へお入《はい》りになってあたりがポカッとうすぐらくなったのは。

今は風があんまり強いので電信ばしらどもは、本線の方も、軽便鉄道の方のもまるで気が気でなく、ぐうんぐうんひゅうひゅうと独楽《こま》のようにうなって居《お》りました。それでも空はまっ青に晴れていました。

本線シグナルつきの太っちょの電しんばしらも、もうでたらめの歌をやるどころの話ではありません、できるだけからだをちぢめて眼《め》を細くして、ひとなみに、ブウウ、フウウとうなってごまかして居りました。

シグナレスは、この時、東のぐらぐらする位強い青びかりの中をぴっこをひくようにして走って行《ゆ》く雲を見て居りましたがそれからチラッとシグナルの方を見ました。

シグナルは、今日は巡査《じゅんさ》のようにしゃんと、立っていましたが、風が強くて太っちょの電信ばしらに聞えないのをいいことにして、シグナレスにはなしかけました。

(五)

『どうもひどい風ですね。あなた頭がほてって痛みはしませんか。どうも僕《ぼく》は少しくらくらしますね。いろいろお話《はなし》しますから、あなたただ頭をふってうなずいてだけいて下さい。どうせお返事をしたって、僕のところへ届きはしませんから、それから僕のはなしで面白くないことがあったら横の方に頭を振《ふ》って下さい。これは、本とうは、欧羅巴《ヨーロッパ》の方のやり方なんですよ。向こうでは、僕たちのように仲《なか》のいいものがほかの人に知れないようにお話をするときは、みんなこうするんですよ。僕それを向こうの雑誌で見たんです、ね、あの倉庫のやつめ、おかしなやつですね。いきなり僕たちの話《はなし》してるところへ口を出して、引き受けたの何《なん》のって云《い》うんですもの、あいつはずいぶん太ってますね、今日も眼をパチパチやらかしてますよ。

僕のあなたに物を言ってるのはわかっていても、何を言ってるのか風で一向《いっこう》聞こえないんですよ、けれども全体、あなたに聞こえてるんですか、聞こえてるなら頭を振って下さい、ええそう、聞こえるでしょうね。僕たち早く結婚《けっこん》したいもんですね。早く春になりゃあいいんですね。

僕のとこのぶっきりこに少しも知らせないで置きましょう。そして置いて、いきなり、ウヘン、ああ風でのどがぜいぜいする。ああひどい。一寸《ちょっと》お話をやめますよ。僕のどが痛くなったんです。わかりましたか、じゃちょっとさよなら』

それからシグナルは、ううううと云いながら眼をぱちぱちさせてしばらくの間だまって居ました。シグナレスもおとなしくシグナルの咽喉《のど》のなおるのを待っていました。電信ばしらどもは、ブンブンゴンゴンと鳴り、風はひゅうひゅうとやりました。

（六）

シグナルはつばをのみこんだりえーえーとせきばらいをしたりしていましたが、やっと咽喉の痛いのが癒《なお》ったらしく、もう一ぺんシグナレスに話しかけました。けれどもこの時は、風がまるで熊《くま》のように吼《ほ》え、まわりの電信ばしらどもは山一ぱいの蜂《はち》の巣《す》を一ぺんに壊《こわ》しでもしたようにぐわんぐわんぐわんとうなっていましたので、折角《せっかく》のその声も、半分ばかりしかシグナレスに届きませんでした。

『ね、僕はもうあなたの為《ため》なら、次の汽車の来るとき、頑張《がんば》って腕《うで》を下げないことでも、何でもするんですからね、わかったでしょう。あなたもその位の決心はあるでしょうね、あなたはほんとうに美しいんです、ね、世界の中《うち》にだって僕たちの仲間はいくらもあるんでしょう。その半分はまあ女の人でしょうがねえ、その中であなたは一番美しいんです。もっとも外《ほか》の女の人僕よく知らないんですけれどね、きっとそうだと思うんですよ、どうです聞こえますか。僕たちのまわりに居るやつはみんな馬鹿《ばか》ですねのろまですね、僕とこのぶっきりこが僕が何をあなたに云ってるのかと思って、そらごらんなさい、一生けん命、目をパチパチやってますよ、こいつと来たら全《まっ》たくチョークよりも形がわるいんですからね、そら、こんどはあんなに口を曲げていますよ、呆《あき》れた馬鹿ですねえ、僕のはなし聞こえますか、僕の……』

『若さま、さっきから何をべちゃべちゃ云っていらっしゃるのです。しかもシグナレス風情《ふぜい》と、一体何をにやけていらっしゃるんです』
いきなり本線《ほんせん》シグナル附《つ》きの電信ばしらが、むしゃくしゃまぎれにごうごうの音の中を途方《とほう》もない声でどなったもんですから、シグナルは勿論《もちろん》シグナレスもまっ青《さお》になってぴたっとこっちへまげていたからだをまっすぐに直しました。
『若さま、さあ仰《おっ》しゃい。役目として承《うけたまわ》らなければなりません』

(七)

シグナルは、やっと元気を取り直しました。そしてどうせ風の為《ため》に何を云《い》っても同じことなのをいいことにして、

『馬鹿《ばか》、僕《ぼく》はシグナレスさんと結婚《けっこん》して幸福になって、それからお前にチョークのお嫁《よめ》さんを呉《く》れてやるよ』

とこうまじめな顔で云ったのでした。その声は風下のシグナレスにはすぐ聞こえましたので、シグナレスは恐《こわ》いながら思わず笑ってしまいました。さあそれを見た本線シグナル附《つき》の電信ばしらの怒《いか》りようと云ったらありません、早速《さっそく》ブルブルッとふるえあがり、青白く逆上《のぼ》せてしまい唇《くちびる》をきっと噛《か》みながらすぐひどく手を廻《まわ》してすなわち一ぺん東京まで手をまわして風下に居る軽便鉄道の電信ばしらに、シグナルとシグナレスの対話が、一体何だったか今シグナレスが笑ったことは、どんなことだったかたずねてやりました。

ああ、シグナルは一生の失策をしたのでした。シグナレスよりも少し風下にすてきに耳のいい

長い長い電信ばしらが居て知らん顔をしてすまして空の方を見ながら、さっきからの話をみんな聞いていたのです。そこで、早速、それを東京を経て本線シグナルつきの電信ばしらに返事をしてやりました。

本線シグナルつきの電信ばしらは、キリキリ歯がみをしながら聞いていましたが、すっかり聞いてしまうと、さあまるでもう馬鹿のようになってどなりました。

『くそッ、えいっ。いまいましい。あんまりだ、犬畜生《ちくしょう》、あんまりだ。犬畜生、ええ、若さまわたしだって男ですぜ、こんなにひどく馬鹿にされてだまっているとお考えですか。結婚だなんてやれるならやってごらんなさい。電信ばしらの仲間はもうみんな反対です。シグナルばしらの人だちだって鉄道長の命令にそむけるもんですか。そして鉄道長はわたしの叔父《おじ》ですぜ。結婚なり何なりやってごらんなさい。えい、犬畜生め、えい』

本線シグナル附きの電信ばしらは、すぐ四方に電報をかけました。それからしばらく顔色を変えてみんなの返事をきいていました。確かにみんなから反対の約束《やくそく》を貰《もら》ったらしいのでした。それからきっと叔父のその鉄道長とかにもうまく頼《たの》んだにちがいありません。シグナルもシグナレスもあまりのことに今さらポカンとして呆《あき》れていました。本線シグナル附きの電信ばしらはすっかり反対の準備が出来るとこんどは急に泣き声で言いました。

（八）

『ああ、八年の間、夜ひる寝《ね》ないで面倒《めんどう》を見てやってそのお礼がこれか。ああ情けない、もう世の中はみだれてしまった。ああもうおしまいだ。なさけない。メリケン国のエジソンさまもこのあさましい世界をお見棄《みす》てなされたか。オンオンオンオン、ゴゴンゴーゴーゴゴンゴー』

風はますます吹《ふ》きつのり、西のそらが変にしろくぼんやりなってどうもあやしいと思っているうちにチラチラチラチラとうとう雪がやって参りました。

シグナルは力を落として青白く立ち、そっとよこ眼《め》でやさしいシグナレスの方を見ました。シグナレスはしくしく泣きながら、丁度《ちょうど》やって来る二時の汽車を迎《むか》える為《ため》にしょんぼりと腕《うで》をさげ、そのいじらしい撫肩《なでがた》はかすかにかすかにふるえて居《お》りました。空では風がフイウ、涙《なみだ》を知らない電信ばしらどもはゴゴンゴーゴーゴゴンゴーゴー。

さあ今度は夜ですよ。シグナルはしょんぼり立って居《お》りました。

月の光が青白く雪を照らしています。雪はこうこうと光ります。そこにはすきとおって小さな紅火《べにび》や青の火をうかべました。しいんとしています。山脈は若い白熊《しろくま》の貴族の屍体《したい》のようにしずかに白く横《よこた》わり、遠くの遠くを、ひるまの風のなごりがヒュウと鳴って通りました、それでもじつにしずかです。黒い枕木《まくらぎ》はみなねむり赤の三角や黄色の点々さまざまの夢《ゆめ》を見ているとき、若いあわれなシグナルはほっと小さなため息をつきました。そこで半分凍《こご》えてじっと立っていたやさしいシグナレスも、ほっと小さなため息をしました。

『シグナレスさん。ほんとうに僕たちはつらいねえ』

たまらずシグナルがそっとシグナレスに話掛《か》けました。

『ええみんなあたしがいけなかったのですわ』シグナレスが青じろくうなだれて云《い》いました。

（九）

諸君、シグナルの胸は燃えるばかり、

『ああ、シグナレスさん、僕たちたった二人だけ、遠くの遠くのみんなの居ないところに行ってしまいたいね。』

『ええ、あたし行《ゆ》けさえするならどこへでも行きますわ。』

『ねえ、ずうっとずうっと天上にあの僕たちの約婚指環《エンゲイジリング》よりも、もっと天上に青い小さな小さな火が見えるでしょう。そら、ね、あすこは遠いですねえ。』

『ええ。』

シグナレスは小さな唇《くちびる》でいまにもその火にキッスしたそうに空を見あげていました。

『あすこには青い霧《きり》の火が燃えているんでしょうね。その青い霧の火の中へ僕たち一緒《いっしょ》に坐《すわ》りたいですねえ。』

『ええ。』

『けれどあすこには汽車はないんですねえ、そんなら僕畑をつくろうか。何か働かないといけないんだから。』

『ええ。』

『ああ、お星さま、遠くの青いお星さま。どうか私どもをとって下さい。ああなさけぶかいサンタマリヤ、またためぐみふかいジョウジスチブンソンさま、どうか私どものかなしい祈《いの》りを聞いて下さい。』

『ええ。』

『さあ一緒《いっしょ》に祈《いの》りましょう。』

『ええ。』

『あわれみふかいサンタマリヤ、すきとおるよるの底、つめたい雪の地面の上にかなしくいのるわたくしどもをみそなわせ、めぐみふかいジョウジスチブンソンさま、あなたのしもべのまたしもべ、かなしいこのたましいのまことの祈りをみそなわせ、ああ、サンタマリヤ。』

『ああ。』

(十)

星はしずかにめぐって行きました。そこであの赤眼《あかめ》のさそりが、せわしくまたたいて東から出て来そしてサンタマリヤのお月さまが慈愛《じあい》にみちた尊い黄金《きん》のまなざしに、じっと二人を見ながら、西のまっくろの山におはいりになったとき、シグナルシグナレスの二人は、いのりにつかれてもう睡《ねむ》って居ました。

□

今度はひるまでです。なぜなら夜昼はどうしてもかわるがわるですから。

ぎらぎらのお日さまが東の山をのぼりました。シグナルシグナレスはぱっと桃色《ももいろ》に映《は》えました。いきなり大きな巾広《はばひろ》い声がそこら中にはびこりました。

『おい。本線シグナル附《つ》きの電信ばしら、おまえの叔父《おじ》の鉄道長に早くそう云《い》って、あの二人は一緒にしてやった方がよかろうぜ。』

見るとそれは先《せん》ころの晩の倉庫の屋根でした。

倉庫の屋根は、赤いうわぐすりをかけた瓦《かわら》を、まるで鎧《よろい》のようにキラキラ着込《きこ》んで、じろっとあたりを見まわしているのでした。

本線シグナル附《つ》きの電信ばしらは、がたがたっとふるえてそれからじっと固くなって答えました。

『ふん、何だとお前は何の縁故《えんこ》でこんなことに口を出すんだ』

『おいおい、あんまり大きなつらをするなよ。ええおい。おれは縁故と云えば大《だい》縁故さ、縁故でないと云えば、一向《いっこう》縁故でも何でもないぜ、がしかしさ。こんなことにはてめいのような変ちきりんはあんまりいろいろ手を出さない方が結局てめいの為《ため》だろうぜ』

『何だと。おれはシグナルの後見人《こうけんにん》だぞ。鉄道長の甥《おい》だぞ』

『そうか。おい立派なもんだなあ。シグナルさまの後見人で鉄道長の甥かい。けれどもそんならおれなんてどうだい、おれさまはな、ええ、めくらとんびの後見人、ええ風引きの脈の甥だぞ。どうだ、どっちが偉《えら》い』

『何をっ。コリッ、コリコリッ、カリッ』

『まああそう怒るなよ。これは冗談《じょうだん》さ。悪く思わんで呉《く》れ。な、あの二人さ、可哀《かあい》そうだよ。いい加減にまとめてやれよ。大人らしくもないじゃないか。あんまり胸の狭《せま》いことは云《い》わんでさ。

あんな立派な後見人を持って、シグナルもほんとうにしあわせだと云《い》われるぜ。な、まとめてやれ、まとめてやれ』

本線シグナルつきの電信ばしらは、物を云おうとしたのでしたがもうあんまり気が立ってしまってパチパチパチパチ鳴るだけでした。

倉庫の屋根もあんまりのその怒《いか》りように、まさかこんな筈《はず》ではなかったと云うように少し呆《あき》れてだまってその顔を見ていました。お日さまはずうっと高くなり、シグナルとシグナレスとはほっと又《また》ため息をついてお互《たが》いに顔を見合わせました。シグナレスは瞳《ひとみ》を少し落しシグナルの白い胸に青々と落ちためがねの影《かげ》をチラッと見てそれから俄《にわ》かに目をそらして自分のあしもとをみつめ考え込んでしまいました。

今夜は暖《あたた》かです。

霧《きり》がふかくふかくこめました。

そのきりを徹《とお》して、月のあかりが水色にしずかに降《お》り、電信ばしらも枕木《まくらぎ》も、みんな寝《ね》しずまりました。

シグナルが待っていたようにほっと息をしました。シグナレスも胸いっぱいのおもいをこめて小さくほっとといきしました。

そのときシグナルとシグナレスとは、霧の中から倉庫の屋根の落ちついた親切らしい声の響《ひび》いて来るのを聞きました。

『お前たちは、全く気の毒だね。わたしは今朝うまくやってやろうと思ったんだが、却《かえ》っていけなくしてしまった。ほんとうに気の毒なことになったよ。しかしわたしには又考えがあるからそんなに心配しないでもいいよ。お前たちは霧でお互いに顔も見えずさびしいだろう』
『ええ』
『ええ』
『そうか。ではおれが見えるようにしてやろう。いいか、おれのあとをついて二人一しょに真似《まね》をするんだぜ』

（十一）

『ええ』

『そうか。ではアルファー』

『アルファー』

『ビーター』『ビーター』

『ガムマア』『ガムマーアー』

『デルタア』『デールータアーアアア』

実に不思議です。いつかシグナルとシグナレスとの二人はまっ黒な夜の中に肩《かた》をならべて立っていました。

『おや、どうしたんだろう。あたり一面まっ黒びろうどの夜だ』

『まあ、不思議ですわね、まっくらだわ』

『いいや、頭の上が星で一杯《いっぱい》です。おや、なんという大きな強い星なんだろう、それに見たこともない空の模様ではありませんか、一体あの十三連《つら》なる青い星は前どこにあったのでしょう、こんな星は見たことも聞いたこともありませんね。僕たちぜんたいどこに来たんでしょうね』

『あら、空があんまり速くめぐりますわ』

『ええ、あああの大きな橙《だいだい》の星は地平線から今上ります。おや、地平線じゃない。水平線かしら。そうです。ここは夜の海の渚《なぎさ》ですよ。』

『まあ奇麗《きれい》だわね、あの波の青びかり。』

『ええ、あれは磯波《いそなみ》の波がしらです、立派ですねえ、行って見ましょう。』

『まあ、ほんとうにお月さまのあかりのような水よ。』

『ね、水の底に赤いひとでがいますよ。銀色のなまこがいますよ。ゆっくりゆっくり、這《は》ってますねえ。それからあのユラユラ青びかりの棘《とげ》を動かしているのは、雲丹《うに》ですね。波が寄せて来ます。少し遠退《とおの》きましょう、』

『ええ。』

『もう、何べん空がめぐったでしょう。大へん寒くなりました。海が何だか凍《こご》ったようですね。波はもうたなくなりました。』

『波がやんだせいでしょうかしら。何か音がしていますわ。』

『どんな音。』

『そら、夢《ゆめ》の水車《みずぐるま》の軋《きし》りのような音。』

『ああそうだ。あの音だ。ピタゴラス派の天球運行の諧音《かいおん》です。』

『あら、何だかまわりがぼんやり青白くなって来ましたわ。』

『夜《よ》が明けるのでしょうか。いやはてな。おお立派だ。あなたの顔がはっきり見える。』

『あなたもよ。』

『ええ、とうとう、僕《ぼく》たち二人きりですね。』

『まあ、青じろい火が燃えてますわ。まあ地面も海も。けど熱くないわ。』

『ここは空ですよ。これは星の中の霧の火ですよ。僕たちのねがいが叶《かな》ったんです。ああ、さんたまりや。』

『ああ。』

『地球は遠いですね。』

『ええ。』

『地球はどっちの方でしょう。あたりいちめんの星どこがどこかもうわからない。あの僕のブッキリコはどうしたろう。あいつは本《ほん》とうはかあいそうですね。』

『ええ、まあ火が少し白くなったわ、せわしく燃えますわ。』

『きっと今秋ですね。そしてあの倉庫の屋根も親切でしたね。』

『それは親切とも。』いきなり太い声がしました。気がついて見るとああ二人とも一緒《いっしょ》に夢を見ていたのでした。

いつか霧がはれてそら一めんのほしが、青や橙やせわしくせわしくまたたき、向こうにはまっ黒な倉庫の屋根が笑いながら立って居《お》りました。
二人は又ほっと小さな息をしました。

オツベルと象

おつべるとぞう

……ある牛飼《うしか》いがものがたる

第一日曜

オツベルときたら大したもんだ。稲扱器械《いねこき》の六台も据《す》えつけて、のんのんのんのんのんのんと、大そろしない音をたててやっている。

十六人の百姓《ひゃくしょう》どもが、顔をまるっきりまっ赤にして足で踏《ふ》んで器械をまわし、小山のように積まれた稲を片っぱしから扱《こ》いて行く。藁《わら》はどんどんうしろの方へ投げられて、また新らしい山になる。そこらは、籾《もみ》や藁から発《た》ったこまかな塵《ちり》で、変にぼうっと黄いろになり、まるで沙漠《さばく》のけむりのようだ。

そのうすくらい仕事場を、オツベルは、大きな琥珀《こはく》のパイプをくわえ、吹殻《ふきがら》を藁に落とさないよう、眼《め》を細くして気をつけながら、両手を背中に組みあわせて、ぶらぶら往《い》ったり来たりする。

小屋はずいぶん頑丈《がんじょう》で、学校ぐらいもあるのだが、何せ新式稲扱器械が、六台もそろってまわってるから、のんのんのんのんのんふるうのだ。中にはいるとそのために、すっかり腹が空《す》くほどだ。そしてじっさいオツベルは、そいつで上手に腹をへらし、ひるめしどきには、六寸《すん》ぐらいのビフテキだの、雑巾《ぞうきん》ほどあるオムレツの、ほくほくしたのをたべるのだ。

とにかく、そうして、のんのんのんのんやっていた。

そしたらそこへどういうわけか、その、白象がやって来た。白い象だぜ、ペンキを塗《ぬ》ったのでないぜ。どういうわけで来たかって？ そいつは象のことだから、たぶんぶらっと森を出て、ただなにとなく来たのだろう。

そいつが小屋の入口に、ゆっくり顔を出したとき、百姓《ひやくしよう》どもはぎょっとした。なぜぎょっとした？ よくきくねえ、何をしだすか知れないじゃないか。かかり合っては大へんだから、どいつもみな、いっしょうけんめい、じぶんの稲を扱《こ》いていた。

ところがそのときオツベルは、ならんだ器械のうしろの方で、ポケットに手を入れながら、ちらっと鋭《するど》く象を見た。それからすばやく下を向き、何でもないというふうで、いままでどおり往《い》ったり来たりしていたもんだ。

するとこんどは白象が、片脚床《かたあしゆか》にあげたのだ。百姓どもはぎょっとした。それでも仕事が忙《いそが》しいし、かかり合ってはひどいから、そっちを見ずに、やっぱり稲を扱いていた。

オツベルは奥《おく》のうすくらいところで両手をポケットから出して、も一度ちらっと象を見た。それからいかにも退屈《たいくつ》そうに、わざと大きなあくびをして、両手を頭のうしろに組んで、行ったり来たりやっていた。ところが象が威勢《いせい》よく、前肢《まえあし》二つつきだして、小屋にあがって来ようとする。

百姓どもはぎくっとし、オツベルもすこしぎょっとして、大きな琥珀《こはく》のパイプから、ふっとけむりをはきだした。それでもやっぱりしらないふうで、ゆっくりそこらをあるいていた。

そしたらとうとう、象がのこのこ上って来た。そして器械の前のとこを、呑気《のんき》にあるきはじめたのだ。

ところが何せ、器械はひどく廻《まわ》っていて、籾《もみ》は夕立か霰《あられ》のように、パチパチ象にあたるのだ。象はいかにもうるさいらしく、小さなその眼を細めていたが、またよく見ると、たしかに少しわらっていた。

オツベルはやっと覚悟《かくご》をきめて、稲扱《いねこき》器械の前に出て、象に話《はなし》をしようとしたが、そのとき象が、とてもきれいな、鶯《うぐいす》みたいないい声で、こんな文句を云《い》ったのだ。

「ああ、だめだ。あんまりせわしく、砂がわたしの歯にあたる。」

まったく籾《もみ》は、パチパチパチパチ歯にあたり、またまっ白な頭や首にぶっつかる。

さあ、オツベルは命懸《いのちが》けだ。パイプを右手にもち直し、度胸を据《す》えて斯《こ》う云った。

「どうだい、此処《ここ》は面白《おもしろ》いかい。」

「面白いねえ。」象がからだを斜《なな》めにして、眼を細くして返事した。

「ずうっとこっちに居たらどうだい。」

百姓どもははっとして、息を殺して象を見た。オツベルは云《い》ってしまってから、にわかにがたがた顫《ふる》え出す。ところが象はけろりとして

「居てもいいよ。」と答えたもんだ。

「そうか。それではそうしよう。そういうことにしようじゃないか。」オツベルが顔をくしゃくしゃにして、まっ赤になって悦《よろこ》びながらそう云《い》った。どうだ、そうしてこの象は、もうオツベルの財産だ。いまに見たまえ、オツベルは、あの白象を、はたらかせるか、サーカス団に売りとばすか、どっちにしても万円以上もうけるぜ。

第二日曜

オツベルときたら大したもんだ。それにこの前稲扱《いねこき》小屋で、うまく自分のものにした、象もじっさい大したもんだ。力も二十馬力《ばりき》もある。第一みかけがまっ白で、牙《きば》はぜんたいきれいな象牙《ぞうげ》でできている。皮も全体、立派で丈夫《じょうぶ》な象皮なのだ。そしてずいぶんはたらくもんだ。けれどもそんなに稼《かせ》ぐのも、やっぱり主人が偉《えら》いのだ。

「おい、お前は時計は要《い》らないか。」丸太で建てたその象小屋の前に来て、オツベルは琥珀《こはく》のパイプをくわえ、顔をしかめて斯《こ》う訊《き》いた。

「ぼくは時計は要らないよ。」象がわらって返事した。

「まあ持って見ろ、いいもんだ。」斯う言いながらオツベルは、ブリキでこさえた大きな時計を、象の首からぶらさげた。

「なかなかいいね。」象も云う。

「鎖《くさり》もなくちゃだめだろう。」オツベルときたら、百キロもある鎖をさ、その前肢《まえあし》にくっつけた。

「うん、なかなか鎖はいいね。」三あし歩いて象がいう。

「靴《くつ》をはいたらどうだろう。」

「ぼくは靴などはかないよ。」

「まあはいてみろ、いいもんだ。」オツベルは顔をしかめながら、赤い張子《はりこ》の大きな靴を、象のうしろのかかとにはめた。

「なかなかいいね。」象も云う。

「靴に飾《かざ》りをつけなくちゃ。」オツベルはもう大急ぎで、四百キロある分銅《ふんどう》を靴の上から、穿《は》め込んだ。

「うん、なかなかいいね。」象は二あし歩いてみて、さもうれしそうにそう云った。

次の日、ブリキの大きな時計と、やくざな紙の靴とはやぶけ、象は鎖と分銅だけで、大よろこびであるいて居《お》った。

「済まないが税金も高いから、今日はすこうし、川から水を汲《く》んでくれ。」オツベルは両手をうしろで組んで、顔をしかめて象に云う。

「ああ、ぼく水を汲んで来よう。もう何ばいでも汲んでやるよ。」

象は眼を細くしてよろこんで、そのひるすぎに五十だけ、川から水を汲んで来た。そして菜っ葉の畑にかけた。

夕方象は小屋に居て、十把《ぱ》の藁《わら》をたべながら、西の三日の月を見て、

「ああ、稼《かせ》ぐのは愉快《ゆかい》だねえ、さっぱりするねえ」と云っていた。

「済まないが税金がまたあがる。今日は少うし森から、たきぎを運んでくれ」オッベルは房《ふさ》のついた赤い帽子《ぼうし》をかぶり、両手をかくしにつっ込んで、次の日象にそう言った。

「ああ、ぼくたきぎを持って来よう。いい天気だねえ。ぼくはぜんたい森へ行くのは大すきなんだ」象はわらってこう言った。

オッベルは少しぎょっとして、パイプを手からあぶなく落としそうにしたがもうあのときは、象がいかにも愉快《ゆかい》なふうで、ゆっくりあるきだしたので、また安心してパイプをくわえ、小さな咳《せき》を一つして、百姓どもの仕事の方を見に行った。

そのひるすぎの半日に、象は九百把《わ》たきぎを運び、眼を細くしてよろこんだ。

晩方《ばんがた》象は小屋に居て、八把の藁《わら》をたべながら、西の四日の月を見て
「ああ、せいせいした。サンタマリア」と斯《こ》うひとりごとしたそうだ。

その次の日だ、

「済まないが、税金が五倍になった、今日は少うし鍛冶場《かじば》へ行って、炭火を吹《ふ》いてくれないか」

「ああ、吹いてやろう。本気でやったら、ぼく、もう、息で、石もなげとばせるよ」

オッベルはまたどきっとしたが、気を落ち付けてわらっていた。

象はのそのそ鍛冶場へ行って、べたんと肢《あし》を折って座《すわ》り、ふいごの代わりに半日炭を吹いたのだ。

その晩、象は象小屋で、七把の藁をたべながら、空の五日の月を見て
「ああ、つかれたな、うれしいな、サンタマリア」と斯う言った。

どうだ、そうして次の日から、象は朝からかせぐのだ。藁も昨日はただ五把だ。よくまあ、五把の藁などで、あんな力がでるもんだ。

じっさい象はけいざいだよ。それというのもオツベルが、頭がよくてえらいためだ。オツベルときたら大したもんさ。

第五日曜

オツベルかね、そのオツベルは、おれも云《い》おうとしてたんだが、居なくなったよ。

まあ落ちついてききたまえ。前にはなしたあの象を、オツベルはすこしひどくし過ぎた。しかたがだんだんひどくなったから、象がなかなか笑わなくなった。時には赤い竜《りゅう》の眼をして、じっとこんなにオツベルを見おろすようになってきた。

ある晩象は象小屋で、三把の藁をたべながら、十日の月を仰《あお》ぎ見て、

「苦しいです。サンタマリア。」と云ったということだ。

こいつを聞いたオツベルは、ことごと象につらくした。

ある晩、象は象小屋で、ふらふら倒《たお》れて地べたに座り、藁もたべずに、十一日の月を見て、

「もう、さようなら、サンタマリア。」と斯う言った。

「おや、何だって？　さよならだ？」月が俄《にわ》かに象に訊《き》く。

「ええ、さよならです。サンタマリア。」

「何だい、なりばかり大きくて、からっきし意気地《いくじ》のないやつだなあ。仲間へ手紙を書いたらいいや。」月がわらって斯う云《い》った。

「お筆も紙もありませんよう。」象は細《ほそ》うい きれいな声で、しくしくしくしく泣き出した。

「そら、これでしょう。」すぐ眼の前で、可愛《かあい》い子どもの声がした。象が頭を上げて見ると、赤い着物の童子が立って、硯《すずり》と紙を捧《ささ》げていた。象は早速《さっそく》手紙を書いた。

「ぼくはずいぶん眼にあっている。みんなで出て来て助けてくれ。」

童子はすぐに手紙をもって、林の方へあるいて行った。

赤衣《せきい》の童子が、そうして山に着いたのは、ちょうどひるめしごろだった。このとき山の象どもは、沙羅樹《さらじゅ》の下のくらがりで、碁《ご》などをやっていたのだが、額《ひたい》をあつめてこれを見た。

「ぼくはずいぶん眼にあっている。みんなで出てきて助けてくれ。」

象は一せいに立ちあがり、まっ黒になって吠《ほ》えだした。

「オツベルをやっつけよう」議長の象が高く叫《さけ》ぶと、

「おう、でかけよう。グララアガア、グララアガア。」みんながいちどに呼応する。

さあ、もうみんな、嵐《あらし》のように林の中をなきぬけて、グララアガア、グララアガア、野原の方へとんで行く。どいつもみんなきちがいだ。小さな木などは根こぎになり、藪《やぶ》や何かもめちゃめちゃだ。グワア グワア グワア グワア、花火みたいに野原の中へ飛び出した。それから、何の、走って、走って、とうとう向こうの青くかすんだ野原のはてに、オツベルの邸《やしき》の黄いろな屋根を見附《みつ》けると、象はいちどに噴火《ふんか》した。

グララアガア、グララアガア。その時はちょうど一時半、オツベルは皮の寝台《しんだい》の上でひるねのさかりで、烏《からす》の夢《ゆめ》を見ていたもんだ。あまり大きな音なので、オツベルの家の百姓《ひやくしよう》どもが、門から少し外へ出て、小手《こて》をかざして向こうを見た。林のような象だろう。汽車より早くやってくる。さあ、まるっきり、血の気も失《う》せてかけ込《こ》んで、

「旦那《だんな》あ、象です。押し寄せやした。旦那あ、象です。」と声をかぎりに叫《さけ》んだもんだ。

ところがオツベルはやっぱりえらい。眼をぱっちりとあいたときは、もう何もかもわかっていた。

「おい、象のやつは小屋にいるのか。居る？　居る？　居るのか。よし、戸をしめろ。戸をしめるんだよ。早く象小屋の戸をしめるんだ。ようし、早く丸太を持って来い。とじこめちまえ、畜生《ちくしよう》めじたばたしやがるな、丸太をそこへしばりつけろ。何ができるもんか。わざと力を減らしてあるんだ。ようし、もう五六本持って来い。さあ、大丈夫だ。大丈夫だとも。あわてるなったら。おい、みんな、こんどは門だ。門をしめろ。かんぬきをかえ。つっぱり。つっぱり。そうだ。おい、みんな心配するなったら。しっかりしろよ。」オツベルはもう仕度《したく》ができて、ラッパみたいないい声で、百姓どもをはげました。ところがどうして、百姓どもは気が気じゃない。こんな主人に巻き添《ぞ》えなんぞ食いたくないから、みんなタオルやはんけちや、よごれたような白いようなものを、ぐるぐる腕《うで》に巻きつける。降参をするしるしなのだ。

オツベルはいよいよやっきとなって、そこらあたりをかけまわる。オツベルの犬も気が立って、火のつくように吠《ほ》えながら、やしきの中をはせまわる。

間もなく地面はぐらぐらとゆられ、そこらはばしゃばしゃくらくなり、象はやしきをとりまいた。グララアガア、グララアガア、その恐《おそ》ろしいさわぎの中から、

「今助けるから安心しろよ。」やさしい声もきこえてくる。

「ありがとう。よく来てくれて、ほんとに僕《ぼく》はうれしいよ。」象小屋からも声がする。さあ、そうすると、まわりの象は、一そうひどく、グララアガア、グララアガア、塀《へい》のまわりをぐるぐる走っているらしく、度々《たびたび》中から、怒《おこ》ってふりまわす鼻も見える。けれども塀はセメントで、中には鉄も入っているから、なかなか象もこわせない。塀の中にはオツベルが、たった一人で叫《さけ》んでいる。百姓《ひやくしよう》どもは眼《め》もくらみ、そこらをうろうろするだけだ。そのうち外の象どもは、仲間のからだを台にして、いよいよ塀を越《こ》しかかる。だんだんにゅうと顔を出す。その皺《しわ》くちゃで灰いろの、大きな顔を見あげたとき、オツベルの犬は気絶した。さあ、オツベルは射《う》ちだした。六連発のピストルさ。ドーン、グララアガア、ドーン、グララアガア、ドーン、グララアガア、ところが弾丸《たま》は通らない。牙《きば》にあたればはねかえる。一疋《ぴき》なぞは斯《こ》う言った。

「なかなかこいつはうるさいねえ。ぱちぱち顔へあたるんだ。」

オツベルはいつかどこかで、こんな文句をきいたようだと思いながら、ケースを帯からつめかえた。そのうち、象の片脚《かたあし》が、塀からこっちへはみ出した。それからも一つはみ出した。五匹の象が一ぺんに、塀からどっと落ちて来た。オツベルはケースを握《にぎ》ったまま、もうくしゃくしゃに潰《つぶ》れていた。早くも門があいていて、グララアガア、グララアガア、象がどしどしなだれ込む。

「牢《ろう》はどこだ。」みんなは小屋に押し寄せる。丸太なんぞは、マッチのようにへし折られ、あの

白象は大へん瘠《や》せて小屋を出た。

「まあ、よかったねやせたねえ。」みんなはしずかにそばにより、鎖《くさり》と銅をはずしてやった。

「ああ、ありがとう。ほんとにぼくは助かったよ。」白象はさびしくわらってそう云《い》った。

おや、〔一字不明〕、川へはいっちゃいけないったら。

ざしき童子のはなし

ざしきぼっこのはなし

ぼくらの方の、ざしき童子《ぼっこ》のはなしです。

あかるいひるま、みんなが山へはたらきに出て、こどもがふたり、庭であそんで居《お》りました。大きな家にたれも居ませんでしたから、そこらはしんとしています。

ところが家の、どこかのざしきで、ざわっざわっと箒《ほうき》の音がしたのです。

ふたりのこどもは、おたがい肩《かた》にしっかりと手を組みあって、こっそり行ってみましたが、どのざしきにもたれも居ず、刀の箱《はこ》もひっそりとして、かきねの檜《ひのき》が、いよいよ青く見えるきり、たれもどこにも居ませんでした。

ざわっざわっと箒の音がきこえます。

とおくの百舌《もず》の声なのか、北上《きたかみ》川の瀬《せ》の音か、どこかで豆《まめ》を箕《み》にかけるのか、ふたりでいろいろ考えながら、だまって聴《き》いてみましたが、やっぱりどれでもないようでした。

たしかにどこかで、ざわっざわっと箒の音がきこえたのです。

も一どこっそり、ざしきをのぞいてみましたが、どのざしきにもたれも居ず、ただお日さまの光ばかり、そこらいちめん、あかるく降って居りました。

こんなのがざしき童子です。


「大道《だいどう》めぐり、大道めぐり」

一生けん命、こう叫《さけ》びながら、ちょうど十人の子供らが、両手をつないで円《まる》くなり、ぐるぐるぐるぐる、座敷《ざしき》のなかをまわっていました。どの子もみんな、そのうちのお振舞《ふるまい》によばれて来たのです。

ぐるぐるぐるぐる、まわってあそんで居りました。

そしたらいつか、十一人になりました。

ひとりも知らない顔がなく、ひとりもおんなじ顔がなく、それでもやっぱり、どう数えても十一人だけ居りました。その増えた一人がざしきぼっこなのだぞと、大人が出てきて云《い》いました。

けれどもたれが増えたのか、とにかくみんな、自分だけは、何だってざしきぼっこだないと、一生けん命眼《め》を張って、きちんと座《すわ》って居りました。

こんなのがざしきぼっこです。


それからまたこういうのです。

ある大きな本家《ほんけ》では、いつも旧《きゅう》の八月のはじめに、如来《にょらい》さまのおまつりで分家の子供らをよぶのでしたが、ある年その中の一人の子が、はしかにかかってやすんでいました。「如来さんの祭へ行くたい。如来さんの祭へ行くたい」と、その子は寝《ね》ていて、毎日毎日云《い》いました。

「祭延ばすから早くよくなれ」本家のおばあさんが見舞に行って、その子の頭をなでて云いました。

その子は九月によくなりました。

そこでみんなはよばれました。ところがほかの子供らは、いままで祭を延ばされたり、鉛《なまり》の兎《うさぎ》を見舞にとられたりしたので、何ともおもしろくなくてたまりませんでした。あいつのためにめにあった。もう今日は来ても、何たってあそばないて、と約束《やくそく》しました。

「おお、来たぞ、来たぞ」みんながざしきであそんでいたとき、にわかに一人が叫びました。

「ようし、かくれろ」みんなは次の、小さなざしきへかけ込《こ》みました。

そしたらどうです、そのざしきのまん中に、今やっと来たばかりの筈《はず》の、あのはしかをやんだ子が、まるっきり痩《や》せて青ざめて、泣き出しそうな顔をして、新らしい熊《くま》のおもちゃを持って、きちんと座っていたのです。

「ざしきぼっこだ」一人が叫んで遁《に》げだしました。みんなもわあっと遁げました。ざしきぼっこは泣きました。

こんなのがざしきぼっこです。

また、北上川の朗明寺の淵《ふち》の渡《わた》し守《もり》が、ある日わたしに云いました。

「旧暦《きゆうれき》八月十七日の晩に、おらは酒のんで早く寝た。おおい、おおいと向こうで呼んだ。起きて小屋から出てみたら、お月さまはちょうどおそらのてっぺんだ。おらは急いで舟だして、向こうの岸に行ってみたらば、紋付《もんつき》を着て刀をさし、袴《はかま》をはいたきれいな子供だ。たった一人で、白《しら》緒《お》のぞうりもはいていた。渡《わた》るかと云ったら、たのむと云った。子どもは乗った。舟がまん中ごろに来たとき、おらは見ないふりしてよく子供を見た。きちんと膝《ひざ》に手を置いて、そらを見ながら座《すわ》っていた。

お前さん今からどこへ行く、どこから来たってきいたらば、子供はかあいい声で答えた。そこの笹田《ささだ》のうちに、ずいぶんながく居たけれど、もうあきたから外《ほか》へ行くよ。なぜあきたねってきいたらば、子供はだまってわらっていた。どこへ行くねってまたきいたらば更木《さらき》の斎藤《さいとう》へ行くよと云った。岸に着いたら子供はもう居ず、おらは小屋の入口にこしかけていた。夢《ゆめ》だかなんだかわからない。けれどもきっと本当だ。それから笹田がおちぶれて、更木の斎藤では病気もすっかり直ったし、むすこも大学を終ったし、めきめき立派になったから」

こんなのがざしき童子《ぼっこ》です。

寓話　猫の事務所……ある小さな官衙《かんが》に関する幻想《げんそう》……

——ぐうわ　ねこのじむしょ——

軽便《けいべん》鉄道の停車場のちかくに、猫の第六事務所がありました。ここは主に、猫《ねこ》の歴史と地理をしらべるところでした。

書記はみな、短い黒の繻子《しゅす》の服を着て、それに大へんみんなに尊敬されましたから、何かの都《つ》合《ごう》で書記をやめるものがあると、そこらの若い猫は、どれもどれも、みんなそのあとへ入りたがってばたばたしました。

けれども、この事務所の書記の数はいつもただ四人ときまっていましたから、その沢山《たくさん》の中で一番字がうまく詩の読めるものが、一人やっとえらばれるだけでした。

事務長はおおきな黒猫で、少しもうろくしてはいましたが、眼《め》などは中に銅線が幾重《いくえ》も張ってあるかのように、じつに立派にできていました。

さてその部下の

一番書記は白猫でした、

二番書記は虎猫《とらねこ》でした、

三番書記は三毛《みけ》猫でした、

四番書記は竈猫《かまねこ》でした。

竈猫というのは、これは生れ付きではありません。生れ付きは何猫でもいいのですが、夜かまどの中にはいってねむる癖《くせ》があるために、いつでもからだが煤《すす》できたなく、殊《こと》に鼻と耳にはまっくろにすみがついて、何だか狸《たぬき》のような猫のことを云《い》うのです。

ですからかま猫はほかの猫には嫌《きら》われます。

けれどもこの事務所では、何せ事務長が黒猫なもんですから、このかま猫も、あたり前ならいくら勉強ができても、とても書記なんかになれない筈《はず》のを、四十人の中からえらびだされたのです。

大きな事務所のまん中に、事務長の黒猫が、まっ赤な羅《ら》沙《しゃ》をかけた卓《テーブル》を控《ひか》えてどっかり腰《こし》かけ、その右側に一番の白猫と三番の三毛猫、左側に二番の虎猫と四番のかま猫が、めいめい小さなテーブルを前にして、きちんと椅子《いす》にかけていました。

ところで猫に、地理だの歴史だの何になるかと云《い》いますと、

まあこんな風です。

事務所の扉《と》をこつこつ叩《たた》くものがあります。

「はいれっ。」事務長の黒猫が、ポケットに手を入れてふんぞりかえってどなりました。

四人の書記は下を向いていそがしそうに帳面をしらべています。

ぜいたく猫がはいって来ました。

「何の用だ。」事務長が云います。

「わしは氷河鼠《ひょうがねずみ》を食いにベーリング地方へ行きたいのだが、どこらがいちばんいいだろう。」

「うん、一番書記、氷河鼠の産地を云《い》え。」

一番書記は、青い表紙の大きな帳面をひらいて答えました。

「ウステラゴメナ、ノバスカイヤ、フサ河流域であります。」

事務長はぜいたく猫《ねこ》に云いました。

「ウステラゴメナ、ノバ……何と云ったかな。」

「ノバスカイヤ。」一番書記とぜいたく猫がいっしょに云いました。

「そう、ノバスカイヤ、それから何！？」

「フサ川。」またぜいたく猫が一番書記といっしょに云ったので、事務長は少しきまり悪そうでした。

「そうそう、フサ川。まああそこらがいいだろうな。」

「で、旅行についての注意はどんなものだろう。」

「うん、二番書記、ベーリング地方旅行の注意を述べよ。」

「はっ。」二番書記はじぶんの帳面を繰りました。「夏猫は全然旅行に適せず」するとどういうわけか、この時みんながかま猫の方をじろっと見ました。

「冬猫もまた細心の注意を要す。函館《はこだて》附近《ふきん》、馬肉にて釣《つ》らるる危険あり。特に黒猫は充分《じゅうぶん》に猫なることを表示しつつ旅行するに非《あら》ざれば、応々黒狐《くろぎつね》と誤認せられ、本気にて追跡さるることあり。」

「よし、いまの通りだ。貴殿は我輩《わがはい》のように黒猫ではないから、まあ大した心配はあるまい。函館で馬肉を警戒《けいかい》するぐらいのところだ。」

「そう、で、向こうでの有力者はどんなものだろう。」

「三番書記、ベーリング地方有力者の名称を挙げよ。」

「はい、ええと、ベーリング地方と、はい、トバスキー、ゲンゾスキー、二名であります。」

「トバスキーとゲンゾスキーというのは、どういうようなやつらかな。」

「四番書記、トバスキーとゲンゾスキーについて大略を述べよ。」

「はい。」四番書記のかま猫は、もう大原簿《だいげんぼ》のトバスキーとゲンゾスキーとのところに、みじかい手を一本ずつ入れて待っていました。そこで事務長もぜいたく猫も、大へん感服したらしいのでした。

ところがほかの三人の書記は、いかにも馬鹿《ばか》にしたように横目で見て、ヘッとわらっていました。かま猫は一生けん命帳面を読みあげました。

「トバスキー酋長《しゅうちょう》、徳望あり。眼光炯々《けいけい》たるも物を言うこと少しく遅《おそ》し　ゲンゾスキー財産家、物を言うこと少しく遅けれども眼光炯々たり。」

「いや、それでわかりました。ありがとう。」

ぜいたく猫は出て行きました。

こんな工合《ぐあい》で、猫にはまあ便利なものでした。ところが今のおはなしからちょうど半年ばかりたったとき、とうとうこの第六事務所が廃止《はいし》になってしまいました。というわけは、もうみなさんもお気づきでしょうが、四番書記のかま猫は、上の方の三人の書記からひどく憎《にく》まれていましたし、ことに三番書記の三毛猫《みけねこ》は、このかま猫の仕事をじぶんがやって見たくてたまらなくなったのです。かま猫は、何とかみんなによく思われようといろいろ工夫をしましたが、どうもかえっていけませんでした。

たとえば、ある日となりの虎猫《とらねこ》が、ひるのべんとうを、机の上に出してたべはじめようとしたときに、急にあくびに襲《おそ》われました。

そこで虎猫は、みじかい両手をあらんかぎり高く延ばして、ずいぶん大きなあくびをやりました。これは猫仲間では、目上の人にも無礼なことでも何でもなく、人ならばまず鬚《ひげ》でもひねるぐらいのところですから、それはかまいませんけれども、いけないことは、足をふんばったために、テーブルが少し坂になって、べんとうばこがするするっと滑《すべ》って、とうとうがたっと事務長の前の床《ゆか》に落ちてしまったのです。それはでこぼこではありましたが、アルミニュームでできていましたから、大丈夫《だいじょうぶ》こわれませんでした。そこで虎猫は急いであくびを切り上げて、机の上から手をのばして、それを取ろうとしましたが、やっと手がかかるかかからないか位《くらい》なので、べんとうばこは、あっちへ行ったりこっちへ寄ったり、なかなかうまくつかまりませんでした。

「君、だめだよ。とどかないよ。」と事務長の黒猫が、もしゃもしゃパンを喰《た》べながら笑って云《い》いました。その時四番書記のかま猫も、ちょうどべんとうの蓋《ふた》を開いたところでしたが、それを見てすばやく立って、弁当を拾って虎猫に渡《わた》そうとしました。ところが虎猫は急にひどく怒《おこ》り出して、折角《せっかく》かま猫の出した弁当も受け取らず、手をうしろに廻《まわ》して、自暴《やけ》にからだを振《ふ》りながらどなりました。

「何だい。君は僕にこの弁当を喰《た》べろというのかい。机から床の上へ落ちた弁当を君は僕に喰《く》えというのかい。」

「いいえ、あなたが拾おうとなさるもんですから、拾ってあげただけでございます。」

「いつ僕が拾おうとしたんだ。うん。僕はただそれが事務長さんの前に落ちてあんまり失礼なもんだから、僕の机の下へ押《お》し込《こ》もうと思ったんだ。」

「そうですか。私はまた、あんまり弁当があっちこっち動くもんですから………」

「何だと失敬な。決闘《けっとう》を……」

「ジャラジャラジャラジャラン。」事務長が高くどなりました。これは決闘をしろと云ってしまわせない為《ため》に、わざと邪魔《じゃま》をしたのです。

「いや、喧嘩《けんか》するのはよしたまえ。かま猫君も虎猫君に喰べさせようというんで拾ったんじゃなかろう。それから今朝云うのを忘れたが虎猫君は月給が十銭あがったよ。」

虎猫は、はじめは恐《こわ》い顔をしてそれでも頭を下げて聴《き》いていましたが、とうとう、よろこんで笑い出しました。

「どうもおさわがせいたしましてお申しわけございません。」それからとなりのかま猫をじろっと見て腰掛《こしか》けました。

みなさんぼくはかま猫に同情します。

それから又《また》五六日たって、丁度これに似たことが起ったのです。こんなことがたびたび起るわけは、一つは猫どもの無精《ぶしょう》なたちと、も一つは猫の前あし即《すなわ》ち手が、あんまり短いためです。今度は向こうの三番書記の三毛猫《みけねこ》が、朝仕事を始める前に、筆がポロポロころがって、とうとう床に落ちました。三毛猫はすぐ立てばいいのを、骨惜《ほしお》しみして早速前に虎猫《とらねこ》のやった通り、両手を机越《つくえご》しに延ばして、それを拾い上げようとしました。今度もやっぱり届きません。三毛猫は殊《こと》にせいが低かったので、だんだん乗り出して、とうとう足が腰掛《こしか》けからはなれてしまいました。かま猫は拾ってやろうかやるまいか、この前のこともありますので、しばらくためらって眼をパチパチさせて居ましたが、とうとう見るに見兼《か》ねて、立ちあがりました。

ところが丁度《ちょうど》この時に、三毛猫はあんまり乗り出し過ぎてガタンとひっくり返ってひどく頭をついて机から落ちました。それが大分ひどい音でしたから、事務長の黒猫もびっくりして立ちあがって、うしろの棚《たな》から、気付けのアンモニア水の瓶《びん》を取りました。ところが三毛猫はすぐ起き上がって、かんしゃくまぎれにいきなり、

「かま猫、きさまはよくも僕を押しのめしたな。」とどなりました。

今度はしかし、事務長がすぐ三毛猫をなだめました。

「いや、三毛君。それは君のまちがいだよ。かま猫君は好意でちょっと立っただけだ。君にさわりも何もしない。しかしまあ、こんな小さなことは、なんでもありやしないじゃないか。さあ、ええとサントンタンの転居届けと。ええ。」事務長はさっさと仕事にかかりました。そこで三毛猫も、仕方なく、仕事にかかりはじめましたがやっぱりたびたびこわい目をしてかま猫を見ていました。

こんな工合《ぐあい》ですからかま猫は実につらいのでした。

かま猫はあたりまえの猫になろうと何べんも窓の外にねて見ましたが、どうしても夜中に寒くてくしゃみが出てたまらないので、やっぱり仕方なく竈《かまど》のなかに入るのでした。なぜそんなに寒くなるかというのに皮がうすいためで、なぜ皮が薄《うす》いかというのに、それは土用に生まれたからです。やっぱり僕が悪いんだ、仕方ないなあと、かま猫は考えて、なみだをまん円《まる》な眼《め》一杯《いっぱい》にためました。

けれども事務長さんがあんなに親切にして下さる、それにかま猫仲間のみんながあんなに僕の事務所に居るのを名誉《めいよ》に思ってよろこぶのだ、どんなにつらくてもぼくはやめないぞ、きっとこらえるぞと、かま猫は泣きながら、にぎりこぶしを握《にぎ》りました。

ところがその事務長も、あてにならなくなりました。それは猫なんていうものは、賢《かしこ》いようでばかなものです。ある時、かま猫は運わるく風邪《かぜ》を引いて、足のつけねを椀《わん》のように腫《は》らし、どうしても歩けませんでしたから、とうとう一日やすんでしまいました。かま猫のもがきようといったらありません。泣いて泣いて泣きました。納屋《なや》の小さな窓から射《さ》し込んで来る黄いろな光をながめながら、一日一杯《いっぱい》眼をこすって泣いていました。

その間に事務所ではこういう風でした。

「はてな、今日はかま猫君がまだ来んね。遅いね。」と事務長が、仕事のたえ間に云《い》いました。

「なあに、海岸へでも遊びに行ったんでしょう。」白猫が云いました。

「いいやどこかの宴会《えんかい》にでも呼ばれて行ったろう」虎猫が云いました。「今日どこかに宴会があるか。」事務長はびっくりしてたずねました。猫の宴会《えんかい》に自分の呼ばれないものなどある筈《はず》はないと思ったのです。

「何でも北の方で開校式があるとか云《い》いましたよ。」

「そうか。」黒猫《ねこ》はだまって考え込みました。

「どうしてどうしてかま猫は、」三毛猫が云い出しました。「この頃《ごろ》はあちこちへ呼ばれているよ。何でもこんどは、おれが事務長になるとか云ってるそうだ。だから馬鹿なやつらがこわがってあらんかぎりご機嫌《きげん》をとるのだ。」

「本とうかい。それは。」黒猫がどなりました。

「本とうですとも。お調べになってごらんなさい。」三毛猫が口を尖《とが》せて云《い》いました。

「けしからん。あいつはおれはよほど目をかけてやってあるのだ。よし。おれにも考えがある。」

そして事務所はしばらくしんとしました。

さて次の日です。

かま猫は、やっと足のはれが、ひいたので、よろこんで朝早く、ごうごう風の吹《ふ》くなかを事務所へ来ました。するといつも来るとすぐ表紙を撫《な》でて見るほど大切な自分の原簿《げんぼ》が、自分の机《つくえ》の上からなくなって、向こう隣《どな》り三つの机に分けてあります。

「ああ、昨日は忙《いそ》がしかったんだな、」かま猫は、なぜか胸をどきどきさせながら、かすれた声で独《ひと》りごとしました。

ガタッ。扉《と》が開いて三毛猫がはいって来ました。

「お早《はや》ようございます。」かま猫は立って挨拶《あいさつ》しましたが、三毛猫はだまって腰《こし》かけて、あとはいかにも忙がしそうに帳面を繰《く》っています。ガタン。ピシャン。虎猫《とらねこ》がはいって来ました。

「お早うございます。」かま猫は立って挨拶しましたが、虎猫は見向きもしません。

「お早ようございます。」三毛猫が云いました。

「お早よう、どうもひどい風だね。」虎猫もすぐ帳面を繰りはじめました。

ガタッ、ピシャーン。白猫が入って来ました。

「お早ようございます。」虎猫と三毛猫が一緒《いっしょ》に挨拶しました。

「いや、お早う、ひどい風だね。」白猫も忙がしそうに仕事にかかりました。その時かま猫は力なく立ってだまっておじぎをしましたが、白猫はまるで知らないふりをしています。

ガタン、ピシャリ。

「ふう、ずいぶんひどい風だね。」事務長の黒猫が入って来ました。

「お早ようございます。」三人はすばやく立っておじぎをしました。かま猫もぼんやり立って、下を向いたままおじぎをしました。

「まるで暴風だね、ええ。」黒猫は、かま猫を見ないで斯《こ》う言いながら、もうすぐ仕事をはじめました。

「さあ、今日は昨日《きのう》のつづきのアンモニアックの兄弟を調べて回答しなければならん。二番書記、アンモニアック兄弟の中で、南極へ行ったのは誰《たれ》だ。」仕事がはじまりました。かま猫はだまってうつむいていました。原簿がないのです。それを何とか云いたくっても、もう声が出ませんでした。

「パン、ポラリスであります。」虎猫が答えました。

「よろしい、パン、ポラリスを詳述《しょうじゅつ》せよ。」と黒猫が云《い》います。ああ、これはぼくの仕事だ、原簿、原簿、とかま猫はまるで泣くように思いました。

「パン、ポラリス、南極探険の帰途《きと》、ヤップ島沖《おき》にて死亡、遺骸《いがい》は水葬《すいそう》せらる。」一番書記の白猫が、かま猫の原簿で読んでいます。かま猫はもうかなしくて、かなしくて頰《ほお》のあたりが酸っぱくなり、そこらがきいんと鳴ったりするのをじっとこらえてうつむいて居《お》りました。

　事務所の中は、だんだん忙しく湯の様《よう》になって、仕事はずんずん進みました。みんな、ほんの時々、ちらっとこっちを見るだけで、ただ一ことも云いません。

　そしておひるになりました。かま猫は、持って来た弁当も喰《た》べず、じっと膝《ひざ》に手を置いてうつむいて居りました。

　とうとうひるすぎの一時から、かま猫はしくしく泣きはじめました。そして晩方《ばんがた》まで三時間ほど泣いたりやめたりまた泣きだしたりしたのです。

　それでもみんなはそんなこと、一向《いっこう》知らないというように面白《おもしろ》そうに仕事をしていました。

　その時です。猫どもは気が付きませんでしたが、事務長のうしろの窓の向こうにいかめしい獅《し》子《し》の金いろの頭が見えました。

　獅子は不審《ふしん》そうに、しばらく中を見ていましたが、いきなり戸口を叩《たた》いてはいって来ました。猫どもの愕《おど》ろきようといったらありません。うろうろうろうろそこらをあるきまわるだけです。かま猫だけが泣くのをやめて、まっすぐに立ちました。

獅子が大きなしっかりした声で云いました。

「お前たちは何をしているか。そんなことで地理も歴史も要《い》ったはなしでない。やめてしまえ。えい。解散を命ずる」

こうして事務所は廃止《はいし》になりました。

ぼくは半分獅子に同感です。

朝に就ての童話的構図

あさについてのどうわてきこうず

苔《こけ》いちめんに、霧《きり》がぽしゃぽしゃ降《ふ》って、蟻《あり》の歩哨《ほしょう》は、鉄の帽子《ぼうし》のひさしの下から、するどいひとみであたりをにらみ、青く大きな羊歯《しだ》の森の前をあちこち行ったり来たりしています。

向こうからぷるぷるぷるぷる一ぴきの蟻の兵隊が走って来ます。

「停《と》まれ、誰《たれ》かッ」

「第百二十八連隊《れんたい》の伝令！」

「どこへ行くか」

「第五十連隊　連隊本部」

歩哨はスナイドル式の銃剣《じゅうけん》を、向こうの胸に斜《なな》めにつきつけたまま、その眼《め》の光りようや顎《あご》のかたち、それから上着の袖《そで》の模様や靴《くつ》の工合《ぐあい》、いちいち詳しく調べます。

「よし、通れ」

伝令はいそがしく羊歯の森のなかへ入って行きました。

霧の粒はだんだん小さく小さくなって、いまはもううすい乳いろのけむりに変わり、草や木の水を吸いあげる音は、あっちにもこっちにも忙しく聞こえ出しました。さすがの歩哨もとうとう睡《ねむ》さにふらっとします。

二疋《ひき》の蟻の子供らが、手をひいて、何かひどく笑いながらやって来ました。そして俄《にわ》かに向こうの楢《なら》の木の下を見てびっくりして立ちどまります。

「あっあれなんだろう。あんなとこにまっ白な家ができた」

「家じゃない山だ」

「昨日《きのう》はなかったぞ」

「兵隊さんにきいて見よう」

「よし」

二疋の蟻は走ります。

「兵隊さん、あすこにあるのなに？」

「何だうるさい、帰れ」

「兵隊さん、いねむりしてんだい。あすこにあるのなに？」

「うるさいなあ、どれだい、おや！」

「昨日はあんなものなかったよ」

「おい、大変だ。おい。おまえたちはこどもだけれども、こういうときには立派にみんなのお役に立つだろうなあ。いいか。おまえはね、この森を入って行ってアルキル中佐どのにお目にかかる。それからおまえはうんと走って陸地測量部まで行くんだ。そして二人ともこう云《い》うんだ。北緯二十五度東経六厘《りん》の処《ところ》に、目的のわからない大きな工事ができましたとな。二人とも云ってごらん」

「北緯二十五度東経六厘《りん》の処《ところ》に目的のわからない大きな工事ができました」

「そうだ。では早く。そのうち私は決してここを離れないから」

蟻《あり》の子供らは一目散《いちもくさん》にかけて行きます。

歩哨《ほしょう》は剣《けん》をかまえて、じっとそのまっしろな太い柱の、大きな屋根のある工事をにらみつけています。

それはだんだん大きくなるようです。だいいち輪廓《りんかく》のぼんやり白く光ってぷるぷるぷるぷる顫《ふる》えていることでもわかります。

俄《にわ》かにぱっと暗くなり、そこらの苔《こけ》はぐらぐらゆれ、蟻の歩哨は夢中で頭をかかえました。眼《め》をひらいてまた見ますと、あのまっ白な建物は、柱が折れてすっかり引っくり返っています。

蟻の子供らが両方から帰ってきました。

「兵隊さん。構《かま》わないそうだよ。あれはきのこというものだって。何でもないって。アルキル中佐はうんと笑ったよ。それからぼくをほめたよ」

「あのね、すぐなくなるって。地図に入れなくてもいいって。あんなもの地図に入れたり消したりしていたら、陸地測量部など百あっても足りないって。おや！　引っくりかえってらあ」

「たったいま倒《たお》れたんだ」歩哨は少しきまり悪そうに云いました。

「なあんだ。あっ。あんなやつも出て来たぞ」

向こうに魚の骨の形をした灰いろのおかしなきのこが、とぼけたように光りながら、枝《えだ》がついたり手が出たりだんだん地面からのびあがって来ます。二疋の蟻の子供らは、それを指さして、笑って笑って笑います。

そのとき霧の向こうから、大きな赤い日がのぼり、羊歯《しだ》もすぎごけもにわかにぱっと青くなり、蟻の歩哨は、また厳《いか》めしくスナイドル式銃剣を南の方へ構えました。

花壇工作《かだんこうさく》

おれは設計図など持って行かなかった。

それは書くのが面倒なのと、もひとつは現場ですぐ工作をする誰《たれ》かの式を気取ったのと、そう二っつがおれを仕事着のまま支那《しな》の将軍のようにその病院の二つの棟にはさまれた緑いろした中庭にテープを持って立たせたのだ。草取りに来ていた人も院長の車夫もレントゲンの助手もみな面白《おもしろ》がって手伝いに来た。そこでたちまち箱《はこ》を割って拵《こしら》えた小さな白い杭《くい》もでき　ほうたいをとった残りの晒《さら》しの縁《へり》のまっ白な毬《まり》も出て来た。そこでおれは美しい正方形のつめくさの絨氈《じゅうたん》の上で夕方までいろいろ踊《おど》るというのはどうだ　あんな単調で暑苦しい蔬菜《そさい》畑の仕事にくらべていくら楽しいかしれないと考えた。それにここには観《み》る人がいた。北の二階建の方では見知りの町の人たちや富沢先生だ富沢先生だとか云《い》って囁《ささや》き合っている村の人たち、南の診察室や手術室のある棟には十三歳の聖女テレジアといった風の見習いの看護婦たちが行ったり来たりしていたし、それにおれはおれの創造力に充分《じゅうぶん》な自信があった。けだし音楽を図形に直すことは自由であるし、おれはそこへ花でBeethoven の Fantasy を描くこともできる。そう考えた。

そこでおれはすっかり舞台に居るようなすっきりした気持ちで四月の初めに南の建物の影《かげ》が落

ちて呉《く》れる限界を屋根を見上げて考えたり朝日や夕日で窓から花が逆光線に見えるかどうか目測したりやってから例の白いほうたいのはじで庭に二本の対角線を引かせてその方庭《ほうてい》の中心を求めそこに一本杭《くい》を立てた。

そのとき窓に院長が立っていた。云《い》った。

(どんな花を植えるのですか。)

(来春はムスカリとチュウリップです。)

(夏は)

(そうですな。まんなかをカンナとコキア、観葉種です、それから花甘藍《はなかんらん》と、あとはキャンデタフトのライラックと白で模様をとったりいろいろします。)

院長はとうとうこらえ兼《か》ねて靴《くつ》をはいて下りて来た。

(どういう形にするのです?)

(いま考えていますので。)

(正方形にやりますか。)どういう訳《わけ》か大へんにわかにその博士を三人も使っている偉《えら》い医学士が興奮《こうふん》して早口に云った。

おれはびっくりしてその顔を見た。それからまわりの窓を見た。そこの窓にはたくさんの顔がみな一様《いちよう》な表情を浮べていた。愚《おろ》かな愚かな表情を、院長さんとその園芸家とどっちが頭がうごくだろうといった風の――えい糞《くそ》考えても胸が悪くなる。

(ええもう　どうせまわりがこういうぐあいですから対称形より仕方ありますま

い。)

おれも感応《かんのう》した帯電体《たいでんたい》のようにごく早口に返事した。院長がすぐ出て行って農夫に云《い》った。

(その中心にきれを結びつけてここのとこまで持って来て、そうそう それから円を描きたまえ。関口、そこへ杭《くい》をぐるっとまわすんだ。)院長は白いきれを杭の外へまわした。

ああだめだ正方形のなかの退屈《たいくつ》な円かとおれは思った。

(向こうの建物から丁度《ちょうど》三間《げん》距離を置いて正方形をつくりたまえ。)

だめだだめだ。これではどこにも音楽がない。おれの考えているのは対称はとりながらごく不規則なモザイクにしてその境を一尺のみちに練瓦《れんが》をジグザグに埋めてそこへまっ白な石灰をつめこむ。日がまわるたびに練瓦のジグザグな影《かげ》も青く移る。あとは石炭からと鋸屑《おがくず》で花がなくてもひとつの模様をこさえこむ。それなのだ。もう今日はだめだ。設計図を拵《こしら》えて来て院長室で二人きりで相談しなければだめだと考えた。

おれはこの愉快《ゆかい》な創造の数時間をめちゃめちゃに壊《こわ》した窓のたくさんの顔をできるだけ強い表情でにらみまわした。ところが誰《たれ》もおれを見ていなかった。次におれはその憐《あわ》れむべき弱い精神の学士を見た。それからあんまり過鋭な感応体おれを撲《なぐ》ってやりたいと思った。

大礼服の例外的効果

たいれいふくのれいがいてきこうか

こつこつと扉《と》を叩《たた》いたのでさっきから大礼服《たいれいふく》を着て二階の式場で学生たちの入ったり整列したりする音を聞きながらストウヴの近くできゅうくつに待っていた校長は、低く よし と答えた。旗手が新らしい白い手袋をはめてそのあとから剣《けん》をつけた鉄砲《てっぽう》を持って三人の級長がはいって来た。校長は雪から来る強い反射を透《とお》して鋭《するど》くまっさきの旗手の顔を見た。それは数週前いきなり掲示場にはりつけられた われらはわれらの信ぜざることをなさず といった風《ふう》の宣言めいたものの 十幾人《いく》かの連名《れんめい》のその最後に記された富沢であった。

それについてのごたごたや調査で校長はひどく頭を悩《なや》ました。

ところがいま富沢は大へんまじめな様子である。それは校旗を剣つきの鉄砲で護《まも》るわけがちゃんとわかったようでもあり、また宣言通り式場へ行ってからいきなり校旗を抛《な》げ出して何か叫《さけ》び出すつもりのようでもあり、どうも見当がつかなかった。

みんなはまっすぐにならんで礼をした。

校長はちょっとうなずいてだまって室《へや》の隅《すみ》に書記が出して立てて置いた校旗を指した。

富沢はそれをとって手で房《ふさ》をさばいた。校長はまだじっと富沢を見ていた。富沢がいきなり眼《め》をあげて校長を見た。校長はきまり悪そうにちょっとうつむいて眼をそらしながら自分の手袋をかけはじめた。その手はぶるぶるふるえた。校長さんが仰《おつしや》るようでないもっとごまかしのない国体の意義を知りたいのです　と前の徳育会でその富沢が云《い》ったことをまた校長は思い出した。それも富沢が何かしっかりしたそういうことの研究でもしていてじぶんの考えに引き込むためにそう云《い》っているのか全く本音で云っているのか、或《あるい》は早くもあの恐ろしい海外の思想に染みていたのかどれかもわからなかった。卒業の証書も生活の保証も命さえも要《い》らないと云っているこの若者の何と美しくしかも扱いにくいことよ　扉がまたことことと鳴った。

古いその学校の卒業生の教授が校旗を先導しに入って来た。校長は大丈夫かというようにじっとその眼を見た。教授はその眼を読み兼《か》ねたように礼をして「お仕度《したく》はよろしゅうございますか。」と云った。「よし」校長は云いながらぶるぶるふるえた。教授はじぶんも手袋をはめてないのに気がついて　あ失礼と云いながら室を出て行った。

校長は心配そうに眼をあげてそのあとを見送った。

校長の大礼服のこまやかな金彩は明るい雪の反射のなかでちらちらちらちらちら顫《ふる》えた。何というこの美しさだ。この人はこの正直さでここまで立身したのだ　と富沢は思いながら恍惚《こうこつ》として旗をもったまま校長を見ていた。

家長制度

かちょうせいど

火皿《ひざら》は油煙《ゆえん》をふりみだし、炉《ろ》の向こうにはここの主人が、大黒柱を二きれみじかく切って投げたというふうにどっしりがたりと膝《ひざ》をそろえて座《すわ》っている。

その息子らがさっき音なく外の闇《やみ》から帰って来た。肩《かた》はばひろくけらを着て、汗《あせ》ですっかり寒天《かんてん》みたいに黒びかりする四匹《ひき》か五匹の巨《おお》きな馬をがらんとくらい厩《うまや》のなかへ引いて入れ、なにかいろいろまじないみたいなことをしたのち土間でこっそり飯をたべ、そのままころころ藁《わら》のなかだか草のなかだかうまやのちかくに寝てしまったのだ。

もし私が何かちがったことでも云《い》ったら、そのむすこらのどの一人でも、すぐに私をかた手でおもてのくらやみに、連れ出すことはわけなさそうだ。それがだまってねむっている。たぶんねむっているらしい。

火皿が黒い油煙を揚《あ》げるその下で、一人の女が何かしきりにこしらえている。酒呑童子《しゅてんどうじ》に連れて来られて洗濯《せんたく》などをさせられているそんなかたちではたらいている。どうも私の食事の仕度《したく》をしているらしい。それならさっきもことわったのだ。

いきなりガタリと音がする。重い陶器《とうき》の皿などがすべって床《ゆか》にあたったらしい。

主人がだまって、立ってそっちへあるいて行った。

三秒ばかりしんとする。

主人はもとの席へ帰ってどしりと座る。

どうも女はぶたれたらしい。

音もさせずに撲《なぐ》ったのだな。その証拠《しょうこ》には土間がまるきり死人のように寂《しず》かだし、主人のめだまは古びた黄金《きん》の銭のようだし、わたしはまったく身も世もない。

泉ある家

いずみあるいえ

これが今日のおしまいだろう　と云《い》いながら斉田《さいた》は青じろい薄明の流れはじめた県道に立って崖《がけ》に露出した石英斑岩《せきえいはんがん》から一かけの標本をとって新聞紙に包んだ。

富沢は地図のその点に橙《だいだい》を塗《ぬ》って番号を書きながら読んだ。斉田はそれを包みの上に書きつけて背嚢《はいのう》に入れた。

二人は早く重い岩石の袋をおろしたさにあとはだまって県道を北へ下った。

道の左には地図にある通りの細い沖積地《ちゅうせきち》が青金《あおがね》の鉱山を通って来る川に沿って青くけむった稲《いね》を載《の》せて北へ続いていた。山の上では薄明穹《はくめいきゅう》の頂《いただき》が水色に光った。俄《にわ》かに斉田が立ちどまった。

道の左側が細い谷になっていてその下で誰《たれ》かが屈《かが》んで何かしていた。見るとそこはきれいな泉になっていて粘板岩《ねんばんがん》の裂《さ》け目から水があくまで溢《あふ》れていた。

（一寸《ちょっと》おたずねいたしますが、この辺に宿屋があるそうですがどっちでしょうか。）

浴衣《ゆかた》を着た髪の白い老人であった。その着こなしも風采《ふうさい》も恩給でもとっている古い役人という風だった。蕗《ふき》を泉に浸《ひた》していたのだ。

（宿屋ここらにありません。）

（青金の鉱山できいて来たのですが　何でも鉱山の人たちなども泊《と》めるそうで。）

老人はだまってしげしげと二人の疲れたなりを見た。二人とも巨《おお》きな背嚢をしょって地図を首からかけて鉄槌《かなづち》を持っている。そしてまだまるでの子供だ。

（どっちからお出《い》でになりました。）

（郡から土性調査をたのまれて盛岡《もりおか》から来たのですが）

（田畑の地味のお調べですか。）

（まあそんなことで）

老人は眉《まゆ》を寄せてしばらく群青《ぐんじょう》いろに染まった夕ぞらを見た。それからじつに不思議な表情をして笑った。

（青金で誰《たれ》か申し上げたのはうちのことですが、何分汚《きた》ないし　いろいろ失礼ばかりあるので）

（いいえ、何もいらないので）

（それではそのみちをおいでください。）

老人はわずかに腰《こし》をまげて道と並行《へいこう》にそのまま谷をさがった。五六歩行くとそこにすぐ小さな柾《まさ》屋《や》があった。みちから一間《けん》ばかり低くなって蘆《あし》をこっちがわに塀《へい》のように編んで立てていたのでいままで気がつかなかったのだ。老人は蘆の中につくられた四角なくぐりを通って家の横に出た。

二人はみちから家の前におりた。

（とき　とき　お湯持って来《こ》）老人は叫《さけ》んだ。家のなかはしんとして誰も返事をしなかった。けれども富沢はその夕暗《ゆうやみ》と沈黙の奥で誰かがじっと息をこらして聴《き》き耳をたてているのを感じた。

（いまお湯をもって来ますから。）老人はじぶんでとりに行く風だった。

（いいえ。さっきの泉で洗いますから、下駄《げた》をお借りして）

老人は新らしい山桐《やまぎり》の下駄とも一つ縄緒《なわお》の栗《くり》の木下駄を気の毒そうに一つもって来た。

（どうもこんな下駄で。）

（いいえもう結構で）

二人はわらじを解いてそれからほこりでいっぱいになった巻脚絆《まききやはん》をたたいて巻き俄《にわ》かに痛む膝《ひざ》をまげるようにして下駄をもって泉に行った。泉はまるで一つの灌漑《かんがい》の水路のように勢《いきお》いよく岩の間から噴《ふ》き出ていた。斉田はつくづくかがんでその暗くなった裂《さ》け目を見て云《い》った。

（断層泉だな）

（そうか。）

富沢は蕗《ふき》をつけてある下のところに足を入れてシャツをぬいで汗《あせ》をふきながら云った。

頭を洗ったり口をそそいだりして二人はさっきのくぐりを通って宿へ帰って来た。その煤《すす》けた天照大神《あまてらすおおみかみ》と書いた掛物《かけもの》の床《とこ》の間《ま》の前には小さなランプがついて二枚の木綿《もめん》の座布団《ざぶとん》がさびしく敷《し》いてあった。向こうはすぐ台所の板の間で炉《ろ》が切ってあって青い煙《けむり》があがりその間にはわずかに低い二枚折の屏風《びょうぶ》が立っていた。

二人はそこにあったもみくしゃの単衣《ひとえ》を汗のついたシャツの上に着て今日の仕事の整理をはじめた。富沢は色鉛筆で地図を彩り直したり、手帳へ書き込《こ》んだりした。斉田は岩石の標本番号をあらためて包み直したりレッテルを張ったりした。そしてすっかり夜になった。

さっきから台所でことことやっていた二十《はたち》ばかりの眼《め》の大きな女がきまり悪そうに夕食を運んで来た。その剝《は》げた薄い膳《ぜん》には干した川魚を煮《に》た椀《わん》と幾片かの酸《す》えた塩漬《しおづ》けの胡瓜《きゅうり》を載《の》せていた。二人はかわるがわる黙《だま》って茶椀を替《か》えた。

(この家はあのおじいさんと今の女の人と二人切りなようだな。）膳が下げられて疲れ切ったようにねそべりながら斉田が低く云《い》った。

(うん。あの女の人は孫娘らしい。亭主《ていしゅ》はきっと礦山《こうざん》へでも出ているのだろう。）ひるの青金の黄銅鉱や方解石に柘榴石《ざくろいし》のまじった粗鉱の堆《たい》を考えながら富沢は云った。女はまた入って来た。そして黙って押入《おしい》れをあけて二枚のうすべりといの角枕《かくまくら》をならべて置いて、また台所の方へ行った。

二人はすっかり眠《ねむ》る積もりでもなしにそこへ長くなった。そしてそのままうとうとした。

ダーダーダーダーダースコダーダー

強い老人らしい声が剣舞《けんばい》の囃《はや》しを叫《さけ》ぶのにびっくりして富沢は目をさました。台所の方で誰《たれ》か三四人の声ががやがやしているそのなかで、そのなかでいまの声がしたのだ。

ランプがいつか心をすっかり細められて障子《しょうじ》には月の光が斜《なな》めに青じろく射《さ》している。盆《ぼん》の十六日の次の夜なので剣舞の太鼓《たいこ》でも叩《たた》いたじいさんらなのか、それともさっきのこのうちの主人なのかどっちともわからなかった。

(踊《おど》りはねるも三十がしまいって　さ。あんまりじさまの浮かれだのも見だぐないもんさ。）むっとしたような標悍《ひょうかん》な三十台の男の声がした。そしてしばらくしんとした。

（雀《すずめ》百まで踊《おど》り忘れずでさ、）さっきの女らしい細い声が取りなした。

（女《あね》こ引ぱりも百までさ。）またその慓悍《ひょうかん》な声が刺《さ》すように云《い》った。そしてまたしんとした。そして心配そうな息をこくりとのむ音が近くにした。富沢は蚊帳《かや》の外にここの主人が寝ながらじっと台所の方へ耳をすましているのを半分夢《ゆめ》のように見た。

（さあ帰って寝るかな。もっ切り二っつだな。そいでぁこいづと。）

（戻るすか。）さっきの女の声がした。こっちではきせるをたんたん続けて叩《たた》いていた。

（亦《また》来るべぃさ。）何だか哀《あわ》れに云って外へ出たらしい音がした。

あとはもう聞こえないくらいの低い物言いで隣《とな》りの主人からは安心に似たようなしずかな波動がだんだんはっきりなった月あかりのなかを流れて来た。そして富沢はまたとろとろした。

次々うつるひるのたくさんの青い山山の姿や、きらきら光るもやの奥を誰《たれ》かが高く歌を歌いながら通ったと思ったら富沢はまた弱く呼びさまされた。おもての扉《と》を誰か酔ったものが歌いながら烈《はげ》しく叩いていて主人が「返事するな、返事するな。」と低く娘に云っていた。さっきの男も帰って娘もどこかに寝ているらしかった。

「寝たのか、まだ明るいぞ。起きろ。」

外ではまたはげしくどなった。

（ああこんなに眠《ねむ》らなくては明日の仕事がひどい）富沢は思いながら床《とこ》の間《ま》の方にいた斉田を見た。

斉田もはっきり目をあいていて低く鉱夫だなと云った。富沢は手をふって黙《だま》っていろと云った。

こんなときものを云うのは老人にどうしても気の毒でたまらなかった。

外ではいよいよ暴れ出した。とうとう娘が屛風《びょうぶ》の向こうで起きた。そして（酔《よ》ったぐれ、大きらいだ）とどうやらこっちを見ながらわびるように誘《さそ》うようになまめかしく呟《つぶや》いた。そして足音もなく土間へおりて戸をあけた。

外ではすぐしずまった。女はいろいろ細い声で訴《うった》えるようにしていた。男は酔っていないような声でみじかく何か訊《き》きかえしたりしていた。それから二人はしばらく押問答《おしもんどう》をしていたが間もなく一人ともつかず二人ともつかず家のなかにはいって来てわずかに着物のうごく音などした。

そしていっぱいに気兼《きが》ねや恥《はじ》で緊張した老人が悲しくこくりと息を呑《の》む音がまたした。

十六日

じゅうろくにち

よく晴れて前の谷川もいつもとまるでちがって楽しくごろごろ鳴った。盆《ぼん》の十六日なので鉱山も休んで給料は呉《く》れ畑の仕事も一段落ついて今日こそ一日そこらの木やとうもろこしを吹《ふ》く風も家のなかの煙《けむり》に射《さ》す青い光の棒もみんな二人のものだった。

おみちは朝から畑にあるもので食べられるものを集めていろいろに取り合わせて見た。嘉吉《かきち》は朝いつもの時刻に眼《め》をさましてから寝そべったまま煙草《たばこ》を二三服ふかしてまたすうすう眠《ねむ》ってしまった。

この一年に二日しかない恐《おそ》らくは太陽からも許されそうな休みの日を外では鳥が針のように啼《な》き日光がしんしんと降った。嘉吉がもうひる近いからと起されたのはもう十一時近くであった。

おみちは餅《もち》の三いろ　あんのと枝豆《えだまめ》をすってくるんだのと汁《しる》のとを拵《こしら》えてしまって膳《ぜん》の仕度《したく》もして待っていた。嘉吉は楊子《ようじ》をくわえて峠《とうげ》へのみちをよこぎって川におりて行った。それは白と鼠《ねずみ》いろの縞《しま》のある大理石で上流に家のないそのきれいな流れがざあざあ云《い》ったりごぼごぼ湧《わ》いたりした。嘉吉はすぐ川下に見える鉱山の方を見た。鉱山も今日はひっそりして鉄索《てっさく》もうごいていず青ぞらにうすくけむっていた。嘉吉はせいせいしてそれでもまだどこかに溶《と》けない熱いかたまりがあるように思いながら小屋へ帰って来た。嘉吉は鉱山の杭木《こうぼく》の係りではもう頭株だった。それに前は小林区《しょうりんく》の現場監督もしていたので木のことではいちばん明るかった。そして冬撰鉱《せんこう》へ来ていたこの村の娘のおみちと出来てからとうとうその一本調子で親たちを納得させておみちを貰《もら》ってしまった。親たちは鉱山から少し離れてはいたけれどもじぶんの栗《くり》の畑もわずかの山林もくっついているいまのところに小屋をたててやった。そしておみちはそのわずかの畑に玉蜀黍《とうもろこし》や枝豆やささげも植えたけれども大抵《たいてい》は嘉吉を出してやってから実家へ手伝いに行った。そうしてまだ子供がなく三年経《た》った。

　嘉吉は小屋へ入った。

（お前さま今夜ほうのきさ仏さん拝みさ行ぐべ）おみちが膳の上に豆の餅《もち》の皿《さら》を置きながら云《い》った。（うん、うな行ったただがら今年ぁいいだなぃがべが、）嘉吉が云った。

（そだら踊りさでも出はるますか。）俄《にわ》かにぱっと顔をほてらせながらおみちは云った。

（ふん見さ行ぐべさ）嘉吉はすこしわらって云った。膳ができた。いくつもの峠《とうげ》を越えて海藻《かいそう》の〔数文字空白〕を着せた馬に運ばれて来たてんぐさも、四角に切られて朧《おぼ》ろにひかった。嘉吉は子供のように箸《はし》をとりはじめた。

　ふと表の河岸でカーンカーンと岩を叩《たた》く音がした。二人はぎょっとして聞き耳をたてた。音はなくなった。（今頃《いまころ》探鉱など来る筈《はず》あなぃな）嘉吉は豆の餅を口に入れた。音がこちこちまた起こった。

（この餅拵《こさ》えるのは仙台《せんだい》領ばかりだもな）嘉吉はもうそっちを考えるのをやめて話しかけた。

（はあ、）おみちはけれども気の無さそうに返事してまだおもての音を気にしていた。

（今日はちょっとお訪ねいたしますが）門口で若い水々しい声が云《い》った。（はあい）嘉吉《かきち》は用があったらこっちへ廻《まわ》れといった風で口をもぐもぐしながら云《い》った。けれどもその眼《め》はじっとおみちを見ていた。

（あ、こっちですか。今日は。ご飯中をどうも失敬しました。ちょっとお尋《たず》ねしますがこの上流に水車がありましょうか。）若いかばんを持って鉄槌《かなづち》をさげた学生だった。

（さあ、お前さんどこから来なすった。）嘉吉は少しむかっぱらをたてたように云った。

（仙台の大学のもんですがね。地図にはこの家がなく水車があるんです。）

（ははあ）嘉吉は馬鹿《ばか》にしたように云った。青年はすっかり照れてしまった。

（まあ地図をお見せなさい。お掛《か》けなさい。）嘉吉は自分も前小林区に居たので地図は明るかった。学生は地図を渡《わた》しながら云われた通りしきいに腰掛《こしか》けてしまった。おみちはすぐ台所の方へ立って行って手早く餅《もち》や海藻《かいそう》とささげを煮《に》た膳《ぜん》をこしらえて来て、

（おあがんなんえ）と云った。

（こいつあ水車じゃありませんや。前じきそこにあったんですが掛手金山の精錬《せいれん》所でさ。）

（ああ、金鉱を搗《つ》くあいつですね）

（ええ、そう、そう、水車って云えば水車でさあ。ただ粟《あわ》や稗《ひえ》を搗くんでない金を搗くだけで）

（そしてお家はまだ建たなかったんですね、いやお食事のところをお邪魔《じゃま》しました。ありがとうございました）

学生は立とうとした。嘉吉はおみちの前でもう少してきぱき話をつづけたかったし、学生がすこしもこっちを悪く受けないのが気に入ってあわてて云った。

（まあ、ひとつおつき合いなさい。ここらは今日盆の十六日でこうして遊んでいるんです。かかあもせっ角拵《かくこさ》えたのお客さんに食べていただかないと恥かきますから。）

（おあがんなんえ。）おみちも低く云った。

学生はしばらく立っていたが決心したように腰をおろした。

（そいじゃ頂《いただ》きますよ。）

（はっは、なあに、こごらのご馳走《ちそう》てばこったなもんでは。そうするどあなだは大学では何の方で。）

（地質です。もうからない仕事で。）餅を噛《か》み切って呑《の》み下してまた云った。（化石をさがしに来たんです。）化石も嘉吉は知っていた。

（そこの岩にありしたか。）

（ええ海百合《うみゆり》です。外《ほか》でもとりました。この岩はまだ上流にも二三ヶ所出ていましょうね。）

（はあはあ、出てます出てます。）

学生は何でももう早く餅をげろ呑みにして早く行きたいようにも見えまたやっぱり疲れてもいればこういう歓待に温《あたたか》さを感じてまだ止《とど》まっていたいようにも見えた。

（今日はそうせばとどこまで、）

（ええ、峠まで行って引っ返して来て県道を大船渡《おおふなと》へ出ようと思います。）

（今晩のお泊りは。）

（姥石《うばいし》まで行けましょうか。）

（はあ、ゆっくりでごあんす）

（いや、どうも失礼しました。ほんとうにいろいろご馳走《ちそう》になって、これはほんの少しですが。）

学生は鞄《かばん》から敷島《しきしま》を一つとキャラメルの小さな箱《はこ》を出して置いた。

（なあにす、そたなごとお前さん。）おみちは顔を赤くしてそれを押《お》し戻《もど》した。

（もうほんの〻）学生はさっさと出て行った。

（なあんだ。あと姥石まで煙草《たばこ》売るどこないも。ぼかげで置いで来《こ》。）おみちは急いで草履《ぞうり》をつっかけて出たけれども間もなく戻《もど》って来た。

（脚《あし》早くて。とっても）

（若いがら律儀《りちぎ》だもな。）嘉吉《かきち》はまたゆっくりくつろいでうすぐろいてんを砕《くだ》いて醤油《しょうゆ》につけて食った。

おみちは娘のような顔いろでまだぼんやりしたように座っていた。それは嘉吉がおみちを知ってからわずかに二度だけ見た表情であった。

（おらにもああいう若ぃづぎあったんだがな、ああいう面白い目見る暇《ひま》なぃがったもな。）嘉吉が云《い》った。

（あん）おみちはまだぼんやりして何か考えていた。

嘉吉はかっとなった。

（じゃぃ、はきはきど返事せじゃ。何でぁ、あたな人形こさ奴《やつ》さぁすぐにほれやがて）

（何云うべこの人ぁ）おみちはさぁっと青じろくなってまた赤くなった。

（ええ糞《くそ》そのつら付《つき》。見だぐねー。どこさでもけづがれ。びっき。）嘉吉はまるで落ちはじめたなだれのように膳を向こうへけ飛ばした。おみちはとうとうつぶせになって声をあげて泣き出した。

（何だぃ。あったな雨降れば無ぐなるような奴凧《ひとつこばだ》こさ、食えの申し訳《わ》げなぃの機嫌《きげん》取りやがて。）

嘉吉はまたそう云ったけれどもすこしもそれに逆《さから》うでもなくただ辛《つら》そうにしくしく泣いているおみちのよごれた小倉《こくら》の黒いえりや顫《ふる》うせなかを見ていると二人とも何年ぶりかのただの子供になってこの一日をままごとのようにして遊んでいたのをめちゃめちゃにこわしてしまったようでからだが風と青い寒天でごちゃごちゃにされたような情ない気がした。

（おみち何でぁその年してでわらすみだぃに。起ぎろったら。起ぎで片付げろったら。）

おみちは泣きじゃくりながら起きあがった。そしてじぶんはまだろくに食べもしなかった膳《ぜん》を片付けはじめた。

嘉吉はマッチをすってたばこを二つ三つのんだ。それから横からじっとおみちを見るとまだ泣きたいのを無理にこらえて口をびくびくしながらぼんやり眼を赤くしているのが酔った狸《たぬき》のようにでも見えた。嘉吉は矢もたてもたまらず俄《にわ》かにおみちが可哀《かあい》そうになって来た。

嘉吉はじっと考えた。おみちがさっきのあの顔いろはこっちの邪推《じゃすい》かもしれない。

及びもしないあんな男をいきなり一言二言はなしてそんなことを考えるなんてあることでない。

そうだとするとおれがあんな大学生とでも引け目なしにぱりぱり談《はな》した。そのおれの力を感じていたのかも知れない。それにおれには鉱夫どもにさえ馬鹿《ばか》にはされない肩《かた》や腕《うで》の力がある。あんなひょろひょろした若造にくらべては何と云《い》ってもおみちにはおれの方が勝ち目がある。

（おみち、ちょっとこさ来《こ》）嘉吉《かきち》が云った。

おみちはだまって来て首を垂れて座った。

（うなまるで冗談《じょうだん》づごと判《わが》らなぃで面白ぐなぃもな。盆《ぼん》の十六日あ遊ばなぃばつまらなぃ。おれ云ったなみんなうそさ。な。それでもああいうきれいな男うなだて好ぎだべ）

（好かなぃ）。おみちが甘えるように云った。

（好ぎたって云ったらおれごしゃぐど思うが。そのこらぃなごと云ってごしゃぐような水臭《みずくさ》ぃおらだなぃな。誰《たれ》だってきれいなものすぎさな。おれだって伊手《いで》でもいいあねこ見ればその話だてするさ。あのあんこだて好ぎだべ。好ぎだて云え。こう云うごとほんと云うごそ実ぁあるづもんだ。な。好ぎだべ。）おみちは子供のようにうなずいた。嘉吉はまだくしゃくしゃ泣いておどけたような顔をしたおみちを抱《だ》いてこっそり耳へささやいた。

（そだがらさ、あのあんこ肴《さかな》にして今日あ遊ぶべじゃい。いいが。おれあのあんこうなさ取り持づ。大丈夫だでばよ。おれこれがら出掛《でか》げて峠《とうげ》さ行ぐまでに行ぎあって今夜の踊《おど》り見るべしてすすめるがらよ、なあにどごまで行がなぃやなぃ様だなぃがけな。そして踊り済まってがら家さ連れで来ておれ実家さ行って泊って来るがら、うなこっちで泣いで頼《たの》んで見なよ。おれの妹だって云えばいいがらよ。そしてさ出来ればよ、うなも町さ出はてもうんといい女子だづごともわがら。)
おみちの胸はこの悪魔のささやきにどかどか鳴った。それからいきなり嘉吉をとび退《の》いて
(何云うべ　この人あ、人ばがにして、)そして爽《さわや》かに笑った。嘉吉もごろりと寝そべって天井《てんじょう》
を見ながら何べんも笑った。そこでおみちははじめて晴れ晴れじぶんの拵《こしら》えた寒天《かんてん》もたべた。餅《もち》
もたべた。キャラメルの箱《はこ》と敷島《しきしま》は秋らしい日光のなかにしずかに横《よこ》たわった。

竜と詩人

りゅうとしじん

竜のチャーナタは洞《ほら》のなかへさして来る上げ潮からからだをうねり出した。

洞の隙間《すきま》から朝日がきらきら射《さ》して来て水底の岩の凹凸《おうとつ》をはっきり陰影《いんえい》で浮《う》き出させ、またその岩につくたくさんの赤や白の動物を写し出した。

チャーナタはうっとりその青くすこし朧《おぼ》ろな水を見た。それから洞のすきまを通して火のようにきらきら光る海の水と浅黄《あさぎ》いろの天末にかかる火球日天子の座を見た。

（おれはその幾千由旬《いくせんゆじゆん》の海を自由に潜《かつ》ぎ、その清いそらを絶え絶え息して黒雲を巻きながら翔《か》けれるのだ。それだのにおれはここを出て行けない。この洞の外の海に通ずる隙間《すきま》は辛《から》く外をのぞくことができるに過ぎぬ。）

（聖竜王、聖竜王。わたくしの罪を許しわたくしの呪《のろい》をお解きください。）

チャーナタはかなしくまた洞のなかをふりかえり見た。そのとき日光の柱は水のなかの尾鰭《おひれ》に射して青くまた白くぎらぎら反射した。そのとき竜は洞の外で人の若々しい声が呼ぶのを聴《き》いた。

竜は外をのぞいた。

（敬うべき老いた竜チャーナタよ。朝日の力をかりてわたしはおまえに許しを乞《こ》いに来た。）

瓔珞《ようらく》をかざり黄金《きん》の大刀をはいた一人の立派な青年が外の畳石《たたみいし》の青い苔《こけ》にすわっていた。

（何を許せというのか。）

（竜よ。昨日《きのう》の詩賦《しふ》の競いの会に、わたしも出て歌った。そしてみんなは大へんわたしをほめた。いちばん偉《えら》い詩人のアルタは座を下りて来て、わたしを礼してじぶんの高い座にのぼせ〔二字空白〕の草蔓《くさつる》をわたしに被《かぶ》せて、わたしを賞《ほ》める四句の偈《げ》をうたい、じぶんは遠く東の方の雪ある山の麓《ふもと》に去った。わたしは車にのせられてわたくしのうたった歌のうつくしさに酒のように酔《よ》いみんなのほめることばや、わたしを埋《う》める花の雨にわれを忘れて胸を鳴らしていたが、夜更《よふ》けてわたしは長者のルダスの家を辞してきらきらした草の露《つゆ》を踏《ふ》みながらわたしの貧しい母親のもとに戻るとき、月天子《がってんし》の座に瑪瑙《めのう》の雲がかかりくらくなったのでわたくしがそれをふり仰《あお》いでいたら、誰《たれ》かがミルダの森で斯《こ》うひそひそ語っているのを聞いた。《わかもののスールダッタは洞に封ぜられているチャーナタ老竜の歌をぬすみ聞いてそれを今日歌の競《くら》べにうたい古い詩人のアルタを東の国に去らせた》わたしはどういうわけか足がふるえて思うように歩けなかった。そして昨夜一ばんそこらの草はらに座って悶《もだ》えた。考えて見るとわたしはここにおまえの居るのを知らないでこの洞穴のま上の岬《みさき》に毎日座り考え歌いつかれては眠《ねむ》った。そしてあのうたはある雲くらい風の日のひるまのまどろみのなかで聞いたような気がする。そこで老いたる竜のチャーナタよ。わたくしはあしたから灰をかぶって街の広場に座りおまえとみんなにわびようと思う。あのうつくしい歌を歌った尊ぶべきわが師の竜よ。おまえはわたしを許すだろうか。）

（東へ去った詩人のアルタは
どういう偈《げ》でおまえをほめたろう

（わたしはあまりのことに心が乱れてあの気高い韻《いん》を覚えなかった。けれども多分は
　風がうたい雲が応じ波が鳴らすそのうたをただちにうたうスールダッタ
　星がそうなろうと思い陸地がそういう形をとろうと覚悟《かくご》する
　あしたの世界に叶《かな》うべきまことと美との模型をつくりやがては世界をこれにかなわしむる予言者、設計者スールダッタ　と　こういうことであったと思う）

（尊敬すべき詩人アルタに幸《さいわい》あれ、
スールダッタよ、あのうたこそはわたしのうたでひとしくおまえのうたである。いったいわたしはこの洞《ほら》に居てうたったのであるか考えたのであるか。おまえはこの洞の上にいてそれを聞いたのであるか考えたのであるか。おおスールダッタ。
　そのときわたしは雲であり風であった　そしておまえも雲であり風であった。詩人アルタがもしそのときに瞑想《めいそう》すれば恐《おそ》らく同じいうたをうたったであろう。けれどもスールダッタよ。アルタの語《ことば》とおまえの語はひとしくなくおまえの語とわたしの語はひとしくない　韻も恐らくそうである。この故《ゆえ》にこそあの歌こそはおまえのうたでまたわれわれの雲と風とを御《ぎょ》する分のその精神のうたである。）

（おお竜よ。そんならわたしは許されたのか。）

（誰《たれ》が許して誰が許されるのであろう。われらがひとしく風でまた雲で水であるというのに。ス

ールダッタよ　もしわたくしが外に出ることができおまえが恐れぬならばわたしはおまえを抱《だ》き
また撫《ぶ》したいのであるがいまはそれができないのでわたしはわたしの小さな贈物《おくりもの》をだけしよう。
ここに手をのばせ。）竜は一つの小さな赤い珠《たま》を吐《は》いた。そのなかで幾億《いくおく》の火を燃した。（その珠
は埋《うず》もれた諸経《しょきょう》をたずねに海にはいるとき捧《ささ》げるのである）
スールダッタはひざまずいてそれを受けて竜に云《い》った。
（おお竜よ、それをどんなにわたしは久しくねがっていたか　わたしは何と謝《しゃ》していいかを知ら
ぬ。力ある竜よ。なに故窟《いわや》を出でぬのであるか。）
（スールダッタよ。わたしは千年の昔はじめて風と雲とを得たとき己《おのれ》の力を試みるために人々の
不幸を来《きた》したために竜王の〔数文字空白〕から十万年この窟に封《ふう》ぜられて陸と水との境を見張らせ
られたのだ。わたしは日々ここに居て罪を悔《く》い王に謝する。）
（おお竜よ。わたしはわたしの母に侍《じ》し、母が首尾よく天に生れたらばすぐに海に入って大経《だいきょう》を
探ろうと思う。おまえはその日までこの窟に待つであろうか。）
（おお、人の千年は竜にはわずかに十日に過ぎぬ。）
（さらばその日まで竜よ珠を蔵せ。わたしは来れる日ごとにここに来てそらを見水を見雲をなが
め新らしい世界の造営の方針をおまえと語り合おうと思う。）
（おお、老いたる竜の何たる悦《よろこ》びであろう。）
（さらばよ。）
（さらば）

スールダッタは心あかるく岩をふんで去った。

竜のチャーナタは洞《ほら》の奥《おく》の深い水にからだを潜《ひそ》めてしずかに懺悔《さんげ》の偈《げ》をとなえはじめた。

疑獄元凶

ぎごくげんきょう

とにかく向こうは検事の立場、
今の会釈《えしやく》は悪くない。勲績のある上長として、盛名のある君子として、礼を尽した態度であった。

わたしの方も声音から、動作一般自然であった。或《ある》いはこういう調子でもって、政治の実というものを、容易に了解するかも知れん。それならわたしは、畢竟党《ひつきよう》から撰《えら》ばれて、若手検事の腕《うで》利《き》きという、この青年を対告《たいごう》に、社会一般教育のため、ここへ来たとも云《い》い得よう。

いかなる明文制裁と雖《いえ》ど、それが布《し》かるる社会に於《おい》て、遵守《じゆんしゆ》し得ざるに至ったときは、その法既に悪法である、それが判《わか》らん筈《はず》もない。だが何のため、向こうは壇《だん》をのぼるのだ。整然として椅子《いす》を引いて、眼《まなこ》平らにこっちを見る。

卓《たく》に両手を副《そ》えている。正に上司の儀容《ぎよう》であるが、勿論《もちろん》職権止《や》むを得まい。ただもう明るく話して来ればいいのである。しかし……物言うけはいでない。厳しく口を結んでいる。頰《ほお》は烈《はげ》しい決意を示す。

わしは冷然無視したものか、気を盛り眼《まなこ》を明にして、これに備えをしたものか。ああ失策《しつさく》だ！

出発点で！　何たる拙《まず》いこの狼狽《ろうばい》！　すっかり罠《わな》に陥《はま》ったのだ。向こうは平然この動揺を看取する。早く自然を取り戻《もど》そう。一秒遅れれば一秒の敗、山を想《おも》おう。建仁寺《けんにんじ》、いや、徳玄寺、いけない、そうだ　清源寺！　清源寺裏山の栗林《りつりん》！　以《もつ》て木突《ぼくとつ》となすこと勿《なか》れ、汝《なんじょ》喚んで何とかなす！　にい!!　もう平心だ。よろしいとも、やって来い。生きた世間というものは、ただもう濁《にご》った大きな川だ。わたしはそれを阻《そ》せんのだ。悠揚《ゆうよう》としてこれに準じて流れるのだ。時には清波も来《きた》って涵《ひた》す。それを歓《よろこ》び楽しむことで、わしは人後に落ちはせん。しかし畢竟大江《ひっきょうだいこう》である。徒して渡れる小渓《しょうけい》でない。その実際に立脚せんで、人の裁きはできんのだ。咄《とつ》！　何たる非礼のその直視！

　断じてわしも譲歩せん。森々《しんしん》と青いこの対立、

　　森々と…森々と……森森と青い………

…………

……いつか向こうが人の分子を喪《な》くしている。皮を一枚脱《ぬ》いだのだ。小さな天狗《てんぐ》のようでもある。それから豺《やまいぬ》のトーテムだ。頰《ほほ》が黄いろに光っている。白い後光も出して来た。ここで折れては何にもならん。断じてその眼《め》を克服せよ、たかが二つの節穴《ふしあな》だ。もっともただ節穴よりは、むしろ二つの覗《のぞ》き窓だ。何だかわたしが、たった一人、居ずまい正してここに座り、やつらの仲間がかわるがわる、その二っつの小窓から、わたしを覗《のぞ》いているようだ。……ああ何のことだ　縁起《えんぎ》でもない。人の眼などというものは、それを剔出《てきしゅつ》して見れば、たかが小さな暗函《あんばこ》だ。奥行二寸《すん》もあるんでない。そうかと云《い》ってああいう眼付き、厭《いや》な眼付は打ち消し得ない。こんな眼を遺伝した、

父祖はいったい何物だろう。こういう意志や眼というものが、一代二代でできはしない。代々糺罪《きゅうざい》の吏《り》でもあるか、或《あるい》は逆に苛政《かせい》の下、喘《あえ》いだ民の末でもあるか。今は対等、正しく今は対等だ。まだ見るか。まだ見るか。尚且《なおか》つ見るか。対等だ。瞬《またたき》だけは仕方ない。

尤《もっと》も向こうはそれをしない。年齢《とし》の相違が争われん。ああ今朝いつもの肉汁を、呑《の》むひまもなく来てしまった。前総裁は必ず飲んだ。出て来るときにわしも何かを忘れた感じ、妻もいろいろあるべきことを、思い出せない風だったのは、こういう種類の何かにだった。新らしい袴《はかま》を出し、新らしい足袋《たび》と白扇を進めて、それが威容《いよう》の料とはならず、罪問う敵への礼儀とあらば、何たる切ないことであろう。うなじが熱《ほて》って来た様だ。万一わしが卒倒《そっとう》したら、天下は何と視《み》るだろう、わしは単なる破廉恥《はれんち》のみか卑懦《ひだ》の称さえ受けねばならぬ。新聞雑誌はどう書くだろう。浅内或《あるい》は長沼輩、党の内部の敵でさえ、眉《まゆ》をひそめて煙を吐《は》き、わしの修養を嗤《わら》うだろう。わしは眼《まなこ》を外《そ》らそうか。下方《した》へか。それは伏罪だ。側方《よこ》へか。罪を覆《おお》うと看《み》よう。上方《うえ》へか。自ら欺《あざむ》く相だ。ただもうこのまま、ぼうと視力を休めよう。年齢の相違気力の差、ただもうこのまま……窓の向こうは内庭らしい。梅が青々繁っている。

ここで一詩を賦《ふ》し得るならば、たしかにわしに得点がある。それができないことでもない。題はやっぱり述懐だ。仮に想だけ立てて見る。中原逐鹿三十年、恩怨無別星花転、転と来て転句だ……おお何という向こうの眼、燃え立つような憎悪である。わしがこれをも外《そ》らしたら、結局恐《おそ》れていることだ。断じて、断じて戦うべし。大恩のある箇先生の名誉のため、名望高い一門のため、郷党のため児孫《じそん》のため、わしは断じて折れてはいかん。勝つものは正、敗者は悪だ。けれども、気力！　気力でなしに境地で勝とう。
わしは不識《ふしき》を観じよう。梁《りよう》の武帝因《ちな》みに僧に問う、ああいかん、
梁の武帝達磨《だるま》に問う　磨の曰《いわ》く無功徳　帝《みかど》の曰く
朕《ちん》に対する者は誰《たれ》ぞ　磨の曰く無功徳　いかん
朕に対する者は誰ぞ　磨の曰く不識！　ああ乱れた
洞源和尚《どうげんおしよう》に辞《ことば》もない。
（東京府平民　高田小助!!）
嗟夫《ああ》！

手紙　一

てがみ　いち

むかし、あるところに一疋《ぴき》の竜《りゅう》がすんでいました。

力が非常に強く、かたちも大層恐《おそ》ろしく、それにはげしい毒をもっていましたので、あらゆるいきものがこの竜に遭《あ》えば、弱いものは目に見ただけで気を失って倒《たお》れ、強いものでもその毒気にあたってまもなく死んでしまうほどでした。この竜はあるとき、よいこころを起こして、これからはもう悪いことをしない、すべてのものをなやまさないと誓《ちか》いました。

そして静《しず》かなところを、求めて林の中に入ってじっと道理を考えていましたがとうとうつかれてねむりました。

全体、竜というものはねむるあいだは形が蛇《へび》の様になるのです。

この竜も睡《ねむ》って蛇の形になり、からだにはきれいなるり色や金色の紋《もん》があらわれていました。

そこへ猟師《りょうし》共が来まして、この蛇を見てびっくりするほどよろこんで云《い》いました。

「こんなきれいな珍らしい皮を、王様に差しあげてかざりにして貰《もら》ったらどんなに立派だろう」。

そこで杖《つえ》でその頭をぐっとおさえ刀でその皮をはぎはじめました。竜は目をさまして考えました。

「おれの力はこの国さえもこわしてしまえる。この猟師《りょうし》なんぞはなんでもない。いまおれがいきをひとつすれば毒にあたってすぐ死んでしまう。けれども私はさっき、もうわるいことをしないと誓ったしこの猟師をころしたところで本当にかあいそうだ。もはやこのからだはなげすてて、こらえてこらえてやろう」。

すっかり覚悟《かくご》がきまりましたので目をつぶって痛いのをじっとこらえ、またその人を毒にあてないようにいきをこらして一心に皮をはがれながらくやしいというこころさえ起こしませんでした。

猟師はまもなく皮をはいで行ってしまいました。

竜《りゅう》はいまは皮のない赤い肉ばかりで地によこたわりました。

この時は日がかんかんと照って土は非常にあつく、竜はくるしさにばたばたしながら水のあるところへ行こうとしました。

このとき沢山《たくさん》の小さな虫が、そのからだを食《く》おうとして出てきましたので蛇《へび》はまた、「いまこのからだをたくさんの虫にやるのはまことの道のためだ。いま肉をこの虫らにくれて置けばやがてはまことの道をもこの虫らに教えることができる。」と考えて、だまってうごかずに虫にからだを食わせとうとう乾《かわ》いて死んでしまいました。

死んでこの竜は天上にうまれ、後には世界でいちばんえらい人、お釈迦《しゃか》様になってみんなに一番のしあわせを与えました。

このときの虫もみなさきに竜の考えたように後にお釈迦《しゃか》さまから教《おしえ》を受けてまことの道に入り

ました。

このようにしてお釈迦さまがまことの為《ため》に身をすてた場所はいまは世界中のあらゆるところをみたしました。

このはなしはおとぎばなしではありません。

手紙　二　——てがみ　に——

印度《インド》のガンジス河《がわ》はあるとき、水が増して烈《はげ》しく流れていました。それを見ている沢山《たくさん》の群集の中に、尊いアショウカ大王も立たれました。大王はけらいに向かって「誰《たれ》かこの大河の水をさかさまにながれさせることのできるものがあるか」と問われました。

けらいは皆「陛下《へいか》よ、それはとても出来ないことでございます」と答えました。

ところがこの河岸の群の中にビンズマティーと云う一人のいやしい職業の女が居《お》りました。大王の問《とい》をみんなが口々に相《あい》伝えて云《い》っているのをきいて「わたくしは自分の肉を売って生きているいやしい女である。けれども、今、私のようないやしいものでさえできる、まことのちからの、大きいことを王様にお目にかけよう」と云《い》いながらまごころこめて河にいのりました。

すると、ああ、ガンジス河、幅一里にも近い大きな水の流れは、みんなの目の前で、たちまちたけりくるってさかさまにながれました。

大王はこの恐ろしくうずを巻き、はげしく鳴る音を聞いて、びっくりしてけらいに申されました。「これ、これ、どうしたのじゃ。大ガンジスがさかさまにながれるではないか」

人々は次第《しだい》をくわしく申し上げました。

大王は非常に感動され、すぐにその女の処《ところ》に歩いて行って申されました。

「みんなはそちがこれをしたと申しているがそれはほんとうか」

女が答えました。

「はい、さようでございます。陛下よ」

「どうしてそちのようないやしいものにこんな力があるのか、何の力によるのか」

「陛下よ、私のこの河をさかさまにながれさせたのは、まことの力によるのでございます」

「でもそちのように不義で、みだらで、罪深く、ばかものを生けどってくらしているものに、どうしてまことの力があるのか」

「陛下よ、全《まった》くおっしゃるとおりでございます。わたくしは畜生《ちくしょう》同然の身分でございますが、私のようなものにさえまことの力はこのようにおおきくはたらきます」

「ではそのまことの力とはどんなものかおれのまえで話して見よ」

「陛下よ。私は私を買って下さるお方には、おなじくつかえます。武士族の尊いお方をも、いやしい穢多《えた》をもひとしくうやまいます。ひとりをたっとびひとりをいやしみません。陛下よ、このまことのこころが今日ガンジス河をさかさまにながれさせたわけでございます」

手紙《てがみ》　三《さん》

普通中学校などに備え付けてある顕微鏡《けんびきょう》は、拡大度が六百倍乃至《ないし》八百倍位迄《まで》ですから、蝶《ちょう》の翅《はね》の鱗片《りんぺん》や馬鈴薯《ばれいしょ》の澱粉粒《でんぷんりゅう》などは実にはっきり見えますが、割合に小さな細菌などはよくわかりません。千倍位になりますと、下のレンズの直径が非常に小さくなり、従って視野に光があまりはいらなくなりますので、下のレンズを油に浸《ひた》してなるべく多くの光を入れて物が見えるようにします。

二千倍という顕微鏡は、数も少くまたこれを調節することができる人も幾人もないそうです。いま、一番度の高いものは二千二百五十倍或《あるい》は二千四百倍と云います。その見得る筈《はず》の大さは

○、○○○一四粍《ミリ》　ですがこれは人によって見えたり見えなかったりするのです。

一方、私共の眼《め》に感ずる光の波長は

○、○○○七六粍　（赤　色）　乃至《ないし》

○、○○○四　粍　（菫《すみれ》色）　ですから

これよりちいさなものの形が完全に私共に見える筈《はず》は決してないのです。

また、普通の顕微鏡で見えないほどちいさなものでも、ある装置を加えれば
約〇、〇〇〇〇〇五粍　位までのものならばぼんやり光る点になって視野にあらわれその存在だけを示します。これを超絶顕微鏡と云います。
ところがあらゆるものの分割の終局たる分子の大きさは水素が
〇、〇〇〇〇〇〇一六粍　砂糖の一種が
〇、〇〇〇〇〇〇五五粍　という様に
計算されていますから私共は分子の形や構造は勿論《もちろん》その存在さえも見得ないのです。しかるに。
この様な、或《あるい》は更《さら》に小さなものをも明《あきらか》に見て、すこしも誤らない人はむかしから決して少くはありません。この人たちは自分のこころを修めたのです。

手紙《てがみ》 四《よん》

わたしくはあるひとから云《い》いつけられて、この手紙を印刷してあなたがたにおわたしします。どなたか、ポーセがほんとうにどうなったか、知っているかたはありませんか。チュンセがさっぱりごはんもたべないで毎日考えてばかりいるのです。

ポーセはチュンセの小さな妹ですが、チュンセはいつもいじ悪ばかりしました。ポーセがせっかく植えて、水をかけた小さな桃《もも》の木になめくじをたけて置いたり、ポーセの靴《くつ》に甲虫《かぶとむし》を飼《か》って、二月《ふたつき》もそれをかくして置いたりしました。ある日などはチュンセがくるみの木にのぼって青い実を落としていましたら、ポーセが小さな卵形のあたまをぬれたハンケチで包んで、「兄《にい》さん、くるみちょうだい。」なんて云《い》いながら大へんよろこんで出て来ましたのに、チュンセは、「そら、とってごらん。」とまるで怒《おこ》ったような声で云ってわざと頭に実を投げつけるようにして泣かせて帰しました。

ところがポーセは、十一月ころ、俄《にわ》かに病気になったのです。おっかさんもひどく心配そうでした。チュンセが行って見ますと、ポーセの小さな唇《くちびる》はなんだか青くなって、眼《め》ばかり大きくあいて、いっぱいに涙《なみだ》をためていました。チュンセは声が出ないのを無理にこらえて云いました。

「おいら、何でも呉《く》れてやるぜ。あの銅の歯車《はぐるま》だって欲《ほ》しきゃやるよ。」けれどもポーセはだまって頭をふりました。息ばかりすうすうきこえました。

チュンセは困ってしばらくもじもじしていましたが思い切ってもう一ぺん云いました。「雨雪とって来てやろか。」「うん。」ポーセがやっと答えました。チュンセはまるで鉄砲丸《てっぽうだま》のようにおもてに飛び出しました。おもてはうすくらくてみぞれがびちょびちょ降《ふ》っていました。チュンセは松《まつ》の木の枝《えだ》から雨雪を両手にいっぱいとって来ました。それからポーセの枕《まくら》もとに行って皿《さら》にそれを置き、さじでポーセにたべさせました。ポーセはおいしそうに三《み》さじばかり喰《た》べましたら急にぐたっとなっていきをつかなくなりました。おっかさんがおどろいて泣いてポーセの名を呼びながら一生けん命ゆすぶりましたけれども、ポーセの汗《あせ》でしめった髪《け》の頭はただゆすぶられた通りうごくだけでした。チュンセはげんこを眼にあてて、虎《とら》の子供のような声で泣きました。

それから春になってチュンセは学校も六年でさがってしまいました。チュンセはもう働いているのです。春に、くるみの木がみんな青い房《ふさ》のようなものを下げているでしょう。その下にしゃがんで、チュンセはキャベジの床《とこ》をつくっていました。そしたら土の中から一ぴきのうすい緑いろの小さな蛙《かえる》がよろよろと這《は》って出て来ました。

「かえるなんざ、潰《つぶ》れちまえ。」チュンセは大きな稜石《かどいし》でいきなりそれを叩《たた》きました。

それからひるすぎ、枯《か》れ草の中でチュンセがとろとろやすんでいましたら、いつかチュンセはぼおっと黄いろな野原のようなところを歩いて行くようにおもいました。すると向こうにポーセがしもやけのある小さな手で眼をこすりながら立っていてぼんやりチュンセに云いました。

「兄さんなぜあたいの青いおべべ裂《さ》いたの。」チュンセはびっくりしてはね起きて一生けん命そこらをさがしたり考えたりしてみましたがなんにもわからないのです。どなたかポーセを知っているかたはないでしょうか。けれども私《わたくし》にこの手紙を云《い》いつけたひとが云っていました「チュンセはポーセをたずねることはむだだ。なぜならどんなこどもでも、また、はたけではたらいているひとでも、汽車の中で苹果《りんご》をたべているひとでも、また歌う鳥や歌わない鳥、青や黒やのあらゆる魚、あらゆるけものも、あらゆる虫も、みんな、みんな、むかしからのおたがいのきょうだいなのだから。チュンセがもしもポーセをほんとうにかあいそうにおもうなら大きな勇気を出してすべてのいきもののほんとうの幸福《こうふく》をさがさなければいけない。それはナムサダルマプフンダリカサスートラというものである。チュンセがもし勇気のあるほんとうの男の子ならなぜまっしぐらにそれに向かって進まないか。」それからこのひとはまた云いました。「チュンセはいいこどもだ。さァおまえはチュンセやポーセやみんなのために、ポーセをたずねる手紙を出すがいい。」そこで私はいまこれをあなたに送るのです。

劇

飢餓陣営

きがじんえい

一幕

人物　バナナン大将。

特務曹長《そうちょう》、
曹長、
兵士、一、二、三、四、五、六、七、八、九、十。

場処《ばしょ》。不明なるも劇中マルトン原と呼ばれたり。

時　不明。

幕あく。

砲弾《ほうだん》にて破損せる古き穀倉《こくそう》の内部、辛《から》くも全滅《ぜんめつ》を免《まぬ》かれしバナナン軍団、マルトン原の臨時幕営《ばくえい》。
右手より曹長《そうちょう》先頭にて兵士一、二、三、四、五、登場、一列四壁《しへき》に沿いて行進。
曹長「一時半なのにどうしたのだろう。
バナナン大将はまだやってこない
胃時計《ストマクウォッチ》はもう十時なのに
バナナン大将は帰らない。」
正面壁に沿い左向き足踏《あしぶ》み。
（銅鑼《どら》の音）
左手より、特務曹長並《ならび》に兵士六、七、八、九、十　五人登場、一列、壁に沿って行進、右隊足
踏みつつ挙手の礼　左隊答礼。
特務曹長「もう二時なのにどうしたのだろう、
バナナン大将はまだ来ていない
ストマクウォッチはもう十時なのに
バナナン大将は帰らない。」
左隊右壁に沿い足踏み（銅鑼）
曹長特務曹長（互《たが》いに進み寄り足踏みつつ唱《うた》う）
「糧食《りょうしょく》はなし　四月の寒さ
ストマクウォッチももうめちゃめちゃだ。」

合唱「どうしたのだろう、バナナン大将
もう一遍《いつぺん》だけ　見て来よう。」別々に退場
（銅鑼）
右隊登場、総《すべ》て始めのごとし。可成《かなり》疲《つか》れたり。
曹長「もう四時なのにどうしたのだろう、
バナナン大将はまだ来ていない
もう四時なのにどうしたのだろう。
バナナン大将は帰らない。」
左隊登場
「もう四時半なのにどうしたのだろう、
バナナン大将はまだ来ていない
もう五時なのにどうしたのだろう
バナナン大将は　帰らない。」
（銅鑼）
曹長特務曹長
「大将ひとりでどこかの並木《なみき》の
苹果《りんご》を叩《たた》いているかもしれない
大将いまごろどこかのはたけで

人蔘《にんじん》ガリガリ　噛《か》んでるぞ。」

（銅鑼）

右隊入場、著《いちじる》しく疲れ辛《かろ》うじて歩行す。

曹長「七時半なのにどうしたのだろう

バナナン大将はまだ来ていない

七時半なのにどうしたのだろう

バナナン大将は　帰らない。」

左隊登場　最《もっとも》労《つか》れたり。

曹長特務曹長

「もう八時なのにどうしたのだろう

バナナン大将は　まだ来ていない。

もう八時なのにどうしたのだろう

バナナン大将は　帰らない。」

（銅鑼）

立てるもの合唱（きれぎれに）

「いくさで死ぬならあきらめもするが

いまごろ飢《う》えて死にたくはない

ああただひときれこの世のなごりに

バナナかなにかを　食《く》いたいな。」
（共に倒《たお》る）（銅鑼）

バナナン大将登場。バナナのエポレットを飾《かざ》り菓子《かし》の勲章《くんしょう》を胸に満《みた》せり。

バナナン大将
「つかれたつかれたすっかりつかれた
脚《あし》はまるっきり　二本のステッキ
いったいすこぅし飲み過ぎたのだし
馬肉もあんまり食いすぎた。」
（叫《さけ》ぶ。）「何だ。まっくらじゃないか。今ごろになってまだあかりも点《つ》けんのか。」

兵士等辛《ら》うじて立ちあがり挙手の礼。

大将「灯《あかり》をつけろ、間抜《まぬ》けめ。」

曹長《そうちょう》点燈す。兵士等大将のエポレット勲章等を見て食せんとするの衝動《しょうどう》甚《はなはだ》し。

大将「間抜けめ、どれもみんなまるで泥《どろ》人形だ。」

脚《あし》を重ねて椅子《いす》に座す。ポケットより新聞と老眼鏡《ろうがんきょう》とを取り出し殊更《ことさら》に顔をしかめつつこれを読む。しきりにゲップす。やがて睡《ねむ》る。

曹長（低く。）「大将の勲章は実に甘《うま》そうだなあ。」

特務曹長「それは甘そうだ。」

曹長「食べるというわけには行かないものでありますか。」

特務曹長「それは蓋《けだ》しいかない。軍人が名誉《めいよ》ある勲章《くんしょう》を食ってしまうという前例はない。」
曹長「食ったらどうなるのでありますか。」
特務曹長「軍法会議だ。それから銃殺《じゅうさつ》にきまっている。」　間《ま》、兵卒《へいそつ》一同再び倒《たお》る。
曹長（面《おもて》をあぐ。）「上官。私は決心いたしました。この饑餓《きが》陣営の中に於《お》きましては最早《もはや》私共の運命は定《さだ》まってあります。戦争の為《ため》にでなく飢餓《きが》の為に全滅《ぜんめつ》するばかりであります。かの巨大なるバナナン軍団のただ十六人の生存者われわれもまた死ぬばかりであります。この際私が将軍の勲章とエポレットとを盗《ぬす》みこれを食しますれば私共は死ななくても済みます。そして私はその責任を負って軍法会議にかかりまた銃殺《じゅうさつ》されようと思います。」
特務曹長「曹長、よく云《い》って呉《く》れた。貴様《きさま》だけは殺さない。おれもきっと一緒《いっしょ》に行くぞ。十《とお》の生命《いのち》の代わりに二人の命を投げ出そう。よし。さあやろう。集まれっ。気を付けっ。右ぃおい。直れっ。番号。」
兵士「一、二、三、四、五、六、七、八、九、十、十一、」
特務曹長「よし。閣下《かっか》はまだおやすみだ。いいか。われわれは軍律上少しく変則ではあるがこれから食事を始める。」兵士悦《よろこ》ぶ。
曹長（一足進む。）
特務曹長「いや、盗むというのはいかん。もっと正々堂々とやらなくちゃいけない。いいか。おれがやろう。」
特務曹長《そうちょう》バナナン大将の前に進み直立す。曹長以下之《これ》に従い一列に並ぶ。

特務曹長、（挙手、叫ぶ。）「閣下！」
バナナン大将（徐《おもむろ》に眼《め》を開く。）「何じゃ、そうぞうしい。」
特務曹長「閣下の御勲功《くんこう》は実に四海《しかい》を照《て》らすのであります。」
大将「ふん、それはよろしい。」
特務曹長「閣下の御名誉は則《すなわ》ち私共の名誉であります。」
大将「うん。それはよろしい。」
特務曹長「閣下の勲章は皆《みな》実に立派であります。私共は閣下の勲章を仰《あお》ぎますごとに実に感激《かんげき》してなみだがでたりのどが鳴ったりするのであります。」
大将「ふん、それはそうじゃろう。」
特務曹長「然《しか》るに私共は未《いま》だ不幸にしてその機会を得ず充分《じゅうぶん》適格に閣下の勲章を拝見するの光栄を所有しなかったのであります。」
大将「それはそうじゃ、今までは忙《いそ》がしかったじゃからな。」
特務曹長「閣下。この機会をもちまして私共一同にとくとお示しを得たいものであります。」
大将「それはよろしい。どの勲章を見たいのだ。」
特務曹長「一番大きなやつから。」
大将「これが一番大きいじゃ。獅子《しし》奮進《ふんじん》章だ。ロンテンプナルール勲章じゃ。」胸より最大なる勲章を外《はず》し特務曹長に渡《わた》す。
特務曹長「これはどの戦役《せんえき》でご受領なされましたのでありますか。」

大将「印度《インド》戦争だ。」
特務曹長「このまん中の青い所はほんもののザラメでありますか。」
大将「ほんとうのザラメとも。」
特務曹長「実に立派であります。」（曹長《そうちょう》に渡す。曹長兵卒一に渡す。兵卒一直ちにこれを嚥下《えんか》す。）
特務曹長「次のは何でありますか。」
大将「ファンテプラーク章じゃ。」外《はず》す。
特務曹長「あまり光って眼がくらむようであります。」
大将「そうじゃ。それは支那《しな》戦のニコチン戦役《せんえき》にもらったのじゃ。」
特務曹長「立派であります。」
大将「それはそうじゃろう」（兵卒二之を嚥下す。）
大将「どうじゃ、これはチベット戦争じゃ。」
特務曹長「なるほど西蔵《チベット》馬のしるしがついて居《お》ります。」（兵卒三之を嚥下す。）
大将「これは普《ふ》仏《ふつ》戦争じゃ、」
特務曹長「なるほどナポレオンポナパルドの首のしるしがついて居ります。然《しか》し閣下は普仏戦争に御参加になりましたのでありますか。」
大将「いいや、六十銭で買ったよ。」
特務曹長「なるほど、実に立派であります。六十銭では安すぎます。」

大将「うん、」（兵卒四之《これ》を嚥下す。）
特務曹長「その次の勲章《くんしょう》はどれでありますか。」
大将「これじゃ、」
特務曹長「これはどちらから贈《おく》られたのでありますか。」
大将「それはアメリカだ。ニュウヨウクのメリケン粉《こ》株式会社から贈られたのだ。」
特務曹長「そうでありますか。愕《おどろ》くべきであります。」
（兵卒五之《これ》を嚥下す。）
特務曹長「次はどれでありますか。」
大将「これじゃ、」
特務曹長「実にめずらしくあります。やはり支那戦争でありますか。」
大将「いいや。支那の大将と豚《ぶた》を五匹《ひき》でとりかえたのじゃ。」
特務曹長「なるほど、ハムサンドウィッチですな。」（兵卒六之《これ》を嚥下す。）
大将「これはどうじゃ。」
特務曹長「立派であります。何勲章でありますか。」
大将「むすこからとりかえしたのじゃ。」（兵卒七嚥下。）
特務曹長「その次は、」
大将「これはモナコ王国に於《お》いてばくちの番をしたとき貰《もら》ったのじゃ。」
特務曹長「はあ実に恐《おそ》れ入ります。」（兵卒八嚥下。）

大将「これはどうじゃ。」
特務曹長「どこの勲章《くんしょう》でありますか。」
大将「手製じゃ手製じゃ。わしがこさえたのじゃ。」
特務曹長「なるほど、立派なお作であります。次のを拝見ねがいます。」（兵卒九嚥下《えんか》。）
大将「これはなアフガニスタンでマラソン競走をやってとったのじゃ。」（兵卒十嚥下。）
特務曹長「なるほど次はどれでありますか。」
大将「もう二つしかないぞ。」
特務曹長（兵卒を検して）「もう二つで丁度《ちょうど》いいようであります。」
大将「何が。」
特務曹長（烈《はげ》しくごまかす。）「そうであります。」
大将「勲章か。よろしい。」（外《はず》す。）
特務曹長「これはどちらから贈られましたのでありますか。」
大将「イタリヤごろつき組合だ。」
特務曹長「なるほど、ジゴマと書いてあります。」（曹長に）「おい、やれ。」（曹長嚥下す。）
特務曹長「実に立派であります。」
大将「これはもっと立派だぞ。」
特務曹長「これはどちらからお受けになりましたのでありますか。」
大将「ベルギ戦役マイナス十五里進軍の際スレンジングトンの街道《かいどう》で拾ったよ。」

特務曹長「なるほど。」（嚥下す。）「少し馬の糞《ふん》はついて居りますが結構であります。」
大将「どうじゃ、どれもみんな立派じゃろう。」
一同「実に結構でありました。」
大将「結構でありました？　いかんな。物の云《い》いようもわからない。結構でありますと云うもんじゃ。ありましたと云えば過去になるじゃ。」
一同「結構であります。」
特務曹長「ええ、只今《ただいま》のは実は現在完了《かんりょう》のつもりであります。ところで閣下、この好機会をもちまして更《さら》に閣下の燦爛《さんらん》たるエポレットを拝見いたしたいものであります。」
大将「ふん、よかろう。」
（エポレットを渡す。）
特務曹長「実に甚《はなは》だしくあります。」
大将「うん。金《きん》無垢《むく》だからな。溶《と》かしちゃいかんぞ。」
特務曹長「はい大丈夫《だいじょうぶ》であります。後列の方の六人でよく拝見しろ。」（渡す。最後の六人これを受けとり直ちに一箇《こ》ずつちぎる。）
大将「いかん、いかん、エポレットを壊《こわ》しちゃいかん。」
特務曹長「いいえ、すぐ組み立てます。もう片っ方拝見いたしたいものであります。」
大将「ふん、あとですっかり組み立てるならまあよかろう。」
特務曹長「なるほど金無垢であります。すぐ組み立てます。」（一箇をちぎり曹長に渡す。以下これに倣《なら》う。各《おのおの》皮を剝《む》く。）

大将（愕《おどろ》く。）「あっいかんいかん。皮を剝いてはいかんじゃ。」

特務曹長「急ぎ呑《の》み下せいおいっ。」（一同嚥下《えんか》。）

大将（泣く。）「ああ情けない。犬め、畜生《ちくしょう》ども。泥《どろ》人形ども、勲章《くんしょう》をみんな食《く》い居《お》ったな。どうするか見ろ。情けない。うわあ。」

（泣く。）（兵卒悄然《しょうぜん》たり。）

（兵卒らこの時漸《ようや》く飢餓《きが》を回復し良心の苛責《かしゃく》に勝《た》えず。）

兵卒三「おれたちは恐ろしいことをしてしまったなあ。」

兵卒十「全く夢中でやってしまったなあ。」

兵卒一「勲章と胃袋《いぶくろ》とにゴム糸がついていたようだったなあ」

兵卒九「将軍と国家とにどうおわびをしたらいいかなあ。」

兵卒七「おわびの方法が無い。」

兵卒五「死ぬより仕方ない。」

兵卒三「みんな死のう、自殺しよう。」

曹長「いいや、みんなおれが悪いんだ。おれがこんなことを発案したのだ。」

特務曹長「いいや、おれが責任者だ。おれは死ななければならない。」

曹長「上官、私共二人はじめの約束《やくそく》の通りに死にましょう。」

特務曹長「そうだ。おいみんな。おまえたちはこの事件については何も知らなかった。悪いのはおれ達二人だ。おれ達はこの責任を負って死ぬからな、お前たちは決して短気なことをして呉《く》れるな。これからあともよく軍律を守って国家のためにつくしてくれ」
兵卒一同「いいえ、だめであります。だめであります。」
特務曹長「いかん。貴様たちに命令する。将軍のお詞《ことば》のあるうち動いてはならん。気を付けっ。」
兵卒等直立。
特務曹長「曹長《そうちょう》、さあ支度《したく》しよう。」（ピストルを出す。）「祈《いの》ろう。一所に。」
特務曹長「饑餓陣営のたそがれの中
犯《おか》せる罪はいとも深し
ああ夜のそらの青き火もて
われらがつみをきよめたまえ。」
曹長　「マルトン原のかなしみのなか
ひかりはつちにうずもれぬ
ああみめぐみのあめを下し
われらがつみをゆるしたまえ。」
合唱「ああ、みめぐみの雨をくだし　われらがつみをゆるしたまえ。」
（特務曹長ピストルを擬《ぎ》し将《まさ》に自殺せんとす。）
（バナナン大将この時まで瞑目《めいもく》したるも忽《たちま》ちにして立ちあがり叫《さけ》ぶ。）
大将「止まれ、やめぃ。」

（特務曹長《そうちょう》ピストルを擬《ぎ》したるまま呆然《ぼうぜん》として佇立《ちょりつ》す。大将ピストルを奪《うば》う。）

バナナン大将「もうわかった。お前たちの心底は見届けた。お前たちの誠心に較《くら》べてはおれの勲《くん》章《しょう》などは実に何でもないじゃ。おお神はほめられよ。実におん眼《め》からみそなわすならば勲章やエポレットなどは瓦礫《がれき》にも均《ひと》しいじゃ。」

特務曹長「将軍、お申し訳《わ》けのないことを致《いた》しました。」

曹長「将軍、私に死を下されませ。」

バナナン大将「いいや、ならん。」

特務曹長「けれどもこれから私共は毎日将軍の軍装《ぐんそう》拝しますごとに烈《はげ》しく良心に責められなければなりません。」

大将「いいや、今わしは神のみ力を受けて新らしい体操を発明したじゃ。それは名づけて生産体操となすべきじゃ。従来の不生産式体操と自《おのずか》ら撰《せん》を異にするじゃ。」

特務曹長「閣下、何とぞその訓練をいただきたくあります。」

大将「ふん。それはもちろんよろしい。いいか。では、集《あつ》まれっ。（総《すべ》て号令のごとく行わる。）ション。右ぃ習え。直れっ。番号。」

兵士「一、二、三、四、五、六、七、八、九、十、十一、十二、」

兵士伍《ご》を組む。

大将「前列二歩前へおいっ。偶数《ぐうすう》一歩前へおいっ。」

大将「よろしいか。これから生産体操をはじめる。第一果樹整枝法《せいし》、わかったか。三番。」
兵卒三「わかりました。果樹整枝法であります。」
大将「よろしい。果樹整枝法、その一、ピラミッド、一の号令で斯《こ》の形をつくる。二で直るいいか。」
大将両腕《りょううで》を上げ整枝法のピラミッド形をつくる。
大将「いいか。果樹整枝法、その一、ピラミッド。一、よろし。二、よろし、一、二、一、二、一、やめい。」
大将「いいか次はベース。ベース、一、の号令でこの形をつくる。二で直る。いいか。わかったか。五番。」
兵卒五「はいっわかりました。ベース。盃状仕立《はいじょう》であります。」
大将「よろしい。果樹整枝法その二、ベース一。」
兵卒「一、」
大将「二、一、二、一、二、一、二、やめい。」
大将「次は果樹整枝法その三、カンデラーブル。ここでは二枝カンデラーブル、U字形をつくる。この時には両肩《りょうかた》と両腕とでUの字になることが要領じゃ、徒《いたずら》にここが直角になることは血液循環《じゅんかん》の上からも又樹《また》液運行の上からも必要としない。この形になることが要領じゃ。わかったか。六番」
兵卒六「わかりました。カンデラーブル、U字形であります。」

大将「よろしい。果樹整枝法その三、カンデラーブル、はじめっ一、二、一、二、一、二、一、
二、やめい。」
大将「よろしい。果樹整枝法その四、又その一　水平コルドン。はじめっ。一、二、一、二、一、
二、一、二、一、やめい。」
大将「次はその又二、直立コルドン。これはこのままでよろしい。ただ呼称だけを用うる。一、
二、一、二、よろしいか。八番。」
兵卒八「直立コルドンであります。」
大将「よろしい。果樹整枝法、その四、又《また》その二、直立コルドン、はじめっ、一、二、一、二、
一、二、一、二、一、やめい。」
大将「次は、エーベンタール、扇状仕立《せんじよう》、この形をつくる。このエーベンタールのベースとちが
う所は手とからだとが一平面内にあることにある。よろしいか。九番。」
兵士九「はいっ。果樹整枝法その五、エーベンタールであります。」
大将「よろしい。果樹整枝法、その五、エーベンタール、はじめっ、一、二、一、二、一、二、
一、やめい。」
大将「次は果樹整枝法、その六、棚《たな》仕立、これは日本に於《おい》て梨葡萄《なしぶどう》等の栽培《さいばい》に際して行われるじ
や。棚をつくる。棚を。わかったか。十番。」
兵士十「果樹整枝法第六、棚仕立であります。」
大将「よろしい。果樹整技法第六、棚仕立、はじめっ。一」

（兵士ら腕を組み棚をつくる。バナナン大将手籠《てかご》を持ちてその下を潜《くぐ》りしきりに果実を収む。）

バナナン大将「実に立派じゃ、この実はみな琥珀《こはく》でつくってある。それでいて琥珀のようにおかしな匂《にお》いでもない。甘いつめたい汁でいっぱいじゃ。新鮮なエステルにみちている。しかもこの宝石は数も多く人をもなやまさないじゃ。来年もまたみのるじゃ。ありがたい。又この葉の美しいことはまさに黄金《きん》じゃ。日光来《きた》りて葉緑を照徹《しょうてつ》すれば葉緑黄金《きん》を生ずるじゃ。讃《たた》うべきかな神よ。」

（将軍籠《かご》にくだものを盛《も》りて出《い》で来る。手帳を出しすばやく何か書きつく、特務曹長《そうちょう》に渡《わた》す、順次列中に渡る　唱いつつ行進す。兵士之《これ》に続く。）

バナナン大将の行進歌

合唱「いさおかがやく　バナナン軍
　マルトン原に　たむろせど
荒《す》さびし山河《さんが》の　すべもなく
饑餓《きが》の　陣営《じんえい》　日にわたり
夜をもこむれば　つわものの
ダムダム弾《だん》や　葡萄弾《ぶどうだん》
毒瓦斯《どくガス》タンクは　恐《おそ》れねど
うえとつかれを　いかにせん。

やむなく食《は》みし　将軍の
かがやきわたる　勲章《くんしょう》と
ひかりまばゆき　エポレット
そのまがつみは　録《しる》されぬ。
あわれ二人の　つわものは
責《せめ》に死なんと　したりしに
このとき雲の　かなたより
神ははるかに　みそなわし
くだしたまえるみめぐみは
新式生産体操ぞ。
ベースピラミッド　カンデラブル
またパルメット　エーベンタール
ことにも二つの　コルドンと
棚《たな》の仕立に　いたりしに
ひかりのごとく　降《くだ》り来し
天の果実を　いかにせん。
みさかえはあれ　かがやきの
あめとしめりの　くろつちに

みさかえはあれ　かがやきの
あめとしめりの　くろつちに。」

幕。

ポランの広場

ぽらんのひろば

時、一千九百二十年代、六月三十日夜、
処《ところ》、イーハトヴ地方、
人物、キュステ　博物局十六等官
　ファゼロ　ファリーズ小学校生徒
　山猫《やまねこ》博士
　牧者
　葡萄《ぶどう》園農夫
　衣裳《いしょう》係
　オーケストラ指揮者
　弦楽手《げんがくしゅ》
　鼓器楽手
　給仕
其他《そのた》　曠原紳士《こうげんしんし》、村の娘　多勢、

ベル、
人数の歓声、Hacienda, the society Tango のレコード、オーケストラ演奏、甲虫《かぶとむし》の翅音《はおと》、幕あく。

舞台は、中央よりも少し右手に、赤楊《はん》の木二本、電燈やモールで美しく飾られる。

その左に小さな演壇、
右手にオーケストラバンド、指揮者と楽手二名だけ見える。そのこっち側、右手前列に、白布をかけた卓子《テーブル》と椅子《いす》、給仕が立ち、山猫《やまねこ》博士がコップをなめながら腰掛《こしか》けて見ている。

曠原紳士、村の娘たち、牧者、葡萄《ぶどう》園農夫等　円舞《えんぶ》。

衣裳《いしょう》係は六七着の上着を右手にかけて、後向きに左手を徘徊《はいかい》して新らしい参加者を待つ。

背景はまっくろな夜の野原と空、空にはしらしらと銀河が亘《わた》っている。

すべてしろつめくさのいちめんに咲《さ》いた野原のまん中の心持《こころもち》、
円舞終る。コンフェットー。歓声。甲虫の羽音が一そう高くなる。衣裳係暗《やみ》をすかし見て左手から退場。

みんなせわしくコップをとる、給仕酒を注《つ》いでまわる。山猫博士ばかり残る。

山猫博士（立ち上がりながら）「おいおい、給仕、なぜおれには酒を注がんか。」

給仕、（周章《あわ》てて来る）「はいはい、相済みません。座っておいでだったもんですからつい。」

山猫博士、「座っておいでになっても立っておいでになっても我輩《わがはい》は我輩じゃないか。おっと、よろしい。諸君は乾杯《かんぱい》しようというんだな。よしよし。ブ、ブ、ブロージット。」

乾杯。山猫《やまねこ》博士首を動かしながら歩き廻《まわ》る。

ファゼロ続いてキュステ登場。

ファゼロ、「あ、山猫博士も来ているよ。」

キュステ「あれかい。山猫博士というのは何だい。」

ファゼロ、「あの人は山へ行って山猫を釣《つ》って来て、ならしてアメリカに売る商売なんだ、こわいそうだよ。」

田園紳士　一、山猫博士と握手《あくしゅ》する。

「いや、今晩は。先日は失礼いたしました。」

山猫博士、「どうです、カンヤヒョウ問題もいよいよ落着《らくちゃく》ですな。」

紳士「ええ、どうも大へんに不利なことになりました。」

（紳士云《い》いながらガラスのコップを二つ取ってファゼロとキュステに渡《わた》す。

紳士教師のコップに藁酒《わらざけ》をつぐ。）

「あなたには何をあげましょう。」

キュステ、「そうだね、葡萄水《ぶどうすい》をおくれ。」

給仕「そうですか、坊《ぼっ》ちゃんも。」

ファゼロ「うん。」給仕注《つ》ぐ。

（山猫博士、紳士と盃《さかずき》を合わせ、酒をなめ横眼《よこめ》で二人を見ながら云《い》う）「どうも水を呑《の》むやつらが来ると広場も少ししらぱっくれるね。」

紳士四「ええ、何せまだ子供ですから、それにそちらはたぶんカトリックの信者でいらっしゃいますから。」

山猫博士、「ああ、カトリックですか。私も祖父がきついカトリックでしたがね。どうもいかんね、カトリックは。おい注いでくれ。」

(オーケストラはじまる。)

山猫博士「おいおいそいつでなしにキャッツホイスカアというやつをやってもらいたいな。」

楽長「冗談じゃない、猫《ねこ》のダンスなんて。」

山猫博士「やれ、やれ、やらんか。」

(オーケストラはじまる)

みんなコップをおいて踊《おど》る。キュステも入る。山猫博士、調子はずれの声でオーケストラに合わせながら、みんなの間を邪魔《じゃま》するように歩きまわる。猫の声の時はねあがる。近くのものにげる。ファゼロ立って口笛《くちぶえ》を吹く。衣裳《いしょう》係、帰って来る。キュステの脚絆《きゃはん》解ける。誰《たれ》かが云《い》う。

「もしもし脚絆が解けましたよ。」

(キュステ列を離れる。衣裳係が走って行ってそれを巻きながら云う。)

「どうも困りますぜ、こんな工合《ぐあい》じゃ。それでも衣裳の整わないのがあっちゃ、こっちの失態ですしね、ええ、どうもこんなこっちゃ困りますぜ。」

(曲変る。みんな踊りをやめる。コンフェットウをなげるもの、盃をあげるもの。)

牧者（一歩出る）「レディスアン、ゼントルメン、わたくしが一つ唱《うた》います。ええと、楽長さん。

フローゼントリーのふしを一つねがいませんかな。」

指揮者「フローゼントリーなんてそんな古くさいもの知りませんな。」

楽手たち「そんなもの古くさいな。」

牧者「困ったなあ。」

鼓器楽手、「わたしは知ってますがね、どうも鼓器だけじゃ仕方ないでしょう。」

牧者、「ああ、沢山《たくさん》です。ではどうか鉦鼓《かね》でリズムだけとって下さいませんか。」

鼓器楽手「リズムといってただこうですよ。」

（鳴らす。みんな笑う）

牧者、「ああそれで結構です。（唱《うた》う）

けさの六時ころ　ワルトラワラの
峠《とうげ》をわたしが　越えようとしたら
朝霧《あさぎり》がそのときに　ちょうど消えかけて
一本の栗《くり》の木は　後光を出していた、
わたしはいただきの石にこしかけて
朝めしの堅《かた》パンを嚙《か》じりはじめたら
その栗の木がにわかに　ゆすれだして
降《お》りて来たのは　二疋《ひき》の電気栗鼠《りす》

わたしは急いで………　　　。」
山猫博士「おいおい間違っちゃいかんよ。」
牧者「何だって。」
山猫博士「今朝ワルトラワラの峠に、電気栗鼠の居た筈《はず》はない。それはカマイタチの間違いだろう。も少し精密に観察して貰《もら》いたいね。」
牧者「そうでしたか。」（首をちぢめてみんなの中に入る。）
山猫博士「今度は僕《ぼく》がうたうよ。
　つめくさの花の　咲《さ》く晩に
ポランの広場の　夏まつり
ポランの広場の　夏のまつり
酒を呑《の》まずに　水を呑む
そんなやつらが　でかけて来ると
ポランの広場も　朝になる
ポランの広場も　白ぱっくれる。」
（みんな気の毒そうに二人の方を見る）
キュステ「おい、ファゼロ、もう行こう。」
ファゼロ（泣き出しそうになりながら演壇にのぼり、唱う）
「つめくさの花の　かおる夜は

ポランの広場の　夏まつり
ポランの広場の　夏のまつり
酒くせのわるい　山猫が
黄いろのシャツで出かけてくると
ポランの広場に　雨がふる
ポランの広場に　雨が落ちる」

山猫博士（憤然《ふんぜん》として）「何だ失敬な。決闘をしろ、決闘を。」

キュステ「馬鹿《ばか》を言え。貴さまがさきに悪口を言って置いて、こんな子供に決闘だなんてことがあるもんか。おれが相手になってやろう。」

山猫博士、「へん、貴さまの出る幕じゃない。引っ込んでいろ。こいつが我輩を侮辱《ぶじょく》したから我輩はこいつへ決闘を申し込んだのだ。」

キュステ、（ファゼロをうしろにかばう。）「いいや、貴さまはおれの悪口を言ったのだ、おれは貴さまに決闘を申し込むのだ。全体きさまはさっきから見ていると、さもきさま一人の野原のように威張《いば》り返っている。さあピストルか刀かどっちかを撰《えら》べ。」

山猫博士（たじろいで酒を一杯のむ。）「黙《だま》れ、きさまは決闘の法式も知らんな。」

キュステ「よし、酒を呑《の》まなけぁ物を言えないような、そんな卑怯《ひきょう》なやつの相手は子供でたくさんだ。おい、ファゼロ、しっかりやれ、こんなやつは野原の松毛虫だ。おれが介添《かいぞえ》をやろう。めちゃくちゃにぶん撲《なぐ》ってしまえ。」

山猫博士、「よし、おい、誰《たれ》かおれの介添人になれ。」

田園紳士二、「まあまあ、あんな子供のことですからどうか大目に見てやって下さい。今夜はたのしい夏まつりの晩ですから。」

山猫博士（なぐりつける。）「やかましい。そんなことはわかっている。黙って居《お》れ。おい、誰かおれの介添をしろ。おい、ミラアきさまやれ。」

葡萄園農夫「おいらぁやだよ。」

山猫博士、「臆病者、おい、ケルン、きさまやれ。」

田園紳士三、「おいらぁやだよ。」

山猫博士「おいてめいやれ。」

田園紳士四、「おいらぁやだよ。」

山猫博士、「よし介添人などいらない。さあ仕度《したく》しろ。」

キュステ、「きさまも仕度しろ。」（ファゼロに仕度させる）

山猫博士「剣《けん》かピストルかどっちかをえらべ。」

キュステ、「どっちでもきさまのいい方をとれ。」

山猫博士、「よし、おい給仕、剣を二本持って来い。」

給仕「こんな野原剣がありません。ナイフでいけませんか。」

山猫博士「ナイフでいい。」

給仕「承知しました。」（退場　洋食用のナイフを二本持って来て、渡《わた》す。）

山猫博士「さあどっちでもいい方をとれ。」

ファゼロ（一本をとり一本を山猫《やまねこ》博士に投げて渡《わた》す。）

山猫博士「さあ来い。」

キュステ「よし、ファゼロ、さあしっかりやれ。」

（闘う、ファゼロ山猫博士の胸をつく。山猫博士、周章《しゅうしょう》してかけまわる。）

「おいおい、やられたよ。誰《たれ》か沃度《ヨード》ホルムがないか。過酸化水素をもっていないか。誰かないか。やられたよ。やられた。」（気絶する）

キュステ、「よくいろいろの薬の名前を知ってやがるな。なあに、傷もつけぁしないよ。」

牧夫「水をかけてやろう。」（如露《じょろ》で顔に水をそそぐ。）

山猫博士（起きあがる）「ああ、ここは地獄かね、おや、ポランの広場へ逆戻《もど》りか。いや、こいつはいけない。ええと、レデース、アンジェントルメン、諸君の忠告によって僕《ぼく》は退場します。さよなら。」（すばやく退場、みんなひどく笑う。拍手、コンフェットウ、）

葡萄《ぶどう》園農夫（演壇に立つ。）「諸君、黄いろなシャッツを着た山猫釣《つ》りの野郎は、正《まさ》にしっぽをまいて遁《に》げて行った。つめくさの花がともす小さなあかりはいよいよ数を増し　そのかおりは空気いっぱいだ。見たまえ。天の川はおれはよくは知らないが、何でもxという字の形になってしらじらとそらにかかっている。かぶとむしやびろうどこがねは列になってぶんぶんその下をまわっている。愉快《ゆかい》な愉快な夏のまつりだ。誰《たれ》ももう今夜はくらしのことや、誰が誰よりもどうだというような、そんなみっともないことは考えるな。おお、おれたちはこの夜一ばん、東から勇ましいオリオン星座がのぼるまで、このつめくさのあかりに照らされ、銀河の微光《びこう》に洗われながら、愉快に歌いあかそうじゃないか。黄いろな藁《わら》の酒は尽《つ》きようが、もっときれいなすきとおった露《つゆ》は一《ひと》ばんそらから降《お》りてくる。おお娘たち、（町の人形どものように、手数を食《く》った馬鹿《ばか》げた着物を着ないでも、）お前たちはひときれの白い切《きれ》をかぶれば、あとは葡萄いろの宵《よい》やみや銀河から来る鈍《にぶ》い水銀、さまざまの木の黒い影《かげ》やらがひとりでにおまえたちを飾《かざ》るのだ。
ああ、山猫の云《い》いぐさではないが、
　ポランの広場の夏まつり
　ポランの広場の夏まつり　とこうだ。」
（壇《だん》を下る　拍子、歓声、オーケストラ、〔数文字空白〕を奏する　円舞はじまる。
幕）

植物医師

――しょくぶついし――

時　一九二〇年代
処《ところ》　盛岡市郊外
人物　爾薩待《にさったい》　正　開業したての植物医師
　ペンキ屋徒弟
　農民　一
　農民　二
　農民　三
　農民　四
　農民　五
　農民　六

幕あく。
粗末なバラック室、卓子《テーブル》二、一は顕微鏡《けんびきょう》を載《の》せ一は客用、椅子《いす》二、　爾薩待正　椅子に座り心配そうに新聞を見ている。立ってそわそわそこらを直したりする。

「今日はあ。」

「はぁい。」（爾薩待忙しく身づくろいする）

（ペンキ屋徒弟登場、看板を携《たずさ》える）

爾薩待「ああ　そうか。ずいぶん急がして済まなかったね。何せ今日から開業で、新聞にも広告したもんだからね。」

ペンキ屋（汗を拭《ふ》きながら渡す）「あの、五円三十銭でございます。」

爾薩待「ああ　君か、出来たね。」

ペンキ屋「はあ、それでようございましょうか。」

爾薩待「ああ　いいとも、立派にできた。あのね、お金は月末まで待って呉《く》れ給《たま》え。」

ペンキ屋「あのう、実はどちらさまにも現金に願ってございますので。」

爾薩待「いや、それはそうだろう。けれどもね、ぼくも茲《ここ》でこうやって医者を開業してみれば別に夜逃《よに》げをする訳《わけ》でもないんだから月末まで待ってくれたまえ。」

ペンキ屋、「ええ、ですけど、そう云《い》いつかって来たんですから。」

爾薩待「まあ　いいさ。僕《ぼく》だってとにかくこうやって病院をはじめればまあ院長じゃないか。五円いくらぐらいきっと払うよ。そうしてくれ給え。」

ペンキ屋「だって病院たって人の病院でもないんでしょう。」

爾薩待「勿論《もちろん》さ。植物病院さ。いまはもう外国ならどこの町だって植物病院はあるさ。ここではぼくがはじめだけれど。」

ペンキ屋「だって現金でないと私帰って叱《しか》られますから、そんなら代金引替《ひきかえ》ということにねがいます。」（すばやく看板を奪《うば》う）

爾薩待《にさったい》「君　君、そう頑固《がんこ》なこと云《い》うんじゃないよ。実は僕も困ってるんだ。先月まではぼくは県庁の耕地整理の方へ出てたんだ、ところが部長と喧嘩《けんか》してね、そいつをぶんなぐってやめてしまったんだ。商売をやるたって金もないしね、やっとその顕微鏡《けんびきょう》を友だちから借りてこの商売をはじめたんだ。同情してくれ給《たま》え。」

ペンキ屋「だって、そんな先月まで交通整理だかやっていて俄《にわ》かに医者なんかできるんですか。」

爾薩待「交通整理じゃないよ、耕地整理だよ。けれどもそりゃあ　医者とはちがわぁね。しかしね、百姓《ひゃくしょう》のことなんざ何とでもごまかせるもんだよ、ぼくきっとうまくやるからまあ置いとけよ。置いとけよ。」（また取り返す。）

ペンキ屋「そうですか。そいじゃ月末にはどうか間ちがいなく。困っちまうなあ。」

爾薩待「大丈夫さ。君を困らしゃしないよ。ありがとう、じゃ、さよなら。」

ペンキ屋小僧退場
「申し。」

爾薩待（居座《いずま》いを直し身繕《みづくろ》いする）「はあ、」

農民一（登場、枯《か》れた陸稲《おかぼ》をもっている）「稲《いね》の伯楽《はくらく》づのぁ、こっちだべすか。」

爾薩待「はあ、そうです。」
農民一「陸稲のごとでもわがるべすか。」
爾薩待「ああ、わかります。私は植物一切《いっさい》の医者ですから。」
農民一「はあ、おりゃの陸稲ぁ、さっぱりおがらないです。この位になってだんだん枯《か》れはじめです。なじゃにしたらいいが、教えでくなんせ。」（出す）
爾薩待（手にとって見る）「ははあ、あんまり乾《かわ》き過ぎたな。」
農民一「いいえ、おりゃのあそごぁひでぇ谷地《やち》でなんぼ旱《ひでり》でも土ぽさぽさづぐなるづごとのないどごだます。」
爾薩待「ははあ、あんまり水のはけないためだ。」
農民一（考える）「すた、去年なもずいぶん雨降りだたんともずいぶんゆぐ穫《と》れだます、まんつ、おらあだりでば大谷地中《うぢ》でおれのこれぁとったもの無ぃがったます。」
爾薩待「ははあ、あんまり厚く蒔《ま》きすぎたな。」
農民一「厚ぐ蒔ぐて全体陸稲づもな、一反歩《いったんぶ》さなんぼでりゃ蒔げばいのす。」
爾薩待「そうですな。品種や土壌によりますがなあ、そうですなあ、陸稲一反歩となるというと、可成《かなり》いろいろですがなあ、その塩水撰《えんすいせん》したやつとしないやつでもちがいますがなあ。」
農民一「はあ、その塩水撰したのです。」
爾薩待「ははあ、塩水撰した陸稲の種子と、土壌や肥料にもよりますがなあ。」
農民一「まんつあだり前のどごで、あだり前の肥料してす。」

爾薩待《にさったい》「そうですなあ、それは、ええと、あなたのあたりではなんぼぐらい播《ま》きます？」
農民一「まず一反歩《いったんぶ》四升だなす。おらもその位に播ぃだんす。」
爾薩待「ははあ、一反歩四升と。少し厚いようですなあ、三升八合ぐらいでしょうな。然《しか》し、あなたのとこのは厚播のためでもないですなあ。そうすると、やっぱり肥料ですな。肥料があんまり少かったのでしょう。」
農民一「はあ、まぁんつ、人並よりはやったます。百刈《ひゃくがり》でばまずおらあだり一反《たん》四畝《せ》なんだ、その百刈さ　馬肥　十五段　豆粕《まめかす》一俵、硫安《りゅうあん》十貫目もやったます。」
爾薩待「あ、その硫安だ。硫安を濃くして掛《か》けたでしょう。」
農民一「はあ、別段濃いど思なぃがったが、全体なんぼ位に薄めだらいがべす。」
爾薩待「そうですな。硫安の薄め方となるとずいぶん色々ですがなあ、天気にもよりますしね。」
農民一「曇ってまず土のさっと湿けだづぎだらなんぼこりゃにすたらいがべず。」
爾薩待「そうですな。またあんまり薄くてもいかんですな。あなたの処《ところ》ではどれ位にします。」
農民一「まず肥桶《こえおけ》一杯の水さこの位まで云《い》うます。」
爾薩待「ええ、まあそうですね、けれどもこれ位では少し多いかも知れませんね。まあこんなんでしょうな。」（掌《てのひら》を少し小さくする）
農民一「はあ、せどなはおれぁはもっと入れだます。」
爾薩待「そうですか。そうすればまあ病気ですな。」
農民一「何病だべす。」

爾薩侍（勿体《もったい》らしく顕微鏡《けんびきょう》に掛ける）「ははあ、立枯病《たちがれ》ですな。立枯病です。ちゃんと見えています。立枯病です。」
農民一「はでな、病気よりも何が虫だなぃがべすか。」
爾薩侍「虫もいますか。葉にですか。」
農民一「いいえ、根にす、小ぁ虫こぁ居るようだます。」
爾薩侍「ああなるほど虫だ。ちゃんと根を食ったあとがある。これは病気と虫と両方です。主に虫の方です。」
農民一「はあ、私もそうだど思ってあんすた。」
爾薩侍（汗を拭《ふ》いてやっと安心という風《ふう》）「ええ、そうですとも、これはもう明らかに虫です。しかも根切《ねきり》虫だということは極《きわ》めて明白です。つまりこの稲は根切虫の害によって枯《か》れたのですな。」
農民一「はあ、それで、その根切虫　無ぐするになじょにすたらいがべす。」
爾薩侍「そうですなあ、虫を殺すとすればやっぱり亜砒酸《あひさん》などが一番いいですな。」
農民一「はあ、どごで売ってるべす。」
爾薩侍「いや、それは私のとこが病院ですからな。私のとこにあります。いま上げます。」
農民一「はあ。」
爾薩侍（立って薬瓶《くすりびん》をとる。）「何反といいましたですか。」
農民一「五畝《せ》歩でごあんす。」

爾薩待《にさつたい》「五畝歩とするとどれ位でいいかなあ。（しばらく考えてなぁにくそという風）これ位でいいな。」（瓶のまま渡す。）
農民一「あの虫の居なぃどごさも掛《か》げるのすか。」
爾薩待（あわてる）「いや、それは居たとこへだけかけるのです。」
農民一「枯《か》れだどごぁ半分ごりゃだんす。」
爾薩待「ああ、丁度《ちょうど》その位へかけるだけです。」
農民一「水さなんぼごりゃ入れるのす。」
爾薩待「肥桶《こえおけ》一つへまずこれ位ですなあ。」
農民一「はあ、そうせば、よっぽど叮《てい》ねいに掛げなぃやなぃな。まんつお有難《ありがと》うごあんすた。すぐ行って掛げで見らんす。なんぼ上げだらいがべす。」
爾薩待「そうですな。診察料一円に薬価一円と、二円いただきます。」
農民一「はぁ、」（財布から二円出す。）
爾薩待（受取る）「やあ、ありがとう。」
農民一「どうもお有り難うごあんした。これがらもどうがよろしぐお願いいだしあんす。」
爾薩待「いや、さよなら。」（農民一退場）
爾薩待（ほくほくして室《へや》の中を往来する）「ふん。亜砒酸《あひさん》は五十銭で一円五十銭円《まる》もうけだ。これなら一向訳《いっこうわけ》ないな。向こうから聞いた上でこっちは解決をつけてやる丈《だけ》だから。」（硫安を入れるときの手付をする）

「もうし。」
爾薩待「はい。」（農民二登場）
農民二「植物医者づのあお前さんだべすか。」
爾薩待「ええ　そうです。」
農民二「陸稲《おかぼ》のごとでもわがるべすか。」
爾薩待「ああわかります。私は植物一切の医者ですから。」
農民二「はあ、おりゃの陸稲ぁ　さっぱりおがらなぃです。この位になってだんだに枯れはじめです。」
爾薩待「ああ、そうですか。まあお掛けなさい。ええと、陸稲が枯れるんですか。」
農民二「はあ、斯《こ》う云《い》うにならんす。」（出す。）
爾薩待「ああ、なるほど、これはね、こいつはね、あんまり乾《かわ》き過ぎたという訳でもない、また水はけの悪いためでもない。」
農民二「はあ、全ぐその通りだんす。」
爾薩待「そうでしょう。またあんまり厚く蒔《ま》き過ぎたというのでもない。まあ一反歩《たんぶ》四升位蒔いたでしょう。」
農民二「そうでごあんす、そうでごあんす、丁度《ちょうど》それ位播《ま》ぎあんすた。」
爾薩待「そうでしょう。また肥料があんまり少いのでもない。また硫安を追肥するに濃過ぎたのでもない。まあ肥桶一つにこれ位入れたでしょう。」

農民二「はああそうでごあんす、そうでごあんす。」
爾薩待《にさったい》「そうでしょう、またこれは病気でもない。ぼく考えるにどうです、これ位ぐらいのこんな虫が根についちゃ居ませんか。」
農民二「はあ、居りあんす、居りあんす。」
爾薩待「なるほど、そうでしょう。そいつがいかんのです。」
農民二「なじょにすたらいがべす。」
爾薩待「それはね、亜砒酸《あひさん》という薬をかけるんです。」
農民二「どごで売ってべす。」
爾薩待「いや、勿論《もちろん》私のとこにあるのですがね、いまちょっと切れていますから証明書を書いて上げます。（書く）これをもって町の薬屋から買っておいでなさい。硫安《りゅうあん》と同じ位に薄めて使うんです。」
農民二「はあ、こいづ持ってて薬買って薄めで掛げるのだなす。」
爾薩待「そうです。」
農民二「なんぼお礼上げだらいがべす。」
爾薩待「診察料は一円です。それから証明書代が五十銭です。」
農民二「一円五十銭だなす。（金を出す）さあ、どうもおありがどごあんすた。」
爾薩待「いや、ありがとう。さよなら。」

農民二　退場

農民三　登場

農民三「今朝新聞さ広告出はてら植物医者づのぁ、お前さんだべすか。」
爾薩待「ああ、そうです。何かご用ですか。」
農民三「おれぁの陸稲《おかぼ》ぁさっぱりおがらなぃです。」
爾薩待「えええ、それはね、疾《と》うから私は気が付いていましたがね、針金虫の害です。」
農民三「なじょにすたらいがべす。」
爾薩待「それはね、亜砒酸を掛《か》けるんです。いま私が証明書を書いてあげますから、これを持って薬店へ行って亜砒酸を買って肥桶《こえおけ》一つにこれ位ぐらい入れて稲《いね》にかけるんです。」
（証明書を書く、渡す）
農民三「はあ、そうすか。おありがどごあんす。なんぼ上げ申したらいがべす。」
爾薩待「一円五十銭です。」
（金を出す）
農民三「どうもおありがどごあんすた。」
爾薩待「いや、ありがとう、さよなら。」
農民、四五、登場
爾薩待「いや、今日は、私は植物医師、爾薩待《にさったい》です。あなた方は陸稲の枯れたことに就《つい》て相談においでになったのでしょう。それは針金虫の害です。亜砒酸をおかけなさい。いま証明書を書い

てあげます。」（書く）
農民四五（驚嘆す）「この人あ医者ばがりだない八《はっ》けも置ぐようだじゃ。」
爾《に》薩待《さったい》「ここに証明書がありますからね、こいつをもって薬屋へ行って亜砒酸《あひさん》を買って、水へとかして稲《いね》に掛《か》けるんです。ええとお二人で三円下さい。」
農民四五「どうもおありがどごあんすた。」
爾薩待「ええ、さよなら」
　農民六、登場
爾薩待「ああ、（証明書を書く）この証明書を持って薬屋へ行って亜砒酸を買って水へとかしてあなたの陸稲《おかぼ》へおかけなさい。すっかり直りますから。その代わり一円五十銭置いてって下さい。」
農民六（おじぎ、金を渡す。去る）
爾薩待（独語）「どうだ。開業早々からこううまく行くとは思わなかったなあ。半日で十円になる。看板代などはなんでもない。もう七人目のやつが来そうなもんだがなあ。」
　「今日は。」
　「はい。」（農民一、登場）
爾薩待「いや、今日は、私は植物医師の爾《に》薩待《さったい》です。あなたの陸稲《おかぼ》はすっかり枯《か》れたでしょう。」
農民一「はあ。」
爾薩待「それはね、あんまり乾き過ぎたためでもない、あんまり湿《しめ》り過ぎたためでもない。厚く蒔《ま》きすぎたのでもない。まあ一反歩四升ぐらい播《ま》いたのでしょう。」
農民一「はあ。」
爾薩待「それでいいのです。また肥料のあまり少いのでもない。硫安を濃くしてかけたのでもない。肥桶《こえおけ》一つへこれ位入れたでしょう。」
農民一「はあ、」
爾薩待「そこでね、それは針金虫というものの害なのです。それをなくするには亜砒酸を水にとかしてかけるのです。」
農民一「はあ、私そうしあんした。」
爾薩待（顔を見て愕《おどろ》く）「おや、あなたはさっきの方ですね。こいつは失敬しました。どうでした。」
農民一「どうもゆぐなぃよだんすじゃ。かげだれば稲見でるうぢに赤ぐなってしまたもす。」
爾薩待（あわてる）「いや、そんな筈《はず》はありません。それは掛けようが悪いのです。」
農民一「掛げよう悪たてお前さんの云《い》うようにすたます。」
爾薩待「いや、そうでないです。第一日中に掛けるということがありますか。」
農民一「はでな、そいづお前さん云《い》わなぃんだもな。」
爾薩待「云わないたって知れてるじゃありませんか。いやになっちまうな。」
「申し」（農民二登場）
農民二「陸稲さっぱり枯れでしまったます。」

爾薩待「だからね、今も云ってるんだ。こんな天気のまっ盛りに肥料にしろ薬剤にしろかけるという筈《はず》はないんだ。」

農民二「何したどす。お前さん今行ってすぐ掛《か》げろって云ったけぁか。」

爾《に》薩待《さつたい》「それは云った。云ったけれども君たちのやったようでなく噴霧器《ふんむき》を使わないといけないんだ。」

農民一「虫も死ぬ位だがら陸穂《おかぼ》さも悪いのでぁあるまぃが。」

農民二「どうもそうだようだます。」

爾薩待「いや、そんなことはない。ちゃんと処法通りやればうまく行ったんだ。」

「今日は、」（農民三、登場）

農民三「先生、あの薬わがなぃ。さっぱり稲枯《いねか》れるもの。」

爾薩待「いや、それはね、今も云《い》ってたんだが、噴霧器を使わずにこの日中やったのがいけなかったのだ。」

農民三「ははでな、お前さま、おれさ叮《てぃ》ねいに柄杓《ひしゃく》でかげろて云っただなぃすか。」

爾薩待「いやいや、それはね、……」

農民二「なあに、この人まるでさっきたがらいいこりゃ加減だもさ。」

農民一「あんまり出来さなぃよだな」

（医師しおれる）

農民、四五六登場

農民四「じゃ、この野郎山師《やまし》たがりだじゃい。まるきり稲枯れでしまたな。」

農民五「ひでやづだじゃ。春がら汗水たらすてようやぐ物にすたの二百刈《がり》づもの、まるっきり枯らしてしまたな。」

農民六「ほんとにひで野郎だ。」

農民二「全体はじめの話がらひょんただたもな。じゃ、うな医者だなんて人がら銭まで取ってで人の稲枯らして済むもんだが。」

爾薩待（うなだれる）

（農民ら黙然《もくねん》）

農民二（ややあって）「いまもぐり歯医者でも懲役《ちょうえき》になるもの、人欺《だま》してこったなごとしてそれで通るづ筈《はず》なぃがべじゃ。」

爾薩待（いよいよしょげる）

農民二「六人さまるっきり同じごと云って偽《うそ》こぃでそしてで威張《いば》って診察料よごせだ全体　何の話だりゃ。」

爾薩待（いよいよしおれる）

農民一（気の毒になる）「じゃ、あんまりそう云うなじゃ、人の医者だて治るごともあれば療治《りょうじ》後《おく》れれば死ぬごともあるだ、あんまそう云うなじゃ。」

農民三「まぁんつ、運悪がたとあぎらめなぃやなぃな。ひでりさ一年かがたど思たらいがべ。」

農民四「全体みんな同じ陸稲だったがら悪がったもな。ほがのものもあれば治る人もあったんだんとも。あっはっは。」

農民五「さあ、あべじゃ。医者さんもあんまりがおれなぃで折角《せっかく》みっしりやったらいがべ。」

農民六「ようし、仕方なぃがべ。さあ、さっぱりどあぎらめべ。じぇ、医者さん、まだ頼む人もあるだあんまりがおらないでおでぁれ。」

農民二「さあ、行ぐべ。どうもおありがどごあんすた。」一同退場、医師これを見送る

（幕）

種山ヶ原の夜

たねやまがはらのよる

時、一九二四年九月二日払暁《ふつぎよう》近く
場《ば》処《しよ》、岩手県種山ヶ原
人物、伊藤《いとう》　奎一《けいいち》　十九歳
日雇《ひやとい》草刈《かり》一
日雇草刈二
放牧地見廻《みまわり》人
（夢幻《むげん》中）
林務官
楢《なら》樹霊一
楢樹霊二
樺《かば》樹霊
柏《かしわ》樹霊、
雷神

幕があく

舞台は夜の暗黒、中央に形ばかりの草小屋、屋根を楢の木の幹にくっつけたのに過ぎない。小《ちい》さい焚火《たきび》、伊藤奎一、日雇草刈《ひやといくさかり》一、二、放牧地見廻人《みまわり》 火を囲んで座《すわ》る。見廻人はけらを被《かぶ》ってまだ睡《ねむ》っている。

芒《すすき》、おとこえしなどの草、丈《たけ》高く、遥《はる》かに風の音、すべて北上《きたかみ》山地海抜《かいばつ》八百 米《メートル》 の、霧《きり》往来する払暁《ふつぎょう》近くを暗示する。

伊藤、（暫《しば》らく遠い風の音を聞いた後）

「又《まだ》少し風の方向《むぎ》ぁ、変ったようだな。晴れるべが。」

日雇一「なぁに、あでにならなぃだんす。夜明げ近ぐづもな、風もぶらぶらど行ったり来たりするもんだもす。」

伊藤「とにかぐずいぶん寒ぐなた。」

日雇二「した、霽《は》れるがもしれなぃじゃぃ。斯《こ》う寒ぐなて、風も西に変われば。」

日雇一「なあに、あでにならなぃだじゃ、昨日《きのう》の日暮れ方の虹《にじ》も灰いろだたしさ。」

伊藤「ほに朝虹くらくて夕虹明りば霽れるて云《い》うんだな。」

日雇一「まんつそう云うんだなす」

伊藤「降るたっては高で知れだもんだな。」

日雇一「そだんす、まぁんつ、夜ぁ明げで、もやだんだに融《と》げで、お日さん出はて、草ぁ　ぎんがめたら、その時ぁ、目《め》っ付《け》もんだど思ぁないやなぃんす。」

伊藤「霽れるさぃすだれば、朝飯前に、笹長根《ささながね》の入り口まで大丈夫だな。」
日雇二「はあ、（草刈一に）汝家《うなえ》がら喜助ぁ来るが。」
草刈一「来るてさ、喜助も嘉《か》っこも来る。昨日朝も来るだがてばだばだたたんとも、陸稲《おかぼ》の草除《と》らないやなくてさ。」
草刈二「そいでぁは、少しばり降っても大丈夫だ。」
（やや間、右手でつつどりの声）
草刈二、一「なんでぁ、ねぼけ鳩《ばと》ぁ、いまころ。」
伊藤「火見で飛んで来たのだべが。」
草刈二「きっともてそだな。だぁ。」（鳥の遁《に》げる音、見廻人に）
伊藤「じゃ、ゆべながらぐっさり睡《ねむ》ってらな。小林区《しょうりんく》さかざって歩てくたびれだべも。」
草刈一「小林区の菊池さん歩ぐ人だもな、なじょな崖《がんけ》でも別段せぐでもなし、手こふるますて、さっさっさっさど歩ぐもな。」
草刈二「この春ない。おれ、あの伊手《いで》堺《ざかい》の官民地の境界案内して歩たもな。すたればやっぱり早いんだな。おれも荷物もはしょてらたんとも　息つづがなぐなて、笹《ささ》の葉ことって口さあでだもな。すたれば小林区ぁおれのごとふり見で笑ってよ。笑えだじゃ。」
伊藤「あの人笹戸のどご払え下げで呉《け》べが。」
草刈一「さあ、あそご払え下げで呉《け》るんだいばは橇道《そりみち》もあるす、今年の冬は楽だ。」
草刈二「木炭《すみ》も下とうだな。」

草刈《くさかり》一「うん、なんとが頼んで笹戸《ささど》払い下げでもらないやなじゃ。」
草刈二「ほにさ、前の斉藤《さいとう》さんだいべは好がたな。濁《にご》り酒のませるづど、よろごんできったきったど呑《の》んであどぁこっちの云《い》うようにしてけだたともな。」
伊藤（睡《ねむ》そうにうたう）
「ばるこく　ばららげ　ぶらんど
　　　ぶらんどぶらんど
らあめてぃんぐりかるらっかんの
　　　さんのさんのさんの
らあめてぃんぐりらめっさんの
　　　かんのかんのかんの
だるだるぴぃとろ　だるだるぴぃろ
ただしいねがいはまことのちから
すすめすすめ　すすめやぶれかてよ」
（つつどり又啼《な》く）
草刈二「又来たな、鳩《はと》ぁ、火に迷て、寝れなぃのだな。」
草刈一「やっぱり人懐《なつ》がしのさ。」
草刈二「人でも鳥でも同じだな。」
（鳩しきりに啼く。羽《は》音《おと》、去る）

伊藤（口笛《くちぶえ》で後の種山ヶ原の譜を吹く）
草刈一「ずいぶん暗い晩げだな、この霧《きり》ぁよっぽど深ぃがべもや。」
草刈二「馬こもみんな今頃《いまごろ》ぁ、家さ行ぎ着《つい》だな。」
草刈一「今年ぁ好《ゆ》ぐ一疋《ぴき》も見なぐなたのもなぃがったな。」
草刈二「うん、一昨年《おとどし》な、汝《うな》ぁ、あの時、居だたが、あの夕日山の方さ出はて、怪我《けが》してらた馬こよ、サラアブレッドでな。いい馬だったたば、一生不具だな。」
草刈一「あの馬ぁ、先どな、おら見だじゃい。」
草刈二「どごで、どごでよ、どごに居だであ、あの馬こぁ。」
草刈一「六原《ろくはら》でよ。」
草刈二「何してら、何してらだぃ、あの馬こ。」
草刈一「やっぱり少しびっこでな、農馬よ、肥料の車牽《ひ》っぱてらけぁ」
草刈二「むぞやなな、やっぱり仕方なぃんだもな。」
（間《ま》、遥《はる》かの風の音の中からかすかな馬の鼻を鳴らすような声が聞える。草刈一、二、均《ひと》しく耳をそばだてる。音また聞える。）
草刈一「馬だ。」
草刈二「奇体《きたい》だな、どごの馬だべ、いまごろ一疋も居だ筈《はず》ぁなぃじゃな。」
草刈二（見廻人《みまわり》を起こす）「じゃ、起ぎろ、馬居だ、起ぎろ。」
見廻人（はね起きる、しばらくきき耳を立てる。）「馬だが。」

草刈《くさかり》一、二「そだよだじえー。迷って来たんだな。」（立つ）

見廻人《みまわり》「奇体だな、」（立つ）

伊藤「おら聴《き》けないがたな。風が草の音だないがべが。」

見廻人「そだがもはすれない。山づもなゆぐいろいろの音こするもんだもや。」

（声又する）

三人（同時に）「あ、馬だ、ホウ、」（小屋を出る）「ホウ、ホウ、」（声がだんだん遠くなる、）

伊藤（独語）「なあに、馬の話してで、風馬の声に聞《けえ》だのだ。」（肱《ひじ》をまげて横臥《おうが》する。火がだんだん細く、舞台は次第に暗くなる。かすかな蟬《せみ》の鳴くような声、この音が全夢幻《むげん》中を支配する。

舞台は青びかりを含《ふく》み、草木の配置は変わって　夢の中のたよりない空間を表わす。

黒い影《かげ》、何べんも何べんもそこらを擦過《さつか》する。

林務官、白の夏服に傾斜儀を吊《つる》して、少し歪《ゆが》み、また偏《かたよ》った心持で、無台奥手を走って過ぎる。しばらくたって又右手から登場する。伊藤礼をする。去る。

又左手から出る。クリノメーターを用いる。

伊藤（呼び掛《か》ける）「あのう、笹戸《ささど》のどごの払《はら》い下げ出願してもいがべすか。」

林務官「ああ、いいだろう。」

伊藤「許可になるべすか。」

林務官「おれにはわからないよ。」

伊藤「もし許可になるどしたら一棚《たな》何ぼぐらいでいがべす。」

林務官「おれにはわからないよ。」
伊藤「一棚五円ぐらいでいがべすか。」
林務官「おれにはわからないよ。」
伊藤「笹戸の長根下楢《なら》の木ばかりだたすか。」
林「楢の木だけじゃなかったようだよ。」
伊藤「柏《かしわ》の木だのあったたもな。」
林「柏の木もあったようだな。」
伊藤「そうすれば一棚五円では高価《たか》ぃな。」
林務官「お前は一体何を云《い》ってるんだ。払い下げをするもしないも、何ともこっちでは云っていない。お前は少し山葡萄《やまぶどう》を食い過ぎたな。」（去る）
伊藤（考える）「はでな、山葡萄食うづど、酔んもんだったが　はでな。」
楢樹霊一、二、樺《かば》樹霊　柏樹霊、徐《しず》かに登場、伊藤林務官を追って行こうとしてこれに遭《あ》い、愕《おどろ》いて佇立《ちょりつ》する。
楢樹霊一「あぁびっくりした。汝《うな》どぁ楢の樹《き》だな。」
伊藤（考える）「夜づもな鳩《はと》だの鷹《たか》だの睡《ねむ》るもんだもな。」
楢樹霊一「夜づもな鳩だの鷹だの睡るもんだづな何のごとだ。」
楢樹霊二「鳩だの鷹だの睡るもんだたていま夜だなぃがら仕方なぃがべ。」
伊藤「今夜だなぃど、そんだ、ほにな、何時頃だべ。」

樺木霊《かば》（空を見る）「そうさな、お日さんの色ぁ、わすれぐさの花このようだはんて、まんつ、十一時前だべが。」
伊藤（空を見る）「ほにな、お日さん蜜柑《みかん》色だな。なんたら今日のそら、変《ひよん》たに青黒くて深くて海みだぃだべ。」
柏《かしわ》木霊（空を見る）「雨あがりでさ。」
伊藤「ほにさ、昨日ぁ雨ぁ降ったたな、そうせば、今日は昨日のつづぎだたべが。」
柏木霊「うん、いま、今日のひるまさ。」
伊藤「草刈《か》りしてしまたたべが。」
樺木霊（樹霊みなあざ哂《わら》う）「喜助だの嘉《か》ッコだの来てしてしまったけぁじゃ。」
伊藤「すっかり了《おわ》ったたな。まあんついがた。」
（風吹く、樹霊みなしきりに顫《ふる》える。）
楢樹霊一「この風ぁ吹いで行ぐづどカムチャツカで鮭《さけ》ぁ取れるな。」
楢樹霊二「鮭づもな銀のこげら生《お》がってるな。」
樺樹霊「鮭のこげらずいぶん堅《かた》いもんだじゃい。」
柏樹霊「朝まだれば笹長根《ささながね》の上の雲ぁ、鮭のこげらよりもっと光るじゃい。」
楢樹霊一「この風ぁ吹いで行ぐづどカムチャツカで鮭ぁとれる。」
伊藤（しずかに歩きながら）「何だが、うなどの話ぁ、わげわがらなぃじゃい。さっぱりぼやっとして雲みだぃだじゃぃ。」

楢樹霊二「あだりまへさ、こったに雲かがて来たもの。」
伊藤「ほにな、ずいぶんもや深ぐなって来たな。お日さんもまん円《まる》こくて白い鏡みだぃだ。」
樺樹霊「うん、お日さん円け銀の鏡だな、あの雲ぁまっ黒だ。ほう、お日さんの下走《は》せる走せる。」
伊藤「まだ降るな、早ぐ草刈ってしまなぃやなぃ。」（樹霊みな笑う）
柏樹霊「喜助だの嘉《か》ッこだの来て、さきたすっかり了ったけぁじゃぃ。」
伊藤「ほんとにそだたべが。何だがおりゃ忘れでしまたもや。」
柏樹霊「ほんとぁ、おら、知らないじゃぃ。草など刈ったが刈らなぃが　ほんとはおらは知らないんじゃぃ。ほう又お日さん出はた。」
樺樹霊（からだをゆすり俄《にわ》かに叫ぶ）
「もやかがれば
お日さん　ぎんがぎんがの鏡」
楢樹霊一「まっ黒雲ぉ　来れば
お日さん　ぽっと消ぇる。」
楢樹霊二「まっ黒雲ぉ行げば天《あま》の岩戸」
柏樹霊「天の岩戸の夜は明げで
日天そらにいでませば
天津神《あまつかみ》　国津神

穂《ほ》を出す草は出し急ぎ
花咲ぐ草は咲ぎ急ぐ」

伊藤「何だ　そいづぁ神楽《かぐら》だが。」

柏《かしわ》樹霊「何でもいがべじゃ。うなだ、いずれ何さでも何どがかんどが名つけで一《ひと》まどめにして
引っ括《くく》て置ぐ気だもな。」

楢《なら》樹霊一「ばだらの神楽面白《おもしろ》ぃな。」

柏樹霊「面白ぃな。こなぃださっぱり無ぐなたもな。」

楢樹霊「だぁれぁ、誰《だ》っても折角《せっかく》来てで　勝手次第なごどばがり祈ってぐんだもな。権現《ごんげん》さんも
踊《おど》るどごだなぃがべじゃ。」

樺樹霊「権現さん悦《よろこ》ぶづどほんとに面白ぃな。口あんぎあんぎど開いで、風だの木っ葉だのぐる
ぐるど廻《まわ》してはね歩ぐもな。」

伊藤「何だが汝等《うなど》の話ぁ夢《ゆめ》みだぃだじぇー。」

柏樹霊「あだり前よ、もやあったにかがて来たもの。」

伊藤「そたなはなしも夢みだぃだ。さきたもおらそったなごと聞いだような気する。」

樺樹霊「はじめで聞でで、前にもあたたと思ふもんだもや、夢づもな。」

伊藤「そうせばいま夢が。奇体だな。全体おれぁ草刈《か》ってしまったたべが。」

（木霊一緒に高く笑う）

柏木霊（ひやかすように）

「おらはおべだ、おぉらはおべだ。」
伊藤「おべだらどうが教えないが。ほんとにおら草刈ってしまたたが。」
柏樹霊「おらはおべだ、おぉらはおべだ、
草を刈ったが刈らないがも
笹戸《ささど》の長嶺《ながね》の根っこのあだり
払い下げるが下げないがも
おらはおべだおぉらはおべだ。」
伊藤「笹戸の長嶺の根っこのあだりたら、払い下げが。払い下げるづが。どうが教えないが。」
柏樹霊「おらはおべだ、おぉらはおべだ、
なんぼおべでもうっかり教えないぃ。」
伊藤「どうが教えろ。なじょにせば教える。」
柏樹霊「おらは教えないぃ、うっかり教えないぃ。」
伊藤「いいじゃ、そだら、教えらえなくても。面倒臭《めんどうくさ》いぃ。」
樹霊（同時に）
「ごしゃだ、ごしゃだ、すっかりごしゃだ、」
伊藤（笑い出す）
「ごしゃがないぃじゃ。教えだらいがべじゃいぃ。」
柏樹霊「そだら教えらはんて一つ剣舞《けんばい》踊れ。」

伊藤「わがなぃじゃ、剣《けん》もなぃし。」

「そだら歌《うだ》れ。」

伊藤「どごや。」

「夜風のどごよ。」

　伊藤歌う、（途中でやめる）

「教えろ。」

「わがなぃじゃ、お経までもやらなぃでで。」

「教えろ」

「そだら一づおらど約束さなぃが。」

伊藤「なじょなごとさ。」

柏《かしわ》　樹霊「草ここのこらぃばがりむしれ。」（自分でむしる。）

伊藤「草むして何するのや。」（自分もむしる。）

柏樹霊「約束すづぎぁ草むすぶんだじゃ。」

伊藤「そたなごとあたたが。」

樺《かば》樹霊「あるてさ。さあ、めぃめぃしてわれぁの好ぎな様に結ぶこだ。」（各々別々に結ぶ。）

伊藤（つりこまれて結びながら、）

「あ、忘れでらた、全体何の約束すのだた。」（樹霊、同時に笑う）

楢《なら》樹霊「その約束な、笹戸《ささど》の長嶺《ながね》下汝《うな》ぁ小林区がら払い下げしたらな、一本も木伐《き》らなぃてよ。」

伊藤「おれ笹戸の長嶺下払い下げしたら一本も木伐らないこど。一本も木伐らなぃばは山いづまでもこもんとしてでいいな。水こも湧《わく》だ。」
樹霊（みな悦《よろこ》ぶ）「そうだ　そうだ。」
伊藤「すたはんてそれでいいようだな、それでも何だがどごだが変《ひょん》たたな。一本も木伐らなぃば山こもんとしてる。それでいいのだな。山こもんとしてれば立派でいいな。立派でいいんともただ木炭焼《すみや》ぎ山さ行ぐ路《みち》あぬがるくてて悪いな。ありゃ、何でぁ、笹戸の長嶺払い下げしておら木炭焼ぐのだた、わあ、厭《や》んたじゃ、折角《せっかく》払い下げしてで木一本も伐らないでだらはじめがら払い下げさなぃはいべがじゃ。馬鹿臭《ばかくさ》ぃじゃ。こったなもの。」（草の環《わ》を投げ棄《す》てる）
樹霊（同時に笑う）
柏樹霊「そだらそれでもいすさ。ほう何だが曇《くも》って来たな。」
樺樹霊「ほにさ、お日さんも見えなぃし、又降って来るな。」
伊藤「はでな、おれ草刈ってしまたたべが。」
樹霊（又《また》一所にわらう。）
楢樹霊一「やめろったら、いまころ。さきたすっかり刈ってしまったけぁな。」
伊藤「草刈ってしまったらば、早ぐ家さ持って行がなぃやなぃ。ぬらすづど悪ぃ。」
楢樹霊二「さがして見なぃが、そごらにあべあ。」
伊藤（心配そうにうろうろそこらをさがす）
樹霊（いっしょに囃《はや》す）

「種山ヶ原の。雲の中で刈《か》った草は。
どごさが置いだが。忘れだ　雨ぁふる。
種山ヶ原の。せ高の芒《すすき》あざみ。
刈ってで置ぎ。わすれで雨ふる。雨ふる
種山ヶ原の　霧の中で刈った草さ（足拍子）
わすれ草も入ったが。忘れだ　雨ふる
種山ヶ原の置ぎわすれの草のたばは
どごがの長根で　ぬれでる　ぬれでる」
（踊り出す）
種山ヶ原の　長嶺《ながね》さ置いだ草は
雲に持ってがれで　無ぐなる無ぐなる
（伊藤も踊り出す）
種山ヶ原の　長嶺の上の雲を
ぼっかげで見れば　無ぐなる無ぐなる」
（舞踏漸《ようや》く甚《はなはだ》しく　楽音だけになり
互《たが》いにホウと叫び合い　乱舞
俄《にわ》かに伊藤、奥手の背景の前に立ちどまって不審の風をする）
伊藤「ほう、誰《たれ》だが寝でるじゃい。赤ぃ着もの着たあぃづぁ。」

楢《なら》樹霊一、進んで之《これ》をうかがい、俄かに愕《おどろ》いて遁《に》げて来る。
楢樹霊一「お雷神《なりがみ》さんだ、お雷神さんだ。かむな。かむな。」
樹霊「そいつさあだるなやぃ
　あだるなやぃ
　あだるやなぃぞ
　あだるやなぃぞ
　かむやなぃんぞ
　かむやなぃんぞ。」（互に警《いまし》めて退く）
伊藤（しばらく考えて漸《よう》やく思いあたり、愕《おどろ》いて走って来ようとしてまちがって足をふむ。）
雷神（烈《はげ》しく立ちあがって叫ぶ）「誰《たれ》だ、畜生《ちくしょう》ひとの手ふんづげだな。どれだ、畜生、ぶっつぶすぞ。」（樹霊ふるえてたちすくみ、伊藤捕えられる。）
雷神「この野郎、焼っぷぐるぞ、粉にすぞ、けむりにすぞ。」（烈《はげ》しくあばれぐるぐる引き廻《まわ》す、俄《にわ》かに青い電光と爆音、舞台まっくらになる。）
（暗黒の中から声）
「睡《ねむ》ってらな、火もさっぱり消《け》でらな。」
（焚火《たきび》もえあがる。伊藤、その側に臥《ふ》し草刈一火をもやし二座し、見廻人入ってくる。）
草刈二「さあすっかり霽《は》れだ。起ぎでじゃぃ。」
伊藤（起きて空を見る）「ああ霽れだ、霽れだ。天の川まるっきり廻ってしまったな。」

草刈二《くさかり》「あれ、庚申《こうしん》さん、あそごさお出やってら。」
見廻人《みまわり》「あの大きな青い星ぁ明《あけ》の明星だべすか。」
伊藤「はあ、あああ、いい夢《ゆめ》見だ。馬だったたすか。」
見廻人「いいえ、おら谷まで行って水呑《の》んで来たもす。」
草刈一「もうは、明るぐなりがかたな。草見《め》で来たも、ああいいな、北上《きたかみ》の野原、雲下りでまるで沼《ぬま》みだぃだ。」
伊藤「ああ、あの電燈ぁ水沢だべが。町の人づぁまだまだねってらな。ああ寒ぃ。」
草刈二「さあ、座って寒がってるよりはじめるすか。」
伊藤「はあ。」（草刈一鎌《かま》を取り出す
鳥なく。）

幕

凡例

本コレクションは、『新校本　宮沢賢治全集』（筑摩書房）を底本とし、『新修宮沢賢治全集』、新潮文庫『新編　風の又三郎』『新編　銀河鉄道の夜』『注文の多い料理店』『ポラーノの広場』等を参考にして校訂し、本文を決定しました。

本文は、短歌・文語詩以外は、現代仮名づかいに改めました。また、本文中に使用されている旧字・正字について、常用漢字字体のあるものはそれに改めました。

また、読みやすさを考え、句読点を補い、改行を施した箇所があります。

さらに、常用漢字以外の漢字、宛字、作者独自の用法をしている漢字を中心として、読みにくいと思われる漢字には振り仮名をつけ、送りがなを補いました。「一諸」「大低」などのように作者が常用しており、当時の用法として必ずしも誤りとは言えない用字や表記についても、現代通行の標準的字・表記に改めたものがあります。

今日の人権意識に照らして不当・不適切と思われる、人種・身分・職業・身体障害・精神障害に関する語句や表現については、時代的背景と作品の価値にかんがみ、そのままとしました。

本文について

栗原　敦

本巻には、作者が生前に唯一刊行することができた童話集『注文の多い料理店』所収の全九篇、および様々な新聞・雑誌に発表した八篇の童話と、短篇小説としての性格を意識して整えたと見られる七篇、そして、無題のままで活版印刷され、匿名の郵便物や手渡し、あるいは下足箱などに配られたという一枚刷りの配布物（「手紙」と呼びならわされてきたもの）を収録した。

さらに、作者が花巻農学校に在職中に生徒を指導して上演した劇の台本四篇をあわせて収録した。

『注文の多い料理店』の表紙・扉には「イーハトヴ童話／注文の多い料理店／宮沢賢治著／菊池武雄挿画装幀」とあり、表紙絵、カット、扉絵、作品毎の中扉（九丁）、挿画（別刷り・貼り込み、九丁）。本文一九四頁、童話本文は五号活字総ルビ付。奥付によれば、大正十三年十二月一日発行、発行者　近森善一、印刷者　吉田春蔵で、発売元として近森の住所で「杜陵出版部」および吉田の住所で「東京光原社」が掲げられている。初版一千部だったという。印刷用原稿は一切現存しない。

なお、刊行に際して作られた（大）（小）二種の広告用チラシがあるが、著者自筆の文章と目される（大）の中には、「一つの地名」である「イーハトヴ」の「地点」を「大小クラウスたちの耕していた、野原や、少女アリスが辿った鏡の国と同じ世界の中、テパーンタール砂漠の遙かな北東、イヴン王国の遠い東」というフィクショナルな物語世界と実在する地理的空間の重なりにおいて指し示し、「実にこれは著者の心象中に、このような状景をもって実在したドリームランドとしての日本岩手県である。」と説明している。以下、この観点からその世界の特色や意義を語って、著者の主張する世界観、作品観、「心象スケッチ」観を探究するために欠かせない資料のひとつであるが、さらに『注文の多い料理店』は「十二巻のセリーズの中の第一冊」であるということも述べられていて、実現しなかった続刊への大きな目論見があったことを伺わせるのである。また、同じく初版本刊行の際に作られた振替用紙裏の広告文の中には「少年文学　宮沢賢治著『童／話　山男の四月』」とされたものも残されていて、タイトルの揺れの他、「少年文学」と「童話」の揺れについても考えさせるところがある。

「雪渡り」以下八篇の童話は、本コレクション第一巻に収録された「北守将軍と三人兄弟の医者」と「グスコーブドリの伝記」以外の作者生前発表童話で、大正十年から没年昭和八年までの、それぞれの発表の時期や機関に見合うところも感じられる諸作品であり、発表年月順に配列した。

続く、短篇小説的作品である「花壇工作」以下の七篇は、いずれも類似した字体（「家長制度」は初期形「丹藤川」への鉛筆による手入れ）で書かれていること、「家長制度」以外は「和半紙」を用いていること、「疑獄元凶」の用紙の一枚が昭和八年の書簡反故であることから（他作品には執筆時期を特定する記述などはないが）、最終形態のおおよそは晩年に近い頃の成立と考えられる。「童話作家」と概括されがちな著者の、人間関係や人物の内面、深層心理に及ぶ内的独白などの、現代作家としての可能性が注目される。

「手紙」と呼びならわされてきた四点のうち、一〜三は同種の上質和紙が用いられ、そのうち一・二は雲形、三は稲妻の、いずれも浮世絵版画（葛飾北斎「富岳三十六景　山下白雨」）から転用された木版カットで飾られている。四のみが洋紙で、サイズも異なるものである。四は内容から大正十二年頃のものと考えられ、一〜三はそれ以前、大正八年頃以降のものと推定される。印刷物ではあるが、発表機関（メディア）を介在させない「配布物」、しかし、匿名でというところに、長い間「手紙」と呼びならわされてくることになった独自の表現特性が示されているとも言える。

四篇の戯曲は、著者が勤務した稗貫・花巻農学校での演劇的試みの中から産み出されてきたもので、一面では学校演劇としての特性（目的や制約）に即し、また縛られたところがある。しかし、他面ではそれらの制約をプラスに転換させようとする願いのゆえに、積極的に突き抜ける奔放さ、楽しさ、批評性や理想主義、自然や宇宙感覚、田園の地域性の発露など、魅力に溢れた本質的な試みになっている。

どんぐりと山猫

『注文の多い料理店』初版本本文によった。ただし、総ルビはパラルビに改めた。また、前出の「広告ちらし」の（大）には「目次と……その説明」の欄があって、各作品の見所というべきものを記している。誤植を正して、以下「鹿踊りのはじまり」まで、それぞれに添えておく。「山猫拝と書いたおかしな葉書が来たので、こどもが山の風の中へ出かけて行くはなし。必ず比較をされなければならないいまの学童たちの内奥からの反響です。」

狼森と笊森、盗森

『注文の多い料理店』初版本本文によった。「人と森との原始的な交渉で、自然の順逆二面が農民に与えた永い間の印象です。森が子供らや農具をかくすたびにみんなは「探しに行くぞお」と叫び森は「来お」と答えました。」

注文の多い料理店

『注文の多い料理店』初版本本文によった。「二人の青年紳士が猟に出て路を迷い「注文の多い料理店」に入りその途方もない経営者から却って注文されていたはなし。糧に乏しい村のこどもらが都会文明と放恣な階級とに対する止むに止まれない反感です。」

烏の北斗七星

『注文の多い料理店』初版本本文によった。「戦うものの内的感情です。」

水仙月の四日

『注文の多い料理店』初版本本文によった。「赤い毛布を被ぎ「カリメラ」の銅鍋や青い焔を考えながら雪の高原を歩いていたこどもと「雪婆ンゴ」や雪狼、雪童子とのものがたり。」

山男の四月

『注文の多い料理店』初版本本文によった。「四月のかれ草の中にねころんだ山男の夢です。烏の北斗七星といっしょに、一つの小さなこころの種子を有ちます。」

かしわばやしの夜

『注文の多い料理店』初版本本文によった。「桃色の大きな月はだんだん小さく青じろくなり、かしわはみんなざわざわ言い、画描きは自分の靴の中に鉛筆を削って変なメタルの歌をうたう、たのしい「夏の踊りの第三夜」です。」

月夜のでんしんばしら

『注文の多い料理店』初版本本文によった。「うろこぐもと鉛色の月光、九月のイーハトヴの鉄道線路の内想です。」なお、「エボレット」は「エポレット」に改めた。

鹿踊りのはじまり

『注文の多い料理店』初版本本文によった。「まだ剖れない巨きな愛の感情です。すすきの花の向い火や、きらめく赤褐の樹立のなかに、鹿が無心に遊んでいます。ひとは自分と鹿との区別を忘れ、いっしょに踊ろうとさえします。」

雪渡り

愛国婦人会（当時の会長は下田歌子）の機関誌「愛国婦人」大正十年十二月号・大正十一年一月号に発表。発表時には作者名が「宮沢賢二」となっていた。「愛国婦人」発表形に対して著者による手入れが残されており、本文はその最終形態により、総ルビをパラルビとした。

やまなし

「岩手毎日新聞」大正十二年四月八日付に発表。発表形に対して著者による手入れは残されていない。本文は発表形によるが、ルビは新聞印刷上のものと考えられるので、明らかな誤りを正し、総ルビをパラルビとするなど校訂を施した。なお、「岩手毎日新聞」の同じ紙面に「心象スケッチ外輪山」(「東岩手火山」の初出形)が掲載されている。

氷河鼠の毛皮

「岩手毎日新聞」大正十二年四月十五日付に発表。本文は発表形によった。ただし、ルビについては「やまなし」の場合に従った。

シグナルとシグナレス

「岩手毎日新聞」大正十二年五月十一日付から、十六日付と十九日付を除く、二十三日付までの十一回に分けて発表。本文は発表形によった。ただし、発表形における(九)の末尾の原稿用紙一枚分は、(十)の二枚目であったものが誤って印刷されたと判断されるので、正しい位置に校訂した。ルビについては「やまなし」の場合に従った。

オツベルと象

尾形亀之助編集の雑誌「月曜」大正十五年一月創刊号に発表。本文は発表形によった。なお、本文最後の行「(一字不明)」の箇所は、発表誌では一字分の黒い四角で、印刷では不明文字を仮に埋めておく措置にあたり、そのまま印刷されてしまったものとみられる（刷本の中には四角ではなく「・」のものもある）。

ざしき童子のはなし

「月曜」大正十五年二月号発表。本文は発表形によった。

寓話　猫の事務所

「月曜」大正十五年三月号に発表。本文は発表形によった。

朝に就ての童話的構図

松田幸夫発行の雑誌「天才人」第六輯（昭和八年三月）に発表。本文は発表形によった。

花壇工作

本文は和半紙三枚に鉛筆で書かれた草稿の最終形態によった。なお、冒頭に墨で「短篇梗概一」の記入がある。

大礼服の例外的効果

本文は和半紙二枚に鉛筆で書かれた草稿の最終形態によった。なお、冒頭に墨で「短篇梗概二」の記入がある。

家長制度

ブルーブラックインクで記された「丹藤川」の草稿（用紙は「10 20（広）イーグル印原稿紙」）に鉛筆で大幅な手入れを加えて「家長制度」と改題された作品。本文は草稿の最終形態によった。

泉ある家

本文は和半紙五枚に鉛筆で書かれた草稿の最終形態によった。

十六日

本文は和半紙八枚に鉛筆で書かれた草稿の最終形態によった。

竜と詩人

和半紙、現存三枚に鉛筆で書かれ、現存しない冒頭一枚とからなる作品。現存しない冒頭一枚は没後に刊行された文圃堂版全集本文を底本とし、現存草稿を参照して校訂、現存草稿の最終形態と合わせて本文とした。表題は文圃堂版全集以来のものを踏襲した。

疑獄元凶

本文は和半紙六枚にブルーブラックインクで書かれた草稿の最終形態によった。なお、第四葉は書簡下書反故の余白を用いて第三葉への挿入部分を書いたものである。書簡下書の内容が昭和八年七月十六日の菊池武雄宛書簡と対応するので、本作品最終形態の成立はそれ以後のことと考えられる。

手紙一〜四

一〜三の本文は、上質和紙一枚に黒インクで印刷されたものの印刷形によった。
四の本文は、洋紙一枚に黒インクで印刷されたものの印刷形によった。

飢餓陣営

大正十二年五月と十三年八月に花巻農学校生徒を指導演出して上演した劇（コミックオペレット）の台本。本文は、「10 20（印）イーグル印原稿紙」（藍色罫）二十四枚にブルーブラックインクで清書されたものに、各種筆記具を用いて重ねられた手入れの最終形態によった。表題は、はじめ「生産体操」とされ「飢餓陣営」に改められた。なお、生徒の記憶によれば、大正十一年九月にも上演されたことがあるという。

ポランの広場

童話「〔ポランの広場〕」（「ポラーノの広場」の初期形）の一部分を脚色して大正十三年八月に花巻農学校生徒を指導演出して上演した劇（ファンタジー）の台本。本文は、「B形 10 20イーグル印原稿紙」（セピア罫）十三枚にブルーブラックインクで清書されたものに、鉛筆で加えられた手入れの最終形態によった。なお、少年小説「ポラーノの広場」や初期形「〔ポランの広場〕」との関連については、第一巻の「本文について」の「ポラーノの広場」で言及している。

植物医師

大正十二年五月に花巻農学校生徒を指導演出して上演した劇（郷土喜劇）の台本。本文は、「B形　10　20イーグル印原稿紙」（セピア罫）二十二枚に、青インクで清書されたものに、鉛筆で加えられた手入れの最終形態によった。なお、本篇の成立以前に農学校で舞台をアメリカとした英語劇として試演したことがある。

種山ヶ原の夜

大正十三年八月に花巻農学校生徒を指導演出して上演した劇の台本。本文は、「B形　10　20イーグル印原稿紙」（セピア罫）二十枚にブルーブラックインクで清書されたものの最終形態によった。

エッセイ・賢治を愉しむために

宮沢賢治——日本にいち早く現れた「現代オタク」？

ロジャー・パルバース　鈴木映子訳

多くの日本人が思い描く宮沢賢治のイメージは、むっつりとして、大真面目で、何かに取りつかれたように一生懸命な男というものだ。現在残っている賢治の数少ない写真が、このイメージをさらに強めているように思える。中でも二枚の写真が。ひとつは、唇をかたく結び、左手の拳をぎゅっと握りしめて黒板の前に立っている写真。もう一枚のほうは、長いフロックコートを着て、うつむきながら畑を歩いている写真だ。後者は、賢治が崇拝した人物の一人で、やはりむっつりとして一生懸命だった彼の音楽のソール・ブラーザーのベートーベンに敬意を表して撮られた。さらに、ホームスパンのスーツを着た賢治が、陸軍の制服姿の弟、清六のかたわらに立っている写真も、生真面目な若者が世の中に厳しい顔を向けているという印象を与える。

こうした一般の人々が考える賢治の人柄は、確かに見てのとおりだった——なにしろ宗教と化学肥料を熱心に勧めて回った人なのだから。だが一方で、「もう一人の」賢治も明らかに存在し、ぼくはこちらの賢治のほうが気に入っている。

「もう一人の」宮沢賢治には、その性格に、躁状態ともいえるほど陽気な一面がはっきりと見られた。賢治は上機嫌なときには（大抵はそうだったが）、冗談を好み、とりわけ家族に面白いことを言うのが大好きだった。ユーモアのセンス自体は少々素朴なものだったかもしれないが、元気に満ちあふれた楽しい気分を多くの作品に吹き込んだ。また、何事にもひたすら没頭した。岩石見本の採集であれ、エスペラント語の勉強であれ。チェロの練習やタイプライターの習得にも熱中した。昼となく夜となく、ただ外に出て延々と歩きながら、自然の澄み切った鏡に映して自らを観察し内省することもあった。

実のところ、宮沢賢治は日本にいち早く現れた「現代オタク」だったのかもしれない。彼は一意専心に研究していた人間の暮らしのあらゆる側面と、自分自身とを完全に同一視していた。賢治は要するに、地方に住むオタクで、一種の「モボ」だった。この場合のモボとは、大都会のおしゃれな「モダンボーイ」の略語ではなく、「盛岡ボーイ」のことだが。彼のようなモボは、最新流行の洗練された文化を追いかけたりはしなかった。賢治は時間を超越した普遍的な真理を求めた。こうした真理を探究するにあたり、彼は主に故郷の岩手にとどまり、自分がこうと信じ込んだことに全身全霊で取り組み、周囲の人々にも彼の信念を信奉してもらおうと熱心に説いた。

賢治の頭にこびりついて離れない信念とはどういうものだったのか？

第一に、賢治は人間を森羅万象の中の小さな一部分にすぎないと考えていた。すべての生き物は、植物でさえも、人間に与えられるべき崇拝と愛と尊敬とを受けるに値する。この考えは、彼が書いた物語のほとんどと多くの詩に、はっきりと表れている。豚も象も木も花もすべて、人間と同じレベルで人間と語り合う。人間中心の西洋の宗教や思想とは異なり、賢治の描く動植物は人間と対等な存在だ。これは二十一世紀にぼくらが生物に対して抱いている考え方と非常に近い。

すべての生物は相互に依存しあっていると、ぼくらは考えるようになった。生き物同士に限ったことではない。生物はすべて無生物の世界にも依存している。つまり人間の運命は、水や土や空気の運命によって決まるともいえるだろう。

これは、もう一つの賢治の信念につながる。

もしぼくら人間が、人間同士だけでなく自然のあらゆる面に依存しているのであれば、自然の要素を搾取することのないよう心血を注がなければならない。断っておくが、賢治は自然への回帰を求めるロマン主義者などではなかった。経済発展を是とし、科学技術が恩恵をもたらすと固く信じていた。彼は結局のところ、科学者だったのだ。プロの農学者であり、アマチュアの地質学者だった。「肥料オタク」だった彼は、農村社会の生産性を向上させることを夢見ていた。また、生まれ育った花巻の町を流れる北上川の河床に埋め込まれた絶滅したアケボノゾウの足跡を同定することなどを通して、過去を研究した。現在を理解するためにも、未来を予測するためにも、過去の記録を調べることが欠かせないと賢治は信じていた。今またぼくらも、地球の過去を――それは南極の氷の中に閉じ込められていたり、年輪に刻まれた干ばつの記録であったりするのだが――研究することで、地球を救うための手立てを講じようとしている。

そして彼の三つ目の信念は……

賢治は行動主義を旨とした。いわゆる「肘掛け椅子に座ったままの」オタクではなく、信ずるところに従って行動するタイプのオタクだった。彼は地域社会に入っていき、自分の時間と（父親の）お金を農民に与えた。教え子たちが自ら発見できるように、遠足に連れていったりもした。

ぼくの大好きな賢治のノンフィクション作品の一つに〈彼の作品は大半がフィクションとノンフィクションの混ざったものなので、どちらとも呼びにくい「綯い交ぜ」のものが多いのだが〉、「イギリス海岸」という散文があり、それはこのように始まっている。

〈夏休みの十五日の農業実習の間に、私どもがイギリス海岸とあだ名をつけて、二日か三日ごと、仕事が一きりつくたびに、よく遊びに行った処《ところ》がありました。〉

この作品には想像力に富んだ隠喩が随所に見られるが、文章は科学的に書かれている。賢治は言うまでもなく生徒らにとっては教師であり、目の前の事物の性質について詳しく教えようと一生懸命なのだが、ぼくには賢治もまた生徒の一人であるように思える。彼の陽気で無邪気な性格が、真面目な場面にもついつい顔をのぞかせるからだ。

賢治の行動主義は、すべてのものに対する共感にまで及んだ。生きているものへも、死んだものへも、再びこの世に姿を現そうとしているものへも、彼は共感を示した。賢治にすれば、生きとし生けるものの悲しみと喜びに心を寄せ、そうした悲しみや喜びを自分のものと考えることが、人間には不可欠だった。『春と修羅』の「序」の中にある次の言葉にはさまざまな解釈が可能だろう。

〈(すべてわたくしと明滅し
　みんなが同時に感ずるもの)〉

この言葉の意味をぼくはこう考える。わたしの外にあるものはすべてわたしの内にもあり、わたしが感じているものはすべてあなたがたも感じている。

地球を搾取から守り、内輪の暴力や破壊に陥らないようにしなければならない現代のぼくらにとって、慈悲の心に根ざした行動主義を表す隠喩として、これ以上ふさわしい言葉があるだろうか。

賢治が創作した人物の中に、「本物の」賢治を探ることもできる。

賢治は『銀河鉄道の夜』のジョバンニのように、内気でありながら激情家の一面も持ち合わせていた。ジョバンニは、とくに親友のカムパネルラに対する感情が、あふれんばかりの幸せと鬱々とした悲しみの間で揺れ動いている。賢治もまた、極度のオタクであり、時に躁状態を示し、感情が突然大きく変化した。賢治の中に、陰気な性格と陽気な性格がほぼ同時に存在するような印象を受けるのは、このためだ。

また『セロ弾きのゴーシュ』のゴーシュにも似ていた。賢治は、人間でない生き物と意思の疎通ができるように感じていた。そして、人間よりもそうしたものと密接につながっているように見えることもあった。芸術は――この場合は音楽だが――彼にとって他者とつながるための媒体だった。羅須地人協会にやって来た人々のためにレコードをかけるとき、賢治は言葉ではなし得ない方法で、彼らの内なる自己に触れようとしていたのだ。

最後に、賢治は『グスコーブドリの伝記』のブドリのようでもあった。行動の伴った慈悲の心と、常に他者の幸せを尊ぶ強い気持ちが賢治にあったからこそ、ブドリは迷わず「自己犠牲」という結論に至ったのではないだろうか。

明治時代に生まれ、大正時代を生き、昭和の初めに亡くなった宮沢賢治。当時はかなり辺鄙だった地で、一貫して科学者の視点から詩を書いた人。楽しいことが大好きだった、この「盛岡ボーイ」は、彼の一生と執筆活動を、世界全体が幸福になるために捧げた。後世のぼくらがお互いをやさしく思いやり、いたわり合えるように。

だからこそ、賢治の作品を読み、翻訳することに、ぼくは自分の一生を捧げたのだ。

だからこそ、半世紀前、ぼくは賢治オタクになったのだ。

宮沢賢治《みやざわけんじ》コレクション2
注文《ちゅうもん》の多《おお》い料理店《りょうりてん》――童話《どうわ》Ⅱ・劇《げき》ほか

二〇一七年一月二十五日　初版第一刷発行
二〇二五年三月二十五日　初版第二刷発行

著　者　宮沢賢治《みやざわけんじ》
発行者　増田健史
発行所　株式会社 筑摩書房
東京都台東区蔵前二―五―三　郵便番号一一一―八七五五
電話番号　〇三―五六八七―二六〇一（代表）
印　刷　信毎書籍印刷 株式会社
製　本　牧製本印刷 株式会社

本書をコピー、スキャニング等の方法により無許諾で複製することは、法令に規定された場合を除いて禁止されています。請負業者等の第三者によるデジタル化は一切認められていませんので、ご注意ください。
乱丁・落丁本の場合は送料小社負担でお取り替えいたします。

ISBN978-4-480-70622-5 C0393
©chikumashobo 2017 Printed in Japan